Kurt Palm

STRANDBAD REVOLUTION

Roman

Deuticke

Der Autor wurde bei der Arbeit an diesem Roman mit einem
Werkstipendium des Bundeskanzleramtes unterstützt.

Mit freundlicher Unterstützung der Kulturabteilung der
Stadt Wien und des Landes Oberösterreich.

1 2 3 4 5 21 20 19 18 17

ISBN 978-3-552-06337-2

Satz: Eva Kaltenbrunner-Dorfinger, Wien
Druck und Bindung: CPI books GmbH, Leck
Printed in Germany

FSC
www.fsc.org
MIX
Papier aus verantwortungsvollen Quellen
FSC® C083411

Statt eines Mottos

Eigentlich sollten an dieser Stelle vier Zeilen aus dem Song *Gimmie Shelter* von Mick Jagger und Keith Richards stehen. Und zwar jene Zeilen, die mit *Oh, My, If* und *Oh* beginnen. Da wir mit den Rechteinhabern aber keine Einigung für den Abdruck erzielen konnten, muss das geplante Motto leider entfallen.

I.

HA! HA! SAID THE CLOWN

»Ich glaube, dass das Auto ganz besser ist.« Zufrieden lehnte sich mein Vater an die schattige Hauswand und zündete sich eine Smart Export an. Er nahm einen tiefen Zug und versuchte den Rauch in Ringen auszublasen. Aber aus seinem Mund kamen nur unförmige Schwaden. Ich stand mit meinem Fahrrad daneben und wusste nicht genau, was ich sagen sollte.

»Es hat nur fünftausend Schilling gekostet.« Mein Vater sah mich erwartungsvoll an.

»Was ist es denn für ein Baujahr?«

»1955, ist aber noch sehr gut beisammen. Hat zumindest der Walchetseder gesagt. Und über den Wurzelpass kommen wir damit bestimmt.«

»Der heißt Wurzenpass, nicht Wurzelpass.«

Mein Vater ignorierte meine Bemerkung und ging zu seinem neuen Wagen, den er wie ein Pferd tätschelte. »Der Walchetseder hat auf das Auto geschaut. Ganz besser. Kannst dich ja einmal hineinsetzen.«

»Ich kenne mich bei Autos sowieso nicht aus«, antwortete ich achselzuckend. Ich hätte ja nicht einmal sagen können, welche Farbe unser neues Auto hatte. War es beige? Oder hellgrüngelb? Um meinem Vater einen Gefallen zu tun, öffnete ich die hintere Wagentür und setzte mich hinein. Im Auto war es stickig heiß, und es roch nach Benzin und Kunststoff. Irgendwie war es ein angenehmer Geruch. Als ich mit meinem Onkel und meiner

Tante einmal ans Meer gefahren war, hatte es in ihrem Auto genauso gerochen.

»Und? Was sagst?«

»Ja, wenn er wirklich gut beisammen ist, wird es schon passen.« Ich betätigte probehalber die Fensterkurbel, die allerdings klemmte. Auf der Rückbank lag ein Lockenwickler, in dem sich ein paar blonde Haare verfangen hatten. Ich überlegte, ob ich ihn meiner Mutter schenken sollte, ließ den Gedanken aber fallen, weil sie damit sicher keine Freude gehabt hätte.

»Das ist ein Opel Kapitän, da sollte es motorisch nichts geben.« Mit Kennermiene klopfte mein Vater erneut auf die Motorhaube.

Der Opel Kapitän war das erste Auto meines Vaters, und ich bezweifelte, dass er vom Motor dieses Wagens tatsächlich etwas verstand. Aber mir war das egal, ich musste damit ja nicht fahren. Trotzdem wurde mir bei der Vorstellung, dass wir mit dieser alten Kiste nach Strunjan auf Campingurlaub fahren sollten, ein bisschen mulmig zumute. Schließlich hatte mein Vater erst im Frühjahr den Führerschein gemacht.

Ich stieg aus und strich pro forma über den Lack, der an einigen Stellen bereits abblätterte. »Bist du eigentlich selbst hergefahren?«

»Nein, ich habe mich nicht getraut, aber ich werde heute Abend gleich eine Probefahrt machen.« Mein Vater warf die halb gerauchte Zigarette auf den Kiesboden und drückte sie mit dem Fuß aus. Er schob ein paar Steinchen darüber. Es sah aus wie ein kleines Grab. Fehlte nur noch ein Kreuz aus Zündhölzern: *Hier ruht in Frieden eine Smart Export, die ihr Leben viel zu früh ausgehaucht hat. Semper et ubique.*

»Was sagt denn eigentlich die Mama zu dem Wagen?«

»Sie hat ihn noch nicht gesehen, das wird eine Überraschung.« Mein Vater kratzte sich nachdenklich am Kopf. Er hatte in den letzten Wochen zwar immer wieder davon gesprochen, sich ein Auto zu kaufen; dass es aber ein uralter Opel Kapitän sein würde, hatte er nie erwähnt.

»Ich bin am Abend wieder zurück«, sagte ich und schwang mich auf mein Fahrrad.

Mein Puch-Fahrrad hatte ich vor fünf Jahren zur Firmung bekommen. Ich war ein bisschen enttäuscht gewesen, weil es bereits gebraucht war und mir eine Armbanduhr lieber gewesen wäre. Aber jetzt war ich froh über das alte Rad, weil es gut zu meinen abgeschnittenen Jeans und zum Unterhemd meines Großvaters passte. Außerdem hatten mir meine Eltern zum fünfzehnten Geburtstag dann ja doch noch eine Armbanduhr geschenkt. Neben dem Fahrrad und der Armbanduhr besaß ich noch einen Plattenspieler und eine Schreibmaschine; also alles, was ein Siebzehnjähriger zum Leben brauchte.

»He, warte«, rief mir mein Vater nach. »Du musst noch den Garten gießen.«

»Wieso ich? Das soll gefälligst die Mama machen.« Garten gießen war das Letzte, was ich am Beginn meiner Ferien machen wollte.

»Aber die Mama ist zur Baba ins Krankenhaus gefahren. Sie kommt erst später zurück. Und sie will unbedingt noch einkaufen gehen.«

Typisch, dachte ich, kaum ergibt sich die Gelegenheit zum Einkaufen, schon wird diese von meiner Mutter genutzt. Und wozu? Um Dinge zu kaufen, die ohnehin kein Mensch brauchte. Da ich im Sommer mit zwei abgeschnittenen Jeans und zwei Unterhemden meines Großvaters auskam, sah ich überhaupt keinen Grund, meine Mutter bei ihren geliebten Einkaufstouren zu begleiten. Ich fand das nur peinlich. Außerdem stand ich konsequent auf der Seite der Konsumverweigerer, außer, wenn es um die Topfentorte vom Hufnagel ging.

»Wie geht es denn der Cveta Baba?«, fragte ich pflichtschuldig. Meine Großmutter hieß mit Vornamen eigentlich Cvetanka, wurde in der Familie aber nur Baba genannt. Außer von mir, für mich war sie die Cveta Baba. Sie stammte aus Serbien und tat sich mit der deutschen Sprache immer noch schwer.

Dass meine Großmutter im Krankenhaus lag, hatte ich verdrängt, weil mich Krankengeschichten im familiären Umfeld genauso wenig interessierten wie Eheschließungen oder Geburten. Von Scheidungen ganz zu schweigen. Im Übrigen erfuhr man als Jugendlicher von den wirklich schweren Erkrankungen der Erwachsenen ohnehin erst, wenn es bereits zu spät war.

»Genaueres weiß ich auch nicht, aber es wird schon wieder werden.«

Die Antwort meines Vaters klang nicht sehr überzeugend, aber ich hütete mich, jetzt eine Debatte über den Gesundheitszustand meiner Großmutter anzufangen. Vor allem, weil ich gehört hatte, dass Cveta Baba angeblich Probleme mit dem Unterleib hatte. »Und wenn nicht? Fahren wir dann trotzdem nach Jugoslawien?« Ich konnte mir nicht vorstellen, dass meine Mutter ihre Zustimmung zur Urlaubsreise geben würde, wenn ihre Mutter im Krankenhaus lag.

»Natirli«, antwortete mein Vater.

Mein Vater sagte *natirli* statt natürlich, genauso wie er *Filtertitten* statt Filtertüten sagte. Offenbar hatte er eine ausgeprägte Ü-Aversion.

»Also, was ist jetzt? Gießt du den Garten?«

»Ich mache das, wenn ich zurickkomme, bin eh schon spät dran.« Ich sah zu, dass ich so schnell wie möglich wegkam.

Wie am Vortag trafen wir uns auch heute wieder in dem Rohbau, den Mü bei einer seiner Erkundungstouren entdeckt hatte. Das halbfertige Haus lag am Ende einer Sackgasse und war eine dieser Scheidungsruinen, von denen es in letzter Zeit immer mehr gab. Neben Mü, der eigentlich Müller hieß, waren noch Candy, Taylor und Hendrix gekommen. Und ein Typ, den ich nur vom Sehen kannte. Sein Name war Rick, und er war Müs Cousin. Rick war sicher über zwanzig, trug einen Bart und hatte eine Gitarre bei sich. Wahrscheinlich gehörte ihm auch das Moped, das vor dem Haus am Zaun lehnte. Wie Mick Jagger beim legendären Konzert im Hyde Park setzte er sich im Schneidersitz auf den Boden und schlug ein paar Akkorde an. Dann legte er los und sang mit halb geschlossenen Augen über ein *baby,* das *round my door* herumhing, sich am Ende – *yeah* – aber als *insane* herausstellte. Was *sly, sly, sly like a demon's eye* heißen sollte, war mir nicht ganz klar.

Nachdem Rick den Song mit einem wilden Riff beendet hatte, warf er seine Haare theatralisch zurück. »Ich habe in London *Deep Purple* bei Studioaufnahmen begleitet. Ich war dritter Rhythmusgitarrist bei *Demon's Eye*. Das ist eine Nummer auf der *Fireball*-LP. Der Jon Lord und der Ritchie Blackmore sind echt klasse Burschen. Hier, der Jon hat sogar meine Gitarre signiert.« Er hielt sein Instrument in die Höhe, auf dem tatsächlich eine unleserliche Unterschrift zu sehen war.

Dass er Gitarre spielen konnte, war unüberhörbar. Ich schaffte gerade einmal *If I had a hammer* und *I can't get no satisfaction*, wobei ich so falsch sang, dass die Lieder nur für Eingeweihte erkennbar waren. Kein Wunder, dass sich meine Eltern immer fürchterlich aufregten, sobald ich auf meiner verstimmten Gitarre zu üben begann.

Mü nickte zufrieden und holte aus seiner Plastiktasche ein paar Flaschen Bier sowie einen Kranz Knacker. *fescher mit fashy. FASHY IHRE BADEMÜTZE* stand auf der Plastiktasche. »Rick spielt ja bei den *Black Eagles*, die geben am Samstag ein Konzert in der Turnhalle. Wird sicher lässig.«

Von den *Black Eagles* hatte ich noch nie etwas gehört, obwohl ich regelmäßig auf Konzerte in der näheren Umgebung ging.

»Ihr müsst aber rechtzeitig kommen, wird ein ziemlicher Andrang.« Rick stand auf und sah auf seine Armbanduhr. »Wir haben heute noch Probe, und später treffe ich den Vogelhuber Johnny im Park. Der war nämlich gerade in Marokko.«

»Marokko, lässig«, sagte Mü verträumt.

»Wie hoch ist denn am Samstag der Eintrittspreis?«, fragte Taylor.

»Dreißig Schilling.«

»Puh.« Taylor machte ein nachdenkliches Gesicht.

Rick zuckte mit den Schultern. »Dafür spielen sechs Bands. Und nachher gibt's noch eine Diskothek mit einem Discjockey. Es fängt aber schon um drei an.«

»Welche Bands spielen denn?«, wollte ich wissen.

»Die *Distinctions* und die *Thunderbirds*. Dann sind noch *The Cracks* dabei. Und irgendeine schwindlige Band, *Les Musqueteers*, die machen aber Tanzmusik.«

»*The Cracks* sind super«, trumpfte ich mit meinen Kenntnissen der neuesten Musikgeschichte auf. »Bei denen spielt ja der Didi Schobesberger, der mit dem faden Aug. Ein genialer Gitarrist.«

Die letzte Bemerkung ignorierte Rick demonstrativ, stattdessen wandte er sich an seinen Cousin. »Geh, Mü, hast noch einen Tschick für mich?«

»Sicher.« Mü hielt ihm seine Packung Lucky Strike, filterlos, hin. Rick nahm zwei Zigaretten, eine zündete er sich an, die andere steckte er in die Brusttasche seines Hawaiihemds. Dann setzte er sich seine verspiegelte Sonnenbrille auf und machte das Peace-Zeichen. Er sah aus wie ein Rockstar. »See you«, sagte er lässig und schulterte seine Gitarre. Dann ging er vorsichtig die ungesicherte Treppe hinunter.

»Stimmt das wirklich mit den *Deep Purple*?«, fragte Candy.

»Ja, sicher. Der Rick hat bei einem *Deep-Purple*-Konzert in München einen von den Musikern kennengelernt. Und die haben ihn dann nach London eingeladen.« Ich glaubte ihm kein Wort. Mü nahm einen Schluck aus der Flasche und rülpste laut. »Mahlzeit«, sagte er, während wir hörten, wie vor dem Haus ein Moped gestartet wurde.

Candy zückte sein Notizbuch. »Wie heißt noch einmal die LP, von der er gesprochen hat?« Candy hatte immer ein Notizbuch dabei, in das er ständig irgendwas hineinkritzelte. Mit der Nickelbrille und dem Wuschelkopf sah er zwar aus wie ein Streber, war aber das genaue Gegenteil davon.

»*Fireball*«, antwortete Mü und runzelte die Stirn. »Wieso denn?«

»Na ja, ich muss mir morgen eh ein neues Buch besorgen, da schaue ich dann gleich im Plattenladen nach, ob Ricks Name auf dem Cover steht. Heißt dein Cousin auch Müller?«

»Nein, er heißt Richard Neumayer, aber ich glaube nicht, dass er da draufsteht.«

»Wieso nicht, wenn er mitgespielt hat?«, fragte Hendrix. Hendrix hieß mit Vornamen Heinrich, von dem es nur ein kurzer Weg zu Hendrix war. Natürlich war Heinrich weder schwarz, noch hatte er einen Afro, aber Hauptsache, er konnte mit einem englischen Namen Eindruck schinden. Wobei bei Heinrich allerdings noch erschwerend hinzukam, dass er blond war und Sommersprossen hatte. Eigentlich erinnerte er vom Aussehen her eher an Johnny Winter, den Albino-Gitarristen mit den weißen Haaren. Aber der Spitzname Johnny klang natürlich längst nicht so gut wie Hendrix.

»Na ja«, antwortete Mü vage.

Candy schrieb etwas in sein Notizbuch, dann blätterte er eine Seite zurück. »In Belfast haben englische Fallschirmjäger einen taubstummen Mann erschossen, weil er ihrem Befehl, stehen zu bleiben, nicht gefolgt war.« Er schüttelte den Kopf. »Ich habe das gestern im Radio gehört. So etwas kann man sich nicht ausdenken.« Candy zündete sich eine Zigarette an und sog den Rauch hörbar ein. »Mir ist die zu stark«, krächzte er und gab die Zigarette an mich weiter.

»Warum rauchst du dann Gitanes?«, fragte ich, »die sind ja echte Beuschelreißer.« Ich nahm einen tiefen Zug und begann zu husten. Da ich seit dem Frühstück nichts mehr gegessen hatte, wurde mir sofort schlecht. Ich griff nach der Knacker, um das flaue Gefühl im Magen zu vertreiben. »Hast du kein Brot dabei?« Ich biss in die Knacker, die einen eigenartigen Geschmack hatte.

Mü schüttelte den Kopf. »Nein, ich habe zu Hause keines gefunden.«

Candy stand auf und trat an eine der Fensteröffnungen, die auf die Straße hinausgingen. Er war nervös, weil er Angst hatte, von seinen Eltern erwischt zu werden. »Wir sollten aufpassen, ich habe eh schon genug Scherereien zu Hause.«

»Geh, Candy, scheiß dich nicht an«, lästerte Taylor, »deine Alten wohnen zehn Kilometer von hier entfernt. Die werden dir schon nicht nachspionieren.«

Taylor hatte gut reden, schließlich war seine Mutter berufstätig, und er konnte tun und lassen, was er wollte. Das war auch der Grund, weshalb es meine Mutter nicht gerne sah, wenn ich mich mit ihm traf. In ihren Augen waren nämlich alle Kinder verwahrlost, deren Mütter arbeiteten.

»Was für ein Buch besorgst du dir denn morgen?«, fragte ich Candy, der immer noch am Fenster stand.

»Camus. Der taugt mir momentan sehr.« Wenn es um Literatur ging, war Candy in seinem Element.

»Ich habe beim letzten Fladern übrigens einen Adorno erwischt«, sagte ich. »Edition Suhrkamp, weißt eh. Aber viel verstanden habe ich nicht.« Ich holte einen Zettel aus meiner Hosentasche und las: »*Desexualisierung der Sexualität wäre wohl psychodynamisch zu verstehen als die Form des genitalen Sexus, in der dieser selber zur tabuierenden Macht wird und die Partialtriebe verscheucht oder ausrottet.*«

Taylor verzog den Mund. »Genitaler Sexus? Ich verstehe nur Bahnhof. Aber vielleicht solltest du dir das für den Philosophieunterricht im Herbst aufheben.«

Ich steckte den Zettel wieder ein. »Willst du den Adorno haben?«

Candy schüttelte den Kopf. »Nein, ich muss ja auch noch den Sartre lesen. *Der Ekel*. Ist ziemlich dick.«

Candy war in seinem Denken viel radikaler als ich, was mich nicht nur immer wieder erstaunte, sondern oft auch ein bisschen ärgerte. Obwohl er aus einem erzreaktionären Elternhaus stammte, nahm er sich nie ein Blatt vor den Mund. Als sich Taylor einmal positiv über Hermann Hesses *Steppenwolf* geäußert hatte, verfasste Candy noch in der Nacht ein Traktat, das er auf seiner Schreibmaschine mit Kohlepapier viermal kopierte und an uns verteilte:

intensiv leben kann man nur auf kosten des ich. der bürger nun schätzt nichts höher als das ich (ein nur rudimentär entwickeltes ich allerdings).

der bürger ist leicht zu regieren (!!). er hat darum an stelle der macht die autorität gesetzt, an stelle der gewalt das gesetz, an stelle der verantwortung das abstimmungsverfahren.

dafür, daß ein autor die jugend geistig vergiftet, dafür können wir jungen nichts. und dafür, daß ein scheinbar nicht etablierter »einsamer künstler« à la hesse »kritisiert«, indem er als mittel der überwindung seines bürgertums den selbstmord propagiert, können wir auch nichts. ein spießbürger à la hesse, der immer schön brav den weg des kleinsten übels gegangen ist, nämlich den weg der wörterei, gehört dorthin, wo der pfeffer wächst! es ist uns jedenfalls nichts von seinem widerstand gegen die beiden weltkriege bekannt.

Selbstverständlich schrieb Candy alles klein, weil er für die Gleichberechtigung der Wörter war. Candy war sechzehn, und ich fragte mich, woher er all sein Wissen hatte. Wahrscheinlich nutzte er jede freie Minute zum Lesen.

»Ich glaube, dass wir aufpassen müssen«, sagte Hendrix. »Wie ich das letzte Mal ein Buch gefladert habe, ist der alte Melchert hinter der Kassa aufgesprungen und hat geschaut, was ich da mache. Zum Glück hat gerade jemand etwas gekauft.«

Weil Taylor herausgefunden hatte, dass ein Taschenbuch genau in die Innentasche eines Sakkos passte, borgten wir uns von unseren Vätern und Großvätern alte Sakkos aus, um leichter Bücher stehlen zu können. Dass wir dabei nicht erwischt wurden, grenzte geradezu an ein Wunder. Aber Hendrix hatte recht, wir mussten wirklich aufpassen.

»Den Camus bezahle ich morgen jedenfalls. Wenn ich beim Bücherstehlen erwischt werde, werfen mich meine Eltern sofort hinaus. Denen wäre es ohnehin am liebsten, wenn sie mich in ein Internat stecken könnten.«

»Da würde ich durchdrehen«, sagte ich. Auf dem Boden vor mir lag ein zerknittertes Werbeflugblatt des Kaufhofs, auf dem sich ein eingetrockneter Blutfleck befand.

Aktion: Planschbecken nur 110 Schilling.

»Mir geht die Schule total auf die Nerven.« Mü steckte die leere Bierflasche mit dem Hals nach unten in einen aufgerissenen Zementsack. »Ich überlege mir, mit der Schule überhaupt aufzuhören.«

Sofort wurden wir hellhörig. »Aber was willst du denn machen?«, fragte Taylor. »Deine Eltern würden das doch nie erlauben.«

Mü zuckte mit den Schultern. »Wir könnten alle zusammenziehen und in einer Gärtnerei arbeiten. Auf einer Alm, zum Beispiel.«

»In einer Gärtnerei?« Die Idee mit dem Schuleaufhören und dem Zusammenziehen fand ich ja ganz gut, aber das mit der Gärtnerei war mir zu hoch. »Hast du schon einmal in einer Gärtnerei gearbeitet? Da nimmt uns doch keiner, wenn wir nicht einmal einen Karfiol von einem Kohlrabi unterscheiden können.«

»Das könnten wir ja lernen. Immer noch besser als die beschissene Schule.« Mü öffnete eine neue Flasche.

»Ich weiß nicht.« Candy machte ein nachdenkliches Gesicht. »In zwei Jahren sind wir eh fertig, dann können wir tun und lassen, was wir wollen.«

»Aber auch nur, wenn wir die Matura schaffen.« Hendrix, der im Herbst zum dritten Mal hintereinander eine Nachprüfung hatte, strich sich nervös über die Stirn. Zweimal hatte er es geschafft, einmal war er durchgefallen. Genau wie Taylor, Mü und ich. Einzig Candy war bisher immer durchgekommen. Deshalb war er auch der Jüngste von uns.

Taylor reichte mir die Bierflasche.

»Danke, mir ist schon schlecht.« Das Bier, die Knacker und die starken Zigaretten ließen es in meinem Magen rundgehen. Ich stand auf und schleppte mich zu einer der Fensteröffnungen, die nach hinten hinausgingen. Ich beugte mich über die Brüstung und kotzte eine ordentliche Ladung auf einen von Unkraut überwucherten Erdhaufen, neben dem ein Kinderschuh lag. Auch die unverputzte Mauer bekam einiges ab, was mir aber egal war. Wahrscheinlich hätte im Garten einmal das Planschbecken um 110 Schilling stehen sollen.

»He, Mick, was ist denn los? Verträgst du nichts mehr?« Mü prostete mir zu und lachte blöd.

Ich wischte mir den Mund ab. »Scheiße, waren die Knacker überhaupt noch gut?« Ich war ziemlich schwach auf den Beinen und hoffte, dass ich nicht gleich noch einmal kotzen musste.

»Ich glaube, ich werde mich jetzt auf den Weg machen.« Candy steckte sein Notizbuch ein. »Wo seid ihr denn morgen?«

»Wir könnten uns am See treffen«, schlug Taylor vor. »Es soll ja wieder heiß werden.«

»Eine gute Idee, vielleicht sind ja ein paar fesche Katzen dort.« Mü schien schon ein bisschen betrunken zu sein.

»In Ordnung, dann also morgen um elf im Strandbad.« Taylor stand auf und streckte sich.

»Ich kann erst nach dem Mittagessen kommen.« Candy machte eine entschuldigende Geste.

»Treffen wir uns hinten beim großen Baum?«, fragte Mü.

Alle nickten, und nachdem jeder von uns in eine Ecke geschifft hatte, verließen wir den Rohbau.

Ich hatte stechende Kopfschmerzen und noch immer ein flaues Gefühl im Magen. Weil ich Angst hatte, von einem Auto überfahren zu werden, fuhr ich ganz nah am Straßenrand entlang. Einmal hörte ich, wie mir jemand zurief: »He, du depperter Reserve-Christus.« Ich reagierte aber nicht, weil in dem Wagen vier halbstarke Typen saßen, mit denen ich keinen Streit anfangen wollte. Sie bremsten kurz, fuhren zum Glück aber dann weiter.

Als ich in die Einfahrt unseres Hauses einbog, standen meine Eltern und mein Großvater um den Opel Kapitän herum. »Na, da bist du ja endlich.« Meine Mutter sah mich mit vorwurfsvoller Miene an. »Musst du mit den zerrissenen Bluejeans und dem alten Unterhemd vom Opa herumfahren? Was werden sich die Leute denken? Und den Garten hast du auch nicht gegossen.«

»Grüß euch«, sagte ich und tat so, als hätte ich nichts gehört. Ich stellte mein Rad ab und strich mir die Haare aus dem Gesicht.

»Willst du gar nicht wissen, wie es der Baba geht?«

»Wie geht es denn der Baba?«

»Der Baba geht es schon besser«, antwortete meine Mutter. »Die Bestrahlungen haben geholfen.«

»Bestrahlungen?« Ich war überrascht, weil ich dachte, dass man Bestrahlungen nur bekam, wenn man Krebs hatte. Außerdem fragte ich mich, weshalb meine Großmutter noch immer im Krankenhaus lag. Irgendetwas stimmte da nicht.

»Hast du wieder geraucht?« Meine Mutter schnupperte an mir. Dass mein Vater und mein Großvater mit einer Zigarette in der Hand neben ihr standen, schien ihr egal zu sein.

Wortlos ging ich in den Garten und rollte den Schlauch aus. Während ich das Gemüse goss, sah ich, dass meine Mutter immer wieder prüfende Blicke in meine Richtung warf. Ich versuchte sie zu ignorieren. Der Geruch der nassen Erde erinnerte mich an die Zeit, als ich noch Fußball spielte. Nach einem Regen hatte es am Spielfeld genauso gerochen. Ich betrachtete das Gemüse und stellte mir Mü, Candy, Taylor, Hendrix und mich in einer Gärtnerei vor. Gemüse gießen konnte ich ja, aber wenn mich jemand gefragt hätte, wie man Salat, Gurken oder Karotten anpflanzte, hätte ich schon passen müssen. Außerdem wollte ich Rockstar werden und kein Gärtner.

Kohlweißlinge flatterten umher, und es wäre mir ein Leichtes gewesen, sie mit einem einzigen Wasserstrahl zu töten. Aber ich ließ sie leben. Mir fiel auf, dass ich schon lange keine großen Schmetterlinge mehr gesehen hatte. Mein Bruder Willi und ich hatten als Kinder einmal eine Schmetterlingsausstellung gemacht und dabei Schwalbenschwänze, Tagpfauenaugen und Zitronenfalter mit Stecknadeln auf Pappkartons aufgespießt. Wir verlangten fünfzig Groschen Eintritt, aber außer meinem Großvater und einer zufällig vorbeiradelnden Nachbarin wollte niemand unsere Ausstellung besuchen. Wir waren maßlos enttäuscht.

Beim Zusammenrollen des Schlauchs bekam ich mit, dass meine Mutter von unserem neuen Auto nicht gerade begeistert war. »Keiner in der Nachbarschaft hat ein so altes Auto.« Auch das Argument meines Vaters, dass der Wagen billig gewesen sei, ließ sie nicht gelten. Ich war froh, dass mich niemand fragte, was ich von der alten Klapperkiste hielt.

In meinem Zimmer legte ich die zweite Seite von *Let it bleed* auf. Vorsichtig bewegte ich den Tonarm bis zur Pausenrille vor der letzten Nummer und ließ die Nadel langsam auf die Platte gleiten. *This record should be played loud* stand auf der inneren Hülle, und meist hielt ich mich auch an diese Empfehlung der Plattenfirma. Ich eilte zu meiner Schreibmaschine, um die beiden letzten Strophen von *You can't always get what you want* zu transkribieren. Den Refrain schrieb ich rot, schließlich verfügte meine Schreibmaschine der Marke Adler, Modell Gabriele 10, über ein zweifarbiges Farbband.

Ich konzentrierte mich auf Mick Jaggers Gesang und glaubte, die Worte *I went down to the Chelsea drugstore* verstanden zu haben. Ich klopfte den Satz in die Tasten, ging zum Plattenspieler und bewegte den Tonarm wieder an den Anfang der Nummer zurück. So ging es weiter, bis die Platte bei der Stelle *We're gonna vent our frustration* hängen blieb. Ich legte eine Fünf-Schilling-Münze auf den Tonarm, und nach einer halben Stunde hatte ich endlich eine Strophe niedergeschrieben, die allerdings keinen rechten Sinn ergab. In meiner Version des Liedes ging Mick Jagger in eine Apotheke, um ein Rezept abzuholen. Dabei stand er in einer Reihe mit einem gewissen Mister Jimmy, der irgendwie krank aussah. Die beiden beschlossen, Schwefel zu kaufen, der nach roter Kirsche schmeckte. Jagger stahl daraufhin die Seele von Mister Jimmy, der nur noch ein Wort sagte: »Schmutz«. Oder war es »tot«? *Dirt* oder *dead*? Ich konnte es nicht herausfinden.

Eigentlich hatte ich vor, den Song auswendig zu lernen, um damit bei den Mädchen Eindruck zu schinden. Bei *I can't get no satisfaction* hatte das zwar auch nicht wirklich geklappt, aber immerhin konnte ich den richtigen Text. Den hatte ich nämlich im *Musikexpress* gefunden, den ich mir jeden Monat in der Trafik kaufte. Bevor ich mich aber mit *You can't always get what you want* blamierte, wartete ich lieber, bis ich irgendwann an den Originaltext herankam.

Ich spannte ein neues Blatt Papier in die Maschine ein:

11. juli 72: ihr sagt, wir sind umstürzler, weil wir das system ändern wollen. ihr habt recht, denn ihr habt euer haus auf lügen gebaut. wenn wir nicht weiter in diesem lügengebäude leben möchten, müssen wir das haus abreißen und das fundament entfernen. ihr habt uns mit lügen großgezogen. ihr habt euch immer auf gott …

»Essen!«

Bedauerlicherweise wurden meine Gedankengänge durch den Ruf aus der Küche unterbrochen. Ich zog das Blatt heraus, faltete es zusammen und legte es in mein Tagebuch. Bevor ich hinunterging, richtete ich im Bad meine Haare, die mir bereits bis zu den Brustwarzen reichten. Im Sommer, wenn ich mit nacktem Oberkörper im Strandbad herumspazierte, war ich auf meine langen Federn besonders stolz. Irgendwie hatte ich das Gefühl, dass auf meine Haare das Wort *extravagant* zutraf. Einmal hatte ich mir meine Matte auftoupiert, woraufhin meine Mutter fast in Ohnmacht gefallen wäre. »Wenn du so in die Schule gehst, brauchst du gar nicht mehr nach Hause zu kommen«, hatte sie gedroht. Nachdem ich ein zweites Mal in den Spiegel geschaut hatte, musste ich ihr leider recht geben. Mit den auftoupierten Haaren sah ich ärger aus als Jimi Hendrix, und der sah schon ziemlich arg aus.

»Geh, Ernsti, hol eine Limonade aus dem Keller«, bat mich mein Vater, als ich die Küche betrat.

»Zitrone oder Orange?«

»Orantsche.«

Im Keller standen die beiden Limonadenkisten neben der riesigen Tiefkühltruhe, die sich meine Mutter so sehnsüchtig gewünscht hatte. Interessehalber öffnete ich den Deckel und entdeckte neben einem Truthahn und einem halben Schwein auch zehn Familienpackungen Eiscreme und zwei Paletten mit Schlagobers. Dass meine Mutter Angst vor einer Hungersnot hatte, war unübersehbar. Kopfschüttelnd schloss ich die Tiefkühltruhe.

Ich stellte die Limonade auf den Tisch und fand, dass es höchste Zeit für eine politische Diskussion war. »Papa, weißt du eigentlich, wer das siebentorige Theben gebaut hat?«

Mein Vater sah mich an. »Welche sieben Tore? Ich habe einmal ein Kipptor für eine Doppelgarage gemacht. Das war ziemlich viel Arbeit. Vor allem das Schweißen …«

»Nein, ich rede nicht von einem Garagentor, ich rede vom siebentorigen Theben. In den Büchern stehen die Namen von Königen. Haben die Könige die Felsbrocken herbeigeschleppt?«

»Felsbrocken?« Mein Vater legte den Löffel zur Seite. »Von was redest du überhaupt?«

»Das ist der Anfang des Gedichts *Fragen eines lesenden Arbeiters* von Bertolt Brecht. Und als Arbeiter bist du ja sozusagen das Subjekt dieses Gedichts.«

»So ein Blödsinn.« Mein Vater schüttelte den Kopf und löffelte weiter seine Suppe.

Wieder einmal war der Versuch gescheitert, meinen Vater für die Anliegen des internationalen Proletariats zu gewinnen. Seine Reaktion bestätigte mir, dass auch er bereits ein ideologisches Opfer der Sozialpartnerschaftspolitik geworden war und sich mehr für Garagentore als für den Klassenkampf interessierte. Es war ein Jammer. Da es offenbar sinnlos war, weiter über politische Fragen zu diskutieren, fragte ich meine Mutter, ob sie mir das Taschengeld für den Juli geben könne.

Auch sie legte demonstrativ den Löffel zur Seite. »Kannst du dir um das Taschengeld nicht endlich einmal ein neues Hemd kaufen? Kein Wunder, dass dich die Professoren nicht mögen, mit deinen langen Haaren und deinem alten Gewand.«

»Ich kaufe mir halt lieber Schallplatten.«

»Und wann fangst du endlich für deine Nachprüfung zu lernen an?«

»Wenn wir aus dem Urlaub zurückkommen. Dass ich in Französisch einen Fleck bekommen habe, war reines Pech.« Ich wandte mich an meinen Vater: »Voulez-vous promener avec moi, Mademoiselle?«

Mein Vater lachte. »Oui, oui.«

»Schau, Mama, wie gut wir schon Französisch können. Ich glaube, ich werde mit dem Papa lernen.«

Mein Vater war gegen Ende des Kriegs nach Nizza versetzt worden, wo er für die Bewachung des Casinos zuständig war. Dort soll er Französinnen mit den Worten: »Voulez-vous promener avec moi, Mademoiselle?« zum Spazierengehen eingeladen haben. Ob das stimmte, wusste ich natürlich nicht, allerdings gab es tatsächlich ein paar Fotos, auf denen mein Vater in Uniform und mit einem geschulterten Gewehr vor einem Casino zu sehen war. Auch wenn er über seine Kriegszeit wenig erzählte, hatte ich herausgefunden, dass er bereits als Achtzehnjähriger zu einer Polizeieinheit eingezogen worden war. Was er vor seinem Einsatz in Nizza gemacht hat, lag freilich im Dunkeln. Auf meine Frage, ob er im Krieg je einen Menschen getötet habe, antwortete er immer mit »Nein«. Aber er sagte das so, dass bei mir ein gewisser Restzweifel blieb.

»Du willst mit dem Papa Französisch lernen? Dabei kommt sicher nichts Gescheites heraus.« Erwartungsgemäß hielt meine Mutter nicht viel von meinem Vorschlag. Um den Streit nicht weiter anzuheizen, wechselte ich das Thema. »Du, Mama, warum hast du eigentlich zehn Eispackungen und vierzig Becher Schlagobers eingefroren? Machst du eine Party?«

»Die gab es im Kaufhof im Sonderangebot, und das wird ja nicht schlecht. Ich spare halt, wo es nur geht. Ich kaufe mir keine Schallplatten um 150 Schilling.«

»Du hast ja nicht einmal einen Plattenspieler«, antwortete ich schnippisch. »Außerdem habe ich die *Stones*-LP von Taylors Mutter um zwanzig Prozent billiger bekommen. Sie arbeitet bei Telefunken und …«

»Ich mag das nicht, wenn du Sachen von der Frau Schneider kaufst, wie schaut denn das aus?«

»Na ja, immerhin habe ich mir dadurch dreißig Schilling erspart. Und bekomme ich jetzt mein Taschengeld für den Juli oder nicht?«

Meine Mutter seufzte. »In Gottes Namen. Aber zuerst bringst du noch dem Opa die Suppe. Der wartet schon darauf.«

Ich stellte meinen Teller in die Abwasch und wickelte ein Geschirrtuch um den heißen Griff des Topfs. Um nicht von zufällig vorbeikommenden Mädchen mit dem Kochtopf gesehen zu werden, nahm ich den Weg hinten durch den Garten zum Nachbarhaus.

Mein Großvater saß am Tisch und sah fern. Sein linkes Brillenglas hatte seit ewigen Zeiten einen Sprung, der ihn aber offenbar nicht weiter störte. Er rauchte und begrüßte mich mit einem freundlichen Lächeln. »Setz dich her, Ernsti, magst du was trinken? Bier habe ich leider keines, das haben sie mir versteckt.«

»Passt schon, Opa. Hier ist deine Suppe.«

Damit das Plastiktischtuch nicht in Mitleidenschaft gezogen wurde, faltete er das Geschirrtuch auseinander und stellte den Topf darauf. Im Fernsehen wurde von schweren Kämpfen um die Provinzhauptstadt An Lộc berichtet. Man sah Granateneinschläge, Leichen und weinende Kinder. … *hat Präsident Nixon eine massive Ausweitung der Flächenbombardements in Nordvietnam befohlen.*

»Die Chinesen kommen bald, das sage ich dir.« Solange ich denken konnte, sprach mein Großvater von den Chinesen, die eines Tages auch nach Österreich kommen würden.

»Das sind aber keine Chinesen, das sind Vietnamesen.«

»Macht nichts, der Amerikaner hat dort sowieso schon verloren.«

Ich beobachtete, wie mein Großvater die Suppe aus dem Topf schlürfte. »Eine gute Suppe«, sagte er zufrieden und schlürfte weiter. Da ich es nicht ausstehen konnte, wenn jemand schlürfte, war ich froh, als er endlich den letzten Rest der Suppe zusammenkratzte. Dann zündete er sich seine halb gerauchte Zigarette an und lehnte sich zurück. Mein Großvater rauchte filterlose Austria 3, die fürchterlich stanken.

»Du, Opa, hast du noch ein altes Unterhemd für mich? Weißt eh, so eines mit langen Ärmeln und drei Knöpfen am Ausschnitt.«

Er überlegte und warf mir ein verschmitztes Lächeln zu. »Ich glaube, ich habe noch eins im Kasten. Aber dafür musst du mir einen Schnaps holen. Warte, ich geb dir eine Flasche.« Ohne meine Antwort abzuwarten, holte er aus der Kredenz eine kleine Glasflasche und drückte sie mir in die Hand. »Du darfst aber nicht sagen, dass es für mich ist, wenn sie dich erwischen.«

»Ich werde es versuchen.«

Trotz des Verbots, meinen Großvater mit Alkohol zu versorgen, schlich ich in unseren Keller, wo mein Vater seinen Schnaps versteckt hatte. Dass meine Mutter von der Existenz dieses Depots etwas wusste, bezweifelte ich. Die mit Werkzeug und alten Eisenteilen vollgeräumten Regale waren jedenfalls das ideale Versteck, und es dauerte nicht lange, bis ich fündig wurde. Die Flasche war mit einem handgeschriebenen Etikett versehen: *Zwetschge 40% Dickerl* stand darauf. Der Schnaps stammte also vom Aupointner-Bauern, dessen Hausname *Dickerl* war. Ich horchte, ob jemand kam, und leerte den Schnaps vorsichtig in die kleine Flasche. Er roch extrem scharf und war sicher schwarz gebrannt worden.

Wenige Minuten später war ich wieder bei meinem Großvater, dessen Augen zu leuchten begannen. Durch den Sprung im Glas sah sein linkes Auge sonderbar aus. Er nahm sofort einen kräftigen Schluck. »Ahhh, der schmeckt wirklich prima.«

»Ist er dir nicht zu stark?«

»Ach, geh, da habe ich schon stärkere Sachen getrunken.« Er deutete auf das Sofa. »Da ist das Unterhemd, aber es hat schon ein paar Löcher.«

Ich faltete das graue Rippunterhemd auseinander. »Genau das Richtige für mich. Ich gehe jetzt, und pass auf, dass niemand die Flasche sieht.«

»Keine Angst, bis morgen habe ich die sowieso schon ausgetrunken.« Lachend setzte er sich an den Tisch. »Jetzt kommt der Wetterbericht. Das ist das Wichtigste. Alles andere ist bloß elektronisches Zum-Narren-Halten. Magst du nachher fernsehen? Ich lege mich bald schlafen. Musst aber zusperren, wenn du gehst.«

»Ich weiß nicht. Hast du ein Fernsehprogramm?«

Mein Großvater deutete auf eine Zeitung, die auf dem Fernsehapparat lag. Ich blätterte sie durch. Um neun lief der Film *Flucht in Ketten* mit Tony Curtis und Sidney Poitier: *Zwei Sträflinge sind auf Gedeih und Verderb aufeinander angewiesen: das Großmaul »Joker« Jackson, ein Weißer, und der Neger Cullen.*

Das klang spannend. »Ja, vielleicht schaue ich mir um neun den Film an. Hinterlegst mir halt den Schlüssel auf dem Fensterbrett.«

»In Ordnung.«

Ich legte die Zeitung zurück, dabei fiel mein Blick auf ein hektografiertes Flugblatt:

TREFFEN DER STALINGRADKÄMPFER MIT UNTERHALTUNGSMUSIK UND KALTEM BUFFET.

»Warum bekommst du denn diese Einladung? Du warst doch gar nicht in Stalingrad.«

»Nein, ich gehe da eh nicht hin. Ich krieg das halt, weil ich beim Kameradschaftsbund bin.«

Meinen Vater hatte ich davon abhalten können, Mitglied dieses reaktionären Vereins zu werden, aber dass mein Großvater dabei war, überraschte mich dann doch einigermaßen. »Seit wann denn?«

Er zuckte mit den Schultern. »Die schicken mir das, weil ich im Krieg war.«

Ich runzelte die Stirn, weil mein Großvater angeblich gar nicht im Krieg war. Irgendwie hatte er es geschafft, auf dem Bauernhof seiner Eltern in Kroatien als unabkömmlich zu gelten. Außerdem soll er als Leiter der Ortskapelle eine wichtige politische Rolle gespielt haben. Welche das war, wusste ich nicht. Da in meiner Familie niemand darüber sprechen wollte, war ich auf Spekulationen angewiesen. Dass mein Großvater in Jugoslawien Einreiseverbot hatte, hing aber sicherlich nicht damit zusammen, dass er während des Krieges Kühe gemolken oder Konzerte der Blasmusik geleitet hatte.

»Also, bis morgen«, sagte ich.

»Du, Ernsti, du bist doch ein Studierter. Kannst du dir das einmal anschauen. Das habe ich heute mit der Post gekriegt.« Er reichte mir einen Brief, der von einem Rechtsanwalt stammte. Es ging um den Streit mit seinem Nachbarn, von dem ich dachte, dass er längst beigelegt wäre. Ich überflog das Schreiben. »Was? Der Fürtauer verlangt von dir nicht nur die Verlegung der Grundgrenze um fünfzig Zentimeter, sondern auch eine Entschädigung in Höhe von 2450 Schilling. Hier steht, dass du die letzten drei Briefe nicht beantwortest hast. Stimmt das?«

»Was weiß ich.« Mein Großvater machte ein trotziges Gesicht. »Der kriegt jedenfalls keinen Groschen von mir.«

Ich wusste, dass es zwischen meinem Großvater und seinem Nachbarn immer wieder zu Streitereien wegen der Grundgrenze gekommen war. Für Details hatte ich mich aber nie interessiert, weil das Angelegenheiten waren, die sich die Erwachsenen untereinander ausmachen sollten.

»Na ja, ich weiß nicht«, sagte ich zögernd. »Der Rechtsanwalt droht mit einem Gerichtsverfahren, wenn du die Forderungen vom Fürtauer nicht erfüllst.«

Ich hatte den Nachbarn nicht oft zu Gesicht bekommen, weil er sein Grundstück mit einer drei Meter hohen, blickdichten Thujenhecke eingezäunt hatte. Dafür hatte ich seinen Hund umso öfter gehört. Meine Mutter hatte Fürtauer einmal als *Sonderling* bezeichnet, was aber nicht viel hieß, weil in ihren Augen viele Leute Sonderlinge waren.

»Es muss doch Pläne geben, aus denen hervorgeht, wer von euch beiden recht hat.«

»Wir haben als Erste hier gebaut, und fertig.« Mein Großvater zerknüllte den Brief und legte ihn in den Aschenbecher. »Den werde ich nachher verbrennen, und aus.« Dann griff er nach der Schnapsflasche und nahm einen weiteren Schluck.

»Vielleicht solltest du mit jemandem reden, der sich in dieser Sache auskennt. Gibt es niemanden im Gemeindeamt, der dir da helfen kann?«

Mein Großvater machte eine abfällige Geste. »Ach, hör mir mit denen auf. Die stecken doch alle unter einer Decke.«

»Na ja, dann weiß ich auch nicht weiter.«

»Erzähle aber niemandem etwas von dem Brief, das musst du mir versprechen, Ernsti. Und vom Schnaps auch nicht.«

»Nein, du kannst dich auf mich verlassen.« Ich nahm das alte Unterhemd an mich. »Vergiss nicht, mir den Schlüssel zu hinterlegen. Gute Nacht.«

»Ja, gute Nacht, scheiß ins Bett, dass es kracht.«

In der Einfahrt stand Herr Leimbauer neben der offenen Tür unseres Wagens. Mein Vater saß am Lenkrad und ließ sich von seinem Arbeitskollegen die Schaltung erklären. Ich versteckte das alte Unterhemd hinter meinem Rücken und grüßte im Vorbeigehen. Im Treppenhaus hörte ich das Klappern von Geschirr und beeilte mich, so schnell wie möglich auf mein Zimmer zu kommen. Dort legte ich das Unterhemd auf den Tisch und malte mit Ölkreiden MICK JAGGER auf den Rücken. Jeder Buchstabe hatte eine andere Farbe. Ich warf dem Mick-Jagger-Poster über meinem Bett einen verschwörerischen Blick zu und freute mich auf meinen Auftritt im Strandbad. Als ich hörte, dass draußen ein Auto gestartet wurde, ging ich zum Fenster und sah, wie sich der Opel Kapitän mehr hüpfend als fahrend Richtung Straße bewegte. Wie es mein Vater mit diesem Auto bis nach Jugoslawien schaffen wollte, war mir ein Rätsel.

Dass ich mit der Familie auf Urlaub fahren musste, passte mir zwar überhaupt nicht ins Konzept, allerdings hatte ich wegen der Nachprüfung zähneknirschend klein beigeben müssen. Aber ich schwor mir, dass danach Schluss war mit Familienurlauben. Ursprünglich wollten ja Taylor, Mü, Hendrix und ich mit einem Interrailticket nach Frankreich fahren, aber meine Eltern dachten gar nicht daran, mir diese Reise zu erlauben. Selbst das Argument, dass die Fahrkarte für einen ganzen Monat nur 1645 Schilling kostete und ich in Frankreich für meine Nachprüfung lernen könnte, ließen sie nicht gelten. Dabei hatte ich mir bereits ausgemalt, wie ich mir an der Côte d'Azur eine Französin aufreißen würde. »Mademoiselle, voulez-vous coucher avec moi?« Taylors Bruder, Robert, hatte mir erzählt, dass er an der Côte d'Azur einmal eine Italienerin und eine Deutsche gebumst hätte. Und zwar im Freien. »Weißt du, wie lässig das ist!«, hatte er geprotzt. Obwohl ich ihm die Geschichte nicht glaubte, wäre ich trotzdem lieber an die Côte d'Azur als nach Strunjan gefahren.

Ich zog das mit dem Mick-Jagger-Schriftzug versehene Unterleibchen an und betrachtete mich im Badezimmerspiegel. Ich machte ein paar Verrenkungen und fand, dass die Schrift ziemlich gut aussah. Ich spielte Luftgitarre und bedauerte, dass ich kein Popstar war. Vielleicht sollte ich stattdessen Discjockey werden?

Die Disc-Jockeys haben ihren eigenartigen Namen von Discus = Schallplatte und vom Reiten. Sie galoppieren sozusagen mit der Platte im Kreis, nachdem sie deren Bedeutung erläutert haben.

So stand es in dem Buch *Wir sammeln Schallplatten*, das mir meine Mutter zu meinem letzten Geburtstag geschenkt hatte. Aber nicht, damit ich einmal Discjockey werde, sondern weil in meinem Zimmer immer eine so große Unordnung herrschte.

Hat man erst einmal den Spezialschrank, der sich der Harmonie des Zimmers unauffällig eingliedern sollte, folgt die langwierige Zettel- und Katalogaktion. Jede Schallplatte erhält eine Nummer und einen Buchstaben, was nichts mit ihrer Bestellnummer zu tun hat.

Ich zog mich um und ging hinunter in die Küche.

»Ist es eh nicht wieder so ein Tschingbumfilm, bei dem du dich fürchtest?«

Bildete ich es mir nur ein, oder hatte meine Mutter tatsächlich ein spöttisches Lächeln auf den Lippen? Seitdem ich mir vor einigen Jahren einmal den Film *Psycho* angesehen hatte und danach ziemlich verängstigt heimgekommen war, konnte es meine Mutter nicht lassen, mich damit aufzuziehen.

»Nein, das ist ein amerikanischer Spielfilm, da werde ich mich schon nicht fürchten. Morgen fahre ich übrigens gleich nach dem Frühstück ins Strandbad.«

»Aber morgen hätte ich zu Mittag Fleischknödel gemacht, die magst du doch so gerne.«

»Ich muss jetzt gehen. Der Film fängt gleich an.«

»Vergiss nicht zuzusperren, wenn du heimkommst.«

Am nächsten Tag saß ich um halb zehn am Küchentisch und aß ein Butterbrot mit Radieschen. »Wann werden eigentlich Radieschen angebaut?«

Meine Mutter warf mir einen überraschten Blick zu. »Seit wann interessierst du dich denn für Radieschen?«

»Na ja, ich wollte nur wissen, wie lange es noch Radieschen gibt.« Nach einer kurzen Pause fügte ich hinzu. »Die schmecken nämlich ziemlich gut.« Mir war dieses Lob zwar peinlich, aber im Augenblick fiel mir keine andere Möglichkeit ein, um an Informationen über Radieschen heranzukommen.

»Die gibt es sicher bis zum September. Und ausgesät werden sie im April oder Mai, je nachdem, wie das Wetter ist. Man muss halt aufpassen, dass die Pflanzen nicht von den Schnecken oder den Werren abgefressen werden.«

»Ach so«, sagte ich, obwohl ich keine Ahnung hatte, was eine Werre war. Ich nahm mir vor, meiner Mutter bei nächster Gelegenheit einmal bei der Gartenarbeit zuzusehen. Bei den Ribiseln wusste ich, dass sie Ende Juni reif wurden, weil wir zu dieser Zeit immer zum Pflücken eingespannt wurden. Meistens gelang es mir allerdings, mich mit dem Hinweis auf irgendwelche Schulaufgaben zu drücken.

»Bleibst du zum Mittagessen da?«

»Nein.« Ich stand auf und drehte das Radio leiser, wo gerade die Nummer *Beautiful Sunday* lief. Ich fand das Lied schrecklich. Als *City of New Orleans* von Arlo Guthrie folgte, drehte ich wieder lauter. Ich mochte Arlo Guthrie, weil er sich sowohl beim Newport Folk Festival als auch in Woodstock politisch klar positioniert hatte. Seine Version von *Amazing Grace* hatte ich erst kürzlich bei Mü gehört. Außerdem war Arlo der Sohn von Woody Guthrie, was ein weiterer Pluspunkt für ihn war.

»Wann fütterst du eigentlich wieder einmal deinen Fisch? Wenn ich mich nicht dauernd um ihn kümmern würde, wäre er schon längst tot.«

Heute war offenbar einer jener Tage, an denen meine Mutter ihren ganzen Katalog an Vorwürfen abarbeiten musste. Vor drei Jahren hatte ich mir einen Goldfisch gekauft, weil ich im *Musikexpress* gelesen hatte, dass Jimmy Page von *Led Zeppelin* ebenfalls einen Goldfisch besaß. Und weil Jimmy Page in einem Haus am Loch Ness in Schottland wohnte, nannte ich den Fisch *Das Ungeheuer von Loch Ness.* Später taufte ich ihn Wladimir, nach Lenin. Anfangs hatte ich den Fisch noch regelmäßig gefüttert, aber nach ein paar Wochen musste meine Mutter diese Aufgabe übernehmen.

»Ich füttere den Wladimir morgen, versprochen«, sagte ich.

»Magst du dir nicht zumindest ein Obst mitnehmen? Und zum Trinken brauchst du ja auch etwas.«

»Ich kaufe mir etwas im Strandbad.« Ins Strandbad nahm man grundsätzlich keine Jause mit, und auch Getränke kaufte man sich am Buffet, weil man dort ja – theoretisch – mit Mädchen ins Gespräch kommen konnte. Ich griff nach dem Fünfzig-Schilling-Schein, der neben dem Aquarium lag. »Der ist eh für mich, oder?«

»Jaja. Aber gib nicht gleich alles wieder aus.«

»Keine Angst.« Im Treppenhaus blieb ich kurz stehen. Da ich von draußen ein Hämmern hörte, öffnete ich die Lade neben dem Garderobenspiegel. Ich nahm drei Zigaretten aus dem Päckchen und hoffte, dass mein Vater den Schwund nicht bemerkte. Es waren zwar nur Smart Export, aber immer noch besser als Austria 3. Mir schmeckten die Smart Export nicht besonders, allerdings gefiel mir der Spruch auf der Packung: *Semper et ubique.* Beim nächsten Mal, wenn mich meine Eltern beim Rauchen erwischten, würde ich sie an diesen Wahlspruch aller Smart-Raucher erinnern: *Immer und überall.* Ich steckte die Zigaretten in meine Umhängetasche, wo sich neben dem Badetuch und den Bermudashorts auch noch der Adorno und ein Buch mit Protestliedern befanden. Man konnte ja nie wissen.

In der Garage war mein Vater mit Schweißarbeiten beschäftigt. In der einen Hand hielt er den Schutzschirm, in der anderen den Elektrodenstab, mit dem er auf die Stelle klopfte, die verschweißt werden sollte. Die Funken sprühten wie bei einem Feuerwerk. Wegen des gleißenden Lichts, das durch das schmelzende Metall entstand, musste ich die Augen zukneifen.

»Nicht hineinschauen«, rief mir mein Vater zu.

»Nein, nein. Wie war denn die Probefahrt gestern?«

»Ist eh gutgegangen. Aber ein bisschen trainieren muss ich schon noch. Du kannst ja einmal mitfahren, wenn du willst.« Mein Vater hustete heftig und spuckte in ein Stofftaschentuch. Dann griff er wieder nach dem Schutzschirm und arbeitete weiter an seinem Balkongeländer. Wahrscheinlich hatte es jemand aus der Verwandtschaft bestellt, wo ein erstaunlich großer Bedarf an schmiedeeisernen Balkongeländern bestand.

Als ich wegfuhr, stand mein Großvater am Gartenzaun. Er deutete mir, zu ihm zu kommen. »Ernsti, kannst du mir aus der Drogerie ein Rattengift besorgen?«, flüsterte er.

»Was? Wozu brauchst du ein Rattengift?«

»Na ja, ich habe heute in der Früh beim Komposthaufen Ratzen gesehen, und ich möchte nicht, dass die sich da herumtreiben.«

»Ratzen?«

»Ja.«

»Und die willst du mit Gift umbringen?«

Mein Großvater zuckte beiläufig mit den Schultern.

»Aber was ist, wenn die Nachbarskatze das Gift frisst?«

»Ich passe schon auf, keine Angst. Ich möchte das erledigen, bevor die Oma wieder zu Hause ist. Die fürchtet sich ja so vor Ratzen.«

Mein Großvater nannte seine Frau Oma, was ich schon als Kind verwirrend fand, weil sie ja gar nicht seine Oma war.

»Ich habe noch nie ein Rattengift gekauft. Ist das ein Pulver?« Irgendwie kam mir die ganze Sache seltsam vor, auch, weil ich im Garten noch nie Ratten gesehen hatte.

»Die werden dir schon das Richtige geben.« Er drückte mir einen Zwanzig-Schilling-Schein in die Hand und blickte sich vorsichtig um. »Aber sag nicht, dass es für mich ist. Die Leute tratschen ja so viel.«

Obwohl ich ein komisches Gefühl hatte, steckte ich das Geld ein. »Morgen besorge ich dir das Gift.«

Er hob die Hand und machte eine geheimnisvolle Geste. »Und niemandem etwas sagen.«

Beim Bahnübergang musste ich wegen der geschlossenen Schranken anhalten. Ich spürte die Sonne auf meiner Haut, es war ein angenehmes Gefühl. Meine Schwester hatte mir erzählt, dass Mini-Bikinis heuer groß in Mode wären. Mir konnte das nur recht sein. Ich schloss die Augen und freute mich auf das Strandbad. Der Zug donnerte vorbei und wirbelte meine Haare durcheinander. Ich ordnete sie und fuhr wieder weiter.

Vor dem Strandbad lehnte ich mein Rad an einen Strommasten und sperrte es ab. Auf dem Masten hing in Augenhöhe ein Plakat mit dem Foto eines kleinen Mädchens. Darüber stand in großen Lettern: VERMISST. Das Mädchen hieß Claudia. Mir fiel der Kinderschuh neben dem Erdhaufen im Garten des Rohbaus ein. Der Gedanke an einen möglichen Zusammenhang zwischen dem Schuh und dem vermissten Mädchen kam mir allerdings so absurd vor, dass ich ihn gleich wieder verwarf.

Ich hielt Ausschau nach meinen Freunden. In der Warteschlange entdeckte ich Mü und Hendrix, zu denen ich mich kurzerhand vordrängte. Dass sich niemand aufregte, lag wahrscheinlich an der großen Hitze. »Super, dass ihr schon da seid. Wo ist denn der Taylor?«

»Ich hoffe, dass er uns den Platz unter dem Baum besetzt hat, sonst müssen wir uns einen Sonnenschirm ausborgen. Aber um dieses Geld kaufe ich mir lieber zwei kühle Blonde.« Mü lachte über seinen Witz.

Nach zehn Minuten bezahlten wir den Eintrittspreis von zehn Schilling. Beim Eingang stand auf einer Schiefertafel:

Lufttemperatur: 34 Grad.

Wassertemperatur: 23 Grad.

»Hat jemand von euch eine Sonnencreme dabei?« Wegen seiner hellen Haut hatte Hendrix ständig Angst vor einem Sonnenbrand. Wir schüttelten den Kopf. »Muss ich mir halt eine schnorren gehen.«

Auf der Liegewiese gab es kaum noch freie Plätze, es roch intensiv nach Sonnencreme und verdorbener Wurst. Offenbar lagen einige Jausenbrote schon zu lange in der prallen Sonne.

Radiomusik vermischte sich mit Kindergeschrei, und immer wieder hörte man die Trillerpfeife des Bademeisters, dem an diesem Tag garantiert nicht langweilig wurde. Auch im Wasser herrschte Hochbetrieb, und die Plattformen des Sprungturms waren bereits dicht besetzt. Sprünge wurden durch laute Rufe von oben angekündigt, damit die Schwimmer rechtzeitig ausweichen konnten. Wenn es dann doch einmal krachte, hatte die Wasserrettung alle Hände voll zu tun.

Ich zog mir mein Unterhemd aus und richtete meine Haare so, dass sie die Brustwarzen berührten. Während wir lässig über die Wiese schlenderten, sah ich mich unauffällig um, aber leider waren die meisten Mädchen mit dem Aufblasen von Luftmatratzen oder dem Eincremen ihrer Begleiterinnen beschäftigt. Ich tröstete mich damit, dass der Tag ja noch lang war.

»Na, endlich. Ich habe echt schon Probleme gehabt, den Platz freizuhalten.« Taylor lehnte am Baumstamm und rauchte. »Streut euer Zeug aus, damit sich niemand zu uns legen kann.«

Ich setzte mich im Schneidersitz auf mein Badetuch und warf meine Haare theatralisch nach hinten. Aber niemand sah mir dabei zu.

Hendrix schirmte seine Augen mit der Hand ab. »Ah, dort hinten sitzt meine Tante, die frage ich wegen der Sonnencreme.«

»Na ja, ein Topfenneger wie du muss ja wirklich aufpassen.« Mü klopfte Hendrix freundschaftlich auf die Schulter.

»Apropos Topfenneger. Habt ihr gestern den Film *Flucht in Ketten* gesehen? Da hat der Rassist gleich eine in die Goschen gekriegt, wenn er Nigger gesagt hat.«

»Und wie war der Film?«, fragte Taylor.

»Politisch voll in Ordnung. Ich habe jedenfalls eine unglaubliche Wut auf die Rassisten bekommen.«

Mü schüttelte den Kopf. »Ich habe gestern Abend mit meinem Vater einen heftigen Streit gehabt. Meine Alten gehen mir in letzter Zeit ziemlich auf die Nerven. Kaum will ich etwas von ihnen, haben sie nichts Besseres zu tun, als mich an meine Nachprüfung zu erinnern. Wie mir das alles auf den Keks geht.«

Taylor drückte seine Zigarette aus und deckte den Stummel mit einem Büschel Gras zu. »Was ist eigentlich mit deiner Idee, dass wir in einer Gärtnerei arbeiten sollen?«, fragte er.

Mü zuckte mit den Schultern. »Vielleicht ist es doch gescheiter, zuerst die Schule fertig zu machen. Aber vorher sollten wir unbedingt mit einer Aktion an die Öffentlichkeit gehen. Wir müssen die Spießbürger endlich aufwecken.«

»Genau. *Street Fighting Man.*« Ich hob die Faust und nickte so heftig, dass meine Haare einen wilden Tanz aufführten. »Wir sollten eine Plakataktion machen. Zum Beispiel gegen den Vietnamkrieg. Oder zur Unterstützung von Jane Fonda.«

»Wir könnten ja Parolen auf die Wände schmieren«, meinte Mü. »Wie in Italien. Dort sind alle Wände voll mit politischen Losungen. Avanti popolo. Oder: Viva la revolucion.«

»Das klingt aber eher spanisch«, sagte Taylor und grinste.

Mü machte eine wegwerfende Geste. »Egal, ich gehe ins Wasser. Und dann kaufe ich mir ein Kracherl und eine Wurstsemmel. Für ein Bier ist es mir doch ein bisschen zu heiß.« Er stand auf und streckte sich. »Ihr haltet die Stellung.«

»Klar«, sagte ich und zündete mir eine Smart Export an. Ich machte ein paar Züge, dämpfte sie aber gleich wieder aus. Ich schob die halb gerauchte Zigarette unter das Grasbüschel zu Taylors Stummel.

Ein kleiner Zeppelin mit einem Werbebanner für PERSIL flog über den See. Auf seinem Rückflug machte er Werbung für LISREP.

Als wenig später Hendrix wieder auftauchte, konnte man auf seiner Haut die Reste der aufgetragenen Sonnencreme sehen. »Bei meiner Tante sind zwei Studentinnen aus Deutschland zu

Besuch. Irgendwelche weitschichtigen Verwandten. Ich kann sie ja fragen, ob sie sich zu uns setzen möchten.«

»Wie alt sind sie denn?«, fragte ich interessiert.

»Keine Ahnung. Zwanzig vielleicht.«

»Und wo stehen sie politisch?«, fragte Taylor.

»Ich hab sie nicht gefragt«, antwortete Hendrix schnippisch. »Wie Mitglieder vom Bund Deutscher Mädchen schauen sie jedenfalls nicht aus.«

Ich stand auf. »Wo liegen sie denn?«

»Geh, hör auf, das ist ja peinlich.« Hendrix verzog das Gesicht.

»Schau dir diese Deppen an.« Taylor deutete auf zwei halbstarke Burschen, die ihre Metallkämme seitlich in ihre viel zu engen Badehosen gesteckt hatten. Sie trugen Spiegelbrillen und Goldkettchen, und einer von ihnen fuhr sich mit dem Kamm angeberisch durch seine Schmalzlocken. Als er auch noch an seinem Sack herumfummelte, sagte Taylor: »Der hat sich sicher einen Tannenzapfen in die Hose gesteckt.« Wir lachten, und die beiden verschwanden wieder in der Menge.

Ich sah mich um und wunderte mich, dass mich noch immer kein Mädchen als besonders lässigen Typen wahrgenommen hatte. Na ja, noch hatte ich mein Mick-Jagger-Unterleibchen nicht angezogen, und noch wusste keines der Mädchen, dass ich in Sachen Popmusik ein Experte ersten Ranges war. Wäre zum Beispiel die Rede auf Christine Perfect gekommen, dann hätte ich ganz nebenbei erwähnen können, dass sie zuerst bei *Chicken Shack* gesungen hat, bevor sie 1970 zu *Fleetwood Mac* ging. Und mit wem war Christine Perfect verheiratet? Natürlich mit John McVie, dem Bassisten von *Fleetwood Mac*, und zwar seit 1968. Woah!

Mü kam vom Schwimmen zurück. »Das Wasser ist ein Traum.« Er schüttelte sich wie ein Hund.

»Geh, schleich dich.« Taylor schimpfte, weil er ein paar Tropfen abbekommen hatte.

Kurz nach Mittag tauchte dann endlich Candy auf. Trotz der Hitze trug er eine lange Hose und ein langärmeliges Hemd. Es war offensichtlich, dass er keinen allzugroßen Wert darauf legte, braun zu werden. Er stellte seinen alten Rucksack auf den Boden und warf einen nachdenklichen Blick nach oben. »Buchen sollst du suchen«, murmelte er.

»Eichen sollst du weichen«, antwortete ich.

»Wie bist du denn hergekommen?«, fragte Mü.

»Mit dem Zug. Das Radfahren ist mir bei dieser Hitze zu anstrengend.« Candy kramte in seinem Rucksack. »Hier, das ist der Camus, den ich mir heute gekauft habe. Und zwar wirklich gekauft, nicht gefladert. *Die Pest.* Spielt in Algerien und handelt von der Résistance.«

Ich griff nach dem Buch, es hatte 350 Seiten und schien eine ziemlich sperrige Angelegenheit zu sein. Also genau das Richtige für Candy.

»Und hier ist die *Volksstimme.* Ich bin gespannt, was die Sowjet-Dogmatiker über Vietnam schreiben.« Candy hielt uns die Zeitung hin, die sich Taylor sofort schnappte.

»Aber ohne Unterstützung der Sowjets hätten die Vietnamesen den Krieg schon längst verloren«, sagte Hendrix.

Candy schüttelte den Kopf. »Also, so kann man …«

»Hier, hört euch das einmal an.« Taylor las vor:

»*Was tun, wenn die Welt- und auch die US-Öffentlichkeit stärker den Truppenabzug aus Vietnam fordert? Nun, das Pentagon hat auch dafür einen Plan. Er heißt elektronischer Krieg. Ein automatischer Krieg sozusagen. Ein Knopfdruckkrieg, für den nur mehr ein paar Tausend Spezialisten benötigt werden. Massenvernichtung von Menschen, Dörfern und Feldern aus dem sicheren*

Bunker heraus, vor allem aus sicherer Entfernung. Die Pentagonspezialisten meinen, das sei der Krieg der Zukunft, und sie wollen auch hier noch schnell Indochina als Versuchsfeld nützen.

An Stelle der Soldaten werden in den vordersten Reihen feinfühlige Sensoren und Detektoren treten, die verdächtige Bewegungen und Geräusche ausmachen. Sie senden ihre Signale an eine Zentrale, wo die Daten in Computern gespeichert werden. Die Computer setzen die Bombenflugzeuge in Marsch. Auch sie können automatisch, ohne Personal, arbeiten und ihre Bombenlast im errechneten Zielgebiet abwerfen. Die Automaten haben ihre Vorzüge: Sie bluten nicht, sie meutern nicht, sie nehmen kein Rauschgift, und sie kennen keine Angst. Sie schreiben keine Briefe an ihre Verwandten, und sie geben keine Beschwerden bei Senatoren ab.«

»Sollten wir nicht endlich eine Aktion gegen den Vietnamkrieg machen?« Ich war aufgeregt. »Das ist ja der reinste Wahnsinn, was sich da abspielt. Und die Leute sind schon so abgestumpft, dass ihnen das alles egal ist. Schaut euch doch um. Alle jausnen, schmieren sich gegenseitig ein oder lesen die *Kronen Zeitung*.«

»Wir könnten morgen Flugblätter verteilen«, schlug Hendrix vor. »Die müssten wir aber noch in der Nacht drucken. Die Frage ist nur, wie wir an einen Abzugapparat kommen.«

Mü schüttelte den Kopf. »Ich finde, wir sollten am Hauptplatz Parolen auf die Hauswände sprayen. Da würden den Spießern beim Einkaufen die Augen rausfallen.«

»Was für Parolen?«, fragte ich.

»Na ja, zum Beispiel: Erhebt euch, ihr Untertanen!«

Taylor verzog das Gesicht. »Das klingt ja wie die Aufforderung vom Pfarrer, während der Messe aufzustehen. Dann glauben die Leute noch, dass das von der Kirche kommt.«

»Wer sich nicht wehrt, lebt verkehrt!« Der Vorschlag kam von Hendrix.

Candy schien nachzudenken. »Nur tote Fische schwimmen mit dem Strom.«

»Das versteht doch keiner«, sagte ich. »Außerdem sind diese Losungen alle viel zu lang.«

»Na ja, wenn wir zu fünft sind, geht das aber ruck, zuck!« Mü machte eine Handbewegung, als würde er etwas auf eine Wand schreiben.

»Das ist aber ziemlich gefährlich«, warf ich ein. »Wenn jedes Wort anders aussieht, wissen die sofort, wie viele Leute an der Aktion beteiligt waren.«

»Und woher bekommen wir die Spraydosen?«, fragte Hendrix.

»Spraydosen gibt es genug bei uns zu Hause«, sagte Mü. »Mein Vater bekommt die ja vom Werk, und er weiß sicher nicht, wie viele davon im Keller herumstehen. Ich müsste nur wissen, welche Farbe es sein soll.«

»Schwarz«, sagte Candy. »Alles andere sieht nach Werbung aus.«

Mü nickte verschwörerisch. »Okay, dann nehme ich fünf schwarze Dosen mit, das sollte reichen. Für jeden eine Dose. Wann und wo treffen wir uns?«

»Um zwei Uhr beim Brunnen am Hauptplatz«, antwortete Candy im Befehlston.

»Heute Nacht?« Ich war erstaunt. »Ihr wollt bereits heute Nacht diese Aktion durchziehen?«

Taylor strich sich nachdenklich übers Kinn. »Ist das nicht zu gefährlich? In der Nähe vom Hauptplatz ist doch der Polizeiposten.«

»Nein«, antwortete Candy bestimmt. »Einer hält natürlich Wache, da kann er uns warnen, wenn die Bullen kommen.« Aus Candys Mund klang das Wort *Bullen* irgendwie eigenartig, weil es überhaupt nicht zu ihm passte. »Also sind alle dabei?«

Ich kam mir vor, als würden wir einen Banküberfall planen.

Es folgte allgemeines Gemurmel, und nachdem niemand Einspruch erhoben hatte, schien die Aktion eine ausgemachte Sache zu sein.

»Aber wir wissen ja noch gar nicht, was wir schreiben sollen. Und auf welches Haus?« Ich stellte mir gerade vor, wie wir mitten in der Nacht auf dem Hauptplatz standen und uns überlegten, welches Gebäude wir beschmieren sollten.

»Fresst Scheiße: Zehn Milliarden Fliegen irren nicht.« Mü lachte in sich hinein.

»Ich bin für: Untertanen, erhebt euch!«, sagte Candy mit Nachdruck. »Und zwar sollten wir das direkt auf das große Schaufenster der Bank sprayen.«

»Puh, ausgerechnet auf die Bank?« Hendrix machte ein unglückliches Gesicht. »Dort arbeitet meine Tante, von der ich mir gerade die Sonnencreme ausgeborgt habe.«

Auch Taylor schien Bedenken zu haben. »Ich weiß nicht, können wir nicht ein anderes Gebäude nehmen? Und muss das unbedingt der Hauptplatz sein?«

»Wir müssen ein deutliches Zeichen setzen, sonst interessiert das ja kein Schwein.« Zur Bekräftigung seines Standpunkts ballte Candy die Faust.

Obwohl ich grundsätzlich dafür war, ein Zeichen zu setzen, ging mir das Ganze doch ein bisschen zu schnell. Ich hatte ein mulmiges Gefühl.

Hendrix stand auf. »Ich brauche jetzt erst einmal etwas zu essen.«

Mü hob die Hand. »Hendrix, nimmst du mir eine Wurstsemmel und eine Bluna mit. Und ein Packerl Fredi-Keks.«

»Ja, okay, aber du musst mir das Geld gleich jetzt geben. Du schuldest mir übrigens noch einen Zwanziger.«

»Habe ich dir den nicht schon zurückgegeben?«, fragte Mü scheinheilig.

»Nein, sicher nicht.«

Mü öffnete seine Geldtasche. »Ich hab nur einen Zehner, den Zwanziger gebe ich dir das nächste Mal.«

»Ich mag nichts.« Candy vertiefte sich in sein Camus-Taschenbuch.

»Warte«, sagte ich und holte meine Badehose aus der Tasche. »Ich gehe mit, ich will mich eh umziehen.«

Hendrix und ich mussten aufpassen, dass wir nicht ständig auf Decken, Luftmatratzen oder herumliegendes Jausenzeug traten. Das Strandbad war bummvoll, und ich fragte mich, woher all diese Leute kamen. Sie klebten hier förmlich aneinander, aber wenn es geregnet hätte, wären sie zu Hause gesessen und hätten blöd aus der Wäsche geschaut. Irgendwie ergab das alles keinen Sinn.

»Bist du dabei bei der Aktion?«, fragte mich Hendrix.

Ich zuckte mit den Schultern. »Ich glaube schon, aber ob der Hauptplatz der richtige Ort ist, weiß ich nicht. Darüber sollten wir vielleicht noch einmal reden.« Vor den Umkleidekabinen blieb ich stehen. »Ich muss mich jetzt umziehen. Bis später.«

Hendrix warf einen prüfenden Blick zum Himmel, wo noch immer keine Wolke zu sehen war. Er griff sich auf die Schulter. »Aua. Scheiße, ich glaube, ich hab mir tatsächlich schon einen Sonnenbrand eingefangen.«

»Halb so schlimm«, sagte ich.

Hendrix ging Richtung Buffet weiter, ich stellte mich vor der Kabine mit der Nummer 6 an. Natürlich hatte ein Witzbold mit einem Messer das Wort SEX in die Holztüre geritzt. Die Umkleidekabinen machten einen ziemlich desolaten Eindruck und erinnerten eher an Verschläge. Während ich wartete, ging eine junge Frau in die Kabine links von mir. Sobald ich meine Kabine betreten hatte, suchte ich die Wand nach einem Loch ab. Dass es in diesem Holzverschlag nach Moder und Schimmel roch, war mir in diesem Augenblick egal. Ich las die Wörter FICKEN und BUMBSEN und fand tatsächlich einen schmalen Spalt. Viel war nicht zu sehen, aber immerhin konnte ich erkennen, dass die Frau schwarze Schamhaare hatte. Leck Arsch, dachte ich und bekam sofort einen Ständer. Während ich mir allerhand vorstellte, klopfte es an die Tür. »He, du, was ist denn los mit dir? Bist du eingeschlafen?« Das musste auch die Frau gehört haben, die instinktiv in meine Richtung blickte. Auch wenn sie mich nicht sehen konnte, war mir die Situation peinlich, und ich hoffte, dass sie nicht draußen auf mich wartete. Ich zog mir meine abgeschnittenen Jeans und meine weiße Rippunterhose aus, die mir prompt in die abgestandene Wasserlache fiel. Rasch schlüpfte ich in meine bunten Bermudashorts, musste wegen meines Ständers aber noch ein bisschen ausharren. Mit gesenktem Kopf verließ ich schließlich die Kabine. Aus dem Augenwinkel sah ich, dass die Frau einen gelben Bikini trug.

Wieder an unserem Platz, stopfte ich meine Jeans in die Umhängetasche. Die schmutzige Unterhose wickelte ich in mein Badetuch. »Ich gehe eine Runde schwimmen«, sagte ich. Ich brauche dringend eine Abkühlung.

»Ich bleibe hier.« Dass Candy lieber in seinem Camus schmökerte, als ins Wasser zu gehen, wunderte mich nicht weiter.

»Ich warte auf meine Jause«, sagte Mü.

Taylor sagte nichts, weil er eingeschlafen war.

Ich sah hinaus auf den See, der eine eigenartige Farbe hatte. Ich vermutete, dass er entweder türkisblau, taubenblau, graublau oder einfach nur blau war. So genau wusste ich das nicht, weil sich mein Farbverständnis von dem anderer Menschen unterschied. Das war auch der Grund, weshalb ich es in der Volksschule nicht weiter schlimm fand, einen grünen Fuchs auf roter Wiese zu zeichnen. Die Lehrerin sah das naturgemäß anders und gab mir einen Fünfer auf meine Zeichnung.

Als einige Segelboote vorbeifuhren, sagte ich zu Mü: »He, Mü, was ist? Hast du nicht Lust auf eine Segeltour?«

Mü verzog das Gesicht. »Bitte, erinnere mich nicht daran.«

Vergangenen Sommer war Mü auf die grandiose Idee gekommen, ein Segelboot zu mieten. Auf die Frage, ob er segeln könne, hatte er mit »Ja« geantwortet, obwohl sich bald herausstellte, dass er vom Segeln nicht die geringste Ahnung hatte. Und natürlich dauerte es nicht lange, bis das Boot beim ersten Windstoß kenterte. Dabei hatten wir großes Glück, dass niemand verletzt wurde. Und dass wir ohne Strafe davonkamen, hatten wir auch nur Müs Vater zu verdanken, der seine Beziehungen als Abteilungsleiter in der Chemiefabrik spielen ließ.

Ich schwamm weit hinaus, wo das Wasser angenehm kühl war. Plötzlich hatte ich das Gefühl, dass mein Fuß etwas Glitschiges berührte. War das eine dieser gefährlichen Schlingpflanzen, die einen Menschen nach unten ziehen konnten? Ich bekam es mit der Angst zu tun und schwamm so schnell wie möglich zurück. Kurz bevor ich das Ufer erreicht hatte, pinkelte ich noch rasch ins Wasser.

Mü und Candy waren in eine Diskussion über das Treffen der Stalingradkämpfer vertieft. Mü deutete auf einen Artikel in der *Volksstimme*. »Sogar der Landeshauptmann nimmt daran teil. Und Ehrengast ist ein Oberst der deutschen Wehrmacht, der in Stalingrad an vorderster Front gekämpft hat. Dort müssten wir eine Protestaktion machen.«

Als plötzlich Hendrix in Begleitung des Mädchens in dem gelben Bikini auftauchte, verschlug es mir fast die Sprache. Sie sah unglaublich gut aus, hatte lange, schwarze Haare und trug eine große Sonnenbrille. Um ihr Handgelenk hatte sie ein buntes Stoffarmband gebunden, wie ich es im *Musikexpress* bei vielen Popsängerinnen gesehen hatte.

»Das ist die Elke aus Düsseldorf. Sie ist mit ihrer Freundin bei meiner Tante zu Besuch.« Hendrix blickte stolz in die Runde. Er gab Mü die Wurstsemmel und die Bluna-Flasche. »Die Fredi-Keks waren schon aus.«

»Möchtest du dich setzen?«, fragte Candy. Ich wunderte mich, dass sich Candy überhaupt für ein Mädchen wie Elke interessierte. Gleichzeitig ärgerte ich mich, dass er schneller war als ich.

»Gerne, Heinrich hat mir erzählt, dass er mit ein paar Freunden hier ist.« Elke sprach Hochdeutsch, was mich gleich ein bisschen einschüchterte. Ungeniert setzte sie sich im Schneidersitz auf die Decke. Ich merkte, wie wir alle krampfhaft versuchten, ja nicht dorthin zu schauen, wo wir eigentlich alle hinschauen wollten. Ich bückte mich nach meinem Badetuch und warf einen verstohlenen Blick auf Elkes knappes Bikinihöschen. Zur Ablenkung dachte ich an meine Französisch-Nachprüfung. Wie war das noch einmal mit dem Plusquamperfekt?

»Elke studiert in Düsseldorf Sozialpädagogik«, sagte Hendrix und nickte dazu, als wäre er der große Experte in Sachen Sozialpädagogik.

»Ja, ich habe gerade das vierte Semester abgeschlossen.«

Ich überlegte, was das bedeutete, und dachte nur, dass Elke unglaublich gescheit sein musste.

Taylor hielt Elke seine Zigarettenpackung hin. »Magst du eine?«

»Klar.« Bevor ich meine Zündhölzer aus der Tasche holen konnte, klickte schon Taylors Feuerzeug. Elke inhalierte und blies den Rauch kunstvoll in Ringen aus. Ich war beeindruckt.

Als ich mein Badetuch aufhob, fiel meine dreckige Unterhose auf den Boden. Auch das noch.

»He, was ist denn mit deiner Unterflack passiert?« Warum konnte Taylor, dieser Arsch, nicht einfach seinen Mund halten?

»Die ist mir in der Umkleidekabine ins Wasser gefallen«, sagte ich und biss mir sofort auf die Zunge. Ich hoffte, dass ich mich nicht verraten hatte. Um Elke abzulenken, holte ich mein Mick-Jagger-Leibchen hervor, das ich mir überstreifte. Ich drehte mich so, dass sie die Aufschrift sehen konnte. Aber Mick Jagger schien sie nicht besonders zu interessieren.

»Ja, die Kabinen sind echt krass«, sagte sie, ohne mein Unterleibchen eines Blickes zu würdigen.

Der Einzige, der zu meinem Kunstwerk einen Kommentar abgab, war Hendrix. »He, lässig, hast du das selbst geschrieben?«

»Ja, klar.« Ich fuhr mir möglichst locker durch die Haare.

Aber Taylor riss das Gespräch sofort wieder an sich. »Wie lange seid ihr denn schon hier?«

»Du meinst, hier im Bad?«

»Nein, ich meine bei der Tante vom Hendrix.«

»Seit drei Tagen. Aber ehrlich gesagt langweiligen wir uns schon ziemlich. Hier ist ja nichts los. Absolut tote Hose.«

»Ihr könnt ja am Samstag zum Konzert mitkommen«, meinte Mü. »Da spielen ein paar gute Bands, und nachher gibt es noch eine Diskothek. Wird sicher krass.« Mü war sichtlich stolz auf das Wort *krass*.

Elke lächelte. »Ja, klingt super, aber das ist ja erst in vier Tagen. Wo kann man denn hier sonst noch hingehen?«

»Es gibt zwei, drei Wirtshäuser und Cafés, wo wir uns regelmäßig treffen«, antwortete Mü.

»Und die Disko in Ficking«, ergänzte ich.

»Ficking?« Elke warf mir einen belustigten Blick zu. »Was ist denn das für ein ulkiger Name?« Noch bevor ich etwas sagen konnte, hob sie die Hand und winkte. »Heike! Heike!« Ein Mädchen blieb stehen und kam auf uns zu. »Das ist Heike, meine Kommilitonin.«

Kommilitonin? Meinte sie Kosmonautin?

»Grüß euch.« Heike schüttelte ihre nassen Haare aus. Sie hatte halblange blonde Haare und trug einen Badeanzug mit poppigen Mustern. Ihre vollen Lippen erinnerten mich sofort an Mick Jagger. Wie eine Kosmonautin sah Heike jedenfalls nicht aus. »Kann mir jemand ein Handtuch borgen?«, fragte sie.

Ich wollte ihr mein Badetuch geben, aber Mü war schneller. Scheiße, was war denn los mit mir?

»Danke. Das Wasser ist erstklassig. Schade, dass so viele Leute da sind. Ich würde gerne einmal in der Nacht schwimmen gehen.«

Sofort stellte ich mir vor, wie ich mit Heike nackt schwimmen ging und wir uns anschließend auf der Wiese liebten. Oder auf dem Zehn-Meter-Turm. Allerdings bezweifelte ich, dass ich als Siebzehnjähriger bei Heike überhaupt eine Chance hatte. Um nicht dumm herumzustehen, griff ich in meine Tasche und holte die letzte Smart Export hervor. »Magst du eine?«

»Ja, klar, danke.«

Mit Taylors Feuerzeug zündete ich ihre Zigarette an. Meine Hand zitterte leicht.

»Bist du *Stones*-Fan?«, fragte sie.

»Ja.« Ich wurde ein bisschen verlegen und bekam einen trockenen Mund. Ich griff nach Müs Bluna-Flasche und nahm einen Schluck. Die Limonade schmeckte abgestanden.

»I can't get no satisfaction«, sang Heike und lachte.

»Am Samstag ist ein Konzert«, sagte Elke. »Da könnten wir doch hingehen. Was meinst du?«

»Klar doch«, antwortete Heike aufgeräumt.

Elke sah mich an. »Wie heißt noch einmal das Dorf mit der Disko?«

»Ficking.«

»Ficking«, wiederholte Elke lachend. »Mannomann.«

»Studierst du auch Sozialpsychologie?«, fragte ich Heike möglichst lässig.

»Sozialpädagogik«, korrigierte sie mich.

»Ah, okay.« Ich überlegte, ob ich den Adorno herausholen sollte, ließ es aber lieber bleiben. Vom *genitalen Sexus* hatte ich nämlich genauso wenig Ahnung wie von Sozialpädagogik. »Findest du eigentlich *Exile on Main Street* besser oder *Let it bleed*?«, fragte ich stattdessen.

»Äh.« Heike spitzte ihre vollen Lippen, in die ich am liebsten hineingebissen hätte. Nicht fest, aber ein bisschen. »Weiß ich nicht«, sagte sie. »Ich habe die neue LP noch gar nicht gehört.«

»Ich finde *Let it bleed* viel besser. Das Cover von *Exile on Main Street* ist zwar super, aber musikalisch kommt die Platte nicht an *Let it bleed* heran.« Ich versuchte mir ein paar Zeilen von *You can't always get what you want* in Erinnerung zu rufen, hatte aber plötzlich ein Black-out. Wie Mick Jagger im Hyde Park schüttelte ich meine Haare, trotzdem fiel mir der Text nicht ein. Also sagte ich nur: »Chelsea drugstore. Eine lässige Nummer.«

Heike nickte. »Geht ihr häufig in der Nacht schwimmen? Das muss ja ganz toll sein.«

»Äh, klar gehe ich oft in der Nacht schwimmen. Das ist wirklich toll.« Das Wort *toll* hörte sich aus meinem Mund ziemlich blöd an.

»He, Mick, wann warst du denn das letzte Mal in der Nacht schwimmen? Davon hast du uns ja gar nichts erzählt.« Taylor lachte schadenfroh.

»Ich muss dir ja nicht alles erzählen.«

»Die kleine Dorli hat ihre Mama verloren. Ich wiederhole: Die kleine Dorli hat ihre Mama verloren. Sie wartet am Eingang.«

Während der Lautsprecherdurchsage war der Lärmpegel im Strandbad kurz zurückgegangen, schwoll aber gleich wieder an. Ich musste an das vermisste Mädchen denken, und dabei fiel mir ein, dass vor vielen Jahren auch mein Bruder einmal verlorengegangen war. Das war während eines Braufests gewesen. Der Kapellmeister hatte Willi in die Höhe gehoben und gefragt, wem der kleine Bub gehöre. Willi hatte wie am Spieß geschrien und meine Mutter dann so fest an den Haaren gerissen, dass ihr noch zwei Tage lang der Schädel brummte.

Ich überlegte fieberhaft, ob ich die kleine Unaufmerksamkeit nutzen sollte. »Wir könnten uns ja heute Nacht hier treffen«, flüsterte ich Heike zu. Ich war selbst von meiner Kühnheit überrascht. Aber Heike schien die Einladung missverstanden zu haben. »Mensch, Elke, lass uns doch heute Nacht schwimmen gehen«, rief sie so laut, dass es das halbe Strandbad hören konnte.

Candy warf mir einen bösen Blick zu. »Also, wir haben heute Nacht keine Zeit.« Er griff nach seinem Taschenbuch und blätterte demonstrativ darin.

»Ach, schade«, sagte Heike. »Und wie sieht es morgen aus?«

»Gut«, antwortete ich sofort. Ich war sauer auf Candy, weil er mir gerade eine vielversprechende Verabredung vermasselt hatte.

Zwei braungebrannte Buben in Klothhosen schlichen um unsere Decken herum und hielten Ausschau nach leeren Pfandflaschen. Ich verscheuchte sie mit einer energischen Handbewegung.

Elke drückte ihre Zigarette aus. »Ich geh dann mal wieder. Heike, kommst du mit?«

»Ja, klar, ich muss mich endlich umziehen.« Beim Aufstehen fuhr sich Heike unter den Saum ihres nassen Badeanzugs, dabei konnte ich für einen kurzen Moment Ansätze ihrer blonden Schamhaare sehen. Leck Arsch, dachte ich.

Elke hob die Hand. »Man sieht sich.«

»Ja, man sieht sich«, sagte ich so lässig wie möglich. Ich dachte an die Schamhaare der beiden Studentinnen und ärgerte mich maßlos, dass aus der Nachtschwimmerei nichts wurde. »Sollen wir uns das mit der Aktion am Hauptplatz nicht doch noch einmal überlegen?«, fragte ich.

»Ja, das finde ich auch«, pflichtete mir Hendrix bei.

Candy schlug sein Buch mit einem lauten Knall zu. »Ich dachte, wir sind uns einig, dass wir endlich ein Zeichen setzen müssen.« Er sah mich herausfordernd an. »Oder ist es dir wichtiger, mit zwei Studentinnen baden zu gehen?«

»Geh, Candy, jetzt reg dich nicht auf. Es wäre doch ein vollkommener Blödsinn, den Bullen ins offene Messer zu laufen.«

»Also, ich glaube auch, dass wir das Ganze noch einmal überdenken sollten«, sagte Taylor.

Candy wurde wütend. »Da diskutieren wir tagelang über die Lebenslüge und dass es notwendig ist, dem Untertanengeist etwas entgegenzusetzen, und dann zieht ihr plötzlich alle den Schwanz ein.«

Beim Wort *Schwanz* zuckte ich kurz zusammen.

»Du Depp, wieso bleibst du denn auch so lange im Wasser.« Unser Disput wurde von einer Frau unterbrochen, die neben uns ihren kleinen Sohn zusammenstauchte. Die Lippen des Buben waren blau angelaufen, und er zitterte am ganzen Körper. In seiner Tarzan-Badehose sah der dünne Kerl bemitleidenswert aus.

»Ich, ich hab's ja nicht gemerkt, Mama«, stotterte er, während er sich umständlich ein Badetuch um seinen schmächtigen Körper wickelte.

»Du kriegst gleich eine Watsche.« Die Mutter hob drohend die Hand.

»Lassen Sie doch das Kind in Ruhe«, rief Mü plötzlich.

Nach einer kurzen Schrecksekunde antwortete die Frau: »Misch dich nicht in Angelegenheiten ein, die dich nichts angehen.«

Jetzt wurden auch andere Badegäste auf den Streit aufmerksam.

»Seit wann sind wir denn per du?«, fragte Mü provokant. »Soviel ich weiß, kennen wir uns gar nicht.«

Der Bub sah abwechselnd zu Mü und zu seiner Mutter, rückte dann aber näher an seine Mutter heran. Sie machte eine abfällige Geste in unsere Richtung und schob den Buben von sich weg.

Mit stolzgeschwellter Brust zündete sich Mü eine Lucky Strike an.

Ich nutzte die kurze Unterbrechung und stand auf. »Ich muss aufs Klo«, sagte ich. Auf dem Weg zu den Toiletten überlegte ich, ob ich Heike und Elke einen Besuch abstatten sollte. Ich machte einen Umweg und sah, dass die beiden Studentinnen mit Hendrix' Tante auf einer Decke saßen. Da ich mich nicht blamieren wollte, ging ich zurück zu den Toiletten, drehte aber gleich wieder um, weil es dort penetrant nach Pisse stank. Musste ich halt später wieder ins Wasser pinkeln.

Als ich unseren Platz erreicht hatte, winkte mir Mü verschwörerisch zu. »He, Mick«, flüsterte er, »die Aktion startet heute Nacht um zwei. Wir treffen uns am Hauptplatz beim Brunnen, ich besorge die Spraydosen.«

»Seid ihr dabei?«, fragte ich Taylor und Hendrix. Die beiden zuckten mit den Schultern. Irgendwie hatte ich bei der ganzen Sache kein gutes Gefühl, wollte aber auch nicht als Feigling dastehen. »Ist das jetzt ausgemacht?«

»Ja, klar.« Candy ballte die Faust. »Mü und ich sprayen, Taylor, Hendrix und du, ihr steht Schmiere. Da kann eigentlich gar nichts schiefgehen.«

Auf der Strandbaduhr war es jetzt kurz vor zwei. Bis zur Aktion blieben uns also noch zwölf Stunden. Ich überlegte fieberhaft, wie ich es anstellen könnte, mich doch noch mit Heike zu treffen. Ich stellte mir vor, wie ich mit ihr auf der obersten Plattform des Sprungturms lag und wir uns liebten. Irgendwie hatte ich das Gefühl, dass Heike auf mich stand. Ich stand jedenfalls sehr auf sie.

»He, Mick, ist alles in Ordnung mit dir? Du schaust so komisch.« Mü hielt mir die Bluna-Flasche hin. Ich nahm einen Schluck, spuckte die lauwarme Brühe aber gleich wieder aus.

»Geh, schleich dich«, schimpfte Mü, weil er ein paar Spritzer abbekommen hatte.

»Ich hole etwas zu essen«, sagte ich.

»Nimmst du mir eine Wurstsemmel mit?«, fragte Taylor. »Hier sind fünf Schilling.«

»Okay.«

Vor dem Büffet hatte sich eine lange Schlange gebildet. Den Leuten schien es nichts auszumachen, dass sich ihre schwitzenden Körper berührten. Vor mir steckte sich ein kleiner Dickwanst Pommes frites in den Mund, die ihm ständig auf den Boden fielen. Einmal passte ich kurz nicht auf und trat prompt in ein paar fettige Kartoffelstücke, die sich mit einem schmatzenden Geräusch zwischen meinen Zehen verteilten. »He, hast du keine Augen im Kopf«, schimpfte ich den Fettwanst. »Da, schau dir das an.« Der Dicke zuckte aber bloß mit den Schultern, und als er an die Reihe kam, bestellte er sich zwei weitere Portionen Pommes frites. Der Mann hinter der Theke kratzte sich ungeniert unter seiner stark behaarten Achsel, bevor er nach den Kartoffelstücken griff, die in einem großen Haufen vor ihm lagen. Mir verging der Appetit, und ich bestellte nur die Wurstsemmel für Taylor. Ich bezahlte fünf Schilling und war froh, dass ich die Semmel nicht essen musste. Als ich mich umdrehte, stand plötzlich Heike vor mir. Vor lauter Schreck wäre mir beinahe die Wurstsemmel aus der Hand gefallen.

»Äh, hallo, wie geht's?«, stotterte ich.

»Gut, gut. Ich habe dich vorhin gesehen, und ich dachte, ich frag dich mal, ob wir heute Nacht nicht doch schwimmen gehen wollen? Die anderen müssen das ja nicht wissen.« Dabei warf mir Heike einen Blick zu, der wie ein Blitz in mein Herz einschlug.

»Ja, su-su-super.« Ich nickte so heftig, dass mir meine Haare ins Gesicht fielen. »Wir könnten uns hinten bei den Mülltonnen treffen, da kenne ich eine Stelle, wo man über den Zaun klettern kann.«

»Ja, prima. Um Mitternacht?«

Ich war baff, wie unkompliziert Heike war. Lag das daran, dass sie Deutsche war? Oder dass sie Sozial – mir fiel das Wort nicht ein – studierte? »Hast du ein Fahrrad?«

»Klar. In der Garage von Heinrichs Tante stehen genug Fahrräder herum.«

»Und was ist mit Elke?«, fragte ich vorsichtig. »Die wird doch mitkommen wollen.«

»Ne, ne, das klappt schon. Also, wir sehen uns dann um Mitternacht. Tschüss.« Heike zwinkerte mir zu, und weg war sie.

Wie angewurzelt stand ich mit der Wurstsemmel in der Hand da und schaute Heike mit offenem Mund nach. Erst nach und nach realisierte ich, dass mich soeben eine mindestens zwanzigjährige deutsche Studentin zum Nachtschwimmen eingeladen hatte. Ich konnte mein Glück kaum fassen. Auf dem Weg zurück war ich völlig abwesend. Ich schaute zum Sprungturm und lächelte vergnügt vor mich hin. Wahrscheinlich sah ich aus wie ein Idiot. Keiner der Badegäste konnte ahnen, dass ich in weniger als zehn Stunden mit Heike nackt auf der Zehn-Meter-Plattform liegen würde. Blutiger Hund, dachte ich, so schön kann das Leben sein.

Den Rest des Nachmittags verbrachte ich damit, dass ich alle fünf Minuten auf die Uhr schaute. Ich fand, dass die Zeit viel zu langsam verging. An den Gesprächen beteiligte ich mich nur noch am Rande. Als irgendwo *Bad Moon Rising* gespielt wurde, dachte ich, dass der Song eigentlich *Good Moon Rising* heißen müsste. Schließlich würde heute Nacht ein guter Mond für mich aufgehen.

»Das ist ein arges Lied«, sagte Candy. »Der böse Mond geht auf, das war so etwas wie eine Vorahnung auf das, was auf die amerikanische Gesellschaft zukommen würde. Das Irre an dem Song ist ja, dass er einige Monate vor der Ermordung von Sharon Tate durch die Manson-Bande geschrieben wurde.« Er hielt kurz inne und sang dann die Zeile *I know the end is coming soon* mit. Dann widmete er sich wieder seinem Camus.

Ich ärgerte mich, dass Candy über diesen Song mehr wusste als ich. Sofort holte ich das Buch mit den Protestliedern aus meiner Tasche. Ich schlug eine Seite auf und las laut vor:

»When they ring the gong –

Watch out for the Vietcong.«

Candy warf mir einen fragenden Blick zu.

»Der Phil Ochs ist in seiner politischen Haltung ja viel konsequenter als der Dylan«, sagte ich in einem Tonfall, der klarmachen sollte, dass mir in Sachen Phil Ochs niemand etwas vormachen konnte. »In *Ringing of Revolution* hat er sich ja zu Recht über Bob Dylan lustig gemacht. Wisst's eh, wegen seinem Auftritt beim Newport Folk Festival, wo er als Judas beschimpft wurde.«

»Aha«, sagte Hendrix.

»Schmeckt es dir nicht?«

»Ja, schon«, antwortete ich mit einem zerstreuten Nicken. Auf unserer Küchenuhr war es kurz vor halb acht, ich musste also noch vier Stunden warten, bis ich mich endlich auf den Weg zum Strandbad machen konnte.

»Kannst mir ja noch einen Knedel in die Nachtschicht mitgeben.« Zur Ü-Aversion meines Vaters war jetzt offenbar noch eine Ö-Aversion dazugekommen. Aber vielleicht lehnte er mittlerweile ja alle Umlaute ab.

»Gehst du am Sonntag mit in die Kirche? – He, Ernsti, was ist los?« Meine Mutter zupfte mich am Arm. »Gehst du am Sonntag mit in die Kirche?«

»Was? Wieso soll ich am Sonntag mit in die Kirche gehen?«

»Da ist der Gedenkgottesdienst für deinen Onkel Mischko. Der wäre fünfzig Jahre alt geworden.«

Ich zuckte mit den Schultern. »Aber den kannte ich ja gar nicht.«

»Das ist doch egal, immerhin war er Papas Bruder. Mit einundzwanzig Jahren ist er gestorben. Im Herbst 1943, wie die Tito-Partisanen zum ersten Mal in unser Dorf gekommen sind.«

Ich sah zu meinem Vater, der gedankenverloren in seinem Sauerkraut herumstocherte. Obwohl meine Eltern gegen Ende des Krieges aus Kroatien fliehen mussten, stand ich instinktiv aufseiten Titos und der Partisanen. »War das die Geschichte mit dem Pferdewagen?«, fragte ich.

Mein Vater zog es vor zu schweigen. An seiner Stelle antwortete meine Mutter: »Ja. Die Tito-Partisanen sind in der Nacht gekommen und haben ein paar Häuser geplündert. Und wie sie den Mischko in der Ustascha-Uniform gesehen haben, haben sie ihn hinten an den Pferdewagen angebunden und durchs Dorf geschleift. In der Früh hat ihn dann seine Frau auf einem Feldweg gefunden. Sogar seine Holzschuhe haben sie ihm weggenommen.«

Ich wollte schon sagen, dass er als Ustascha-Faschist selber schuld war, ließ es aber bleiben, weil ich keinen Streit anfangen wollte. Ich wandte mich an meinen Vater. »Du warst damals an der Front?«

Er nickte, ohne mich anzusehen. »Am Wochenende kommt ein Tirk zu uns ins Werk.« Er war sichtlich froh, über etwas anderes reden zu können. »Der studiert in Deutschland und macht bei uns ein Praktikum. Der Leimbauer hat gesagt, dass sie noch ein Quartier für ihn suchen.«

»Seit wann macht ein Deutscher bei euch ein Praktikum?«, fragte ich.

»Wieso ein Deutscher?«

»Na ja, Dirk ist doch ein deutscher Name.«

»Nein, kein Dirk, ein Türk«, klärte mich mein Vater auf.

»Ach so. Der könnte doch bei uns wohnen. Das Zimmer von den Schlafgehern steht ja eh schon die längste Zeit leer.«

»Was redest du denn da?« Meine Mutter warf mir einen vorwurfsvollen Blick zu. »Wir fahren in zwei Wochen auf Urlaub. Was mache ich da mit einem Türken?«

»Du kannst doch einmal fragen, wie lange er das Zimmer braucht. Wenn er länger bleibt, kann er dann ja woanders wohnen. Mir würde das schon taugen.«

»Ja, und kochst du für ihn? Ich kann doch kein Wort Türkisch.«

»Wenn er in Deutschland studiert, wird er doch Deutsch können.«

Mein Vater überlegte. »Ich kann ja einmal fragen.«

»Ihr mit euren Ideen.« Meine Mutter schüttelte den Kopf. »Ernst, du kannst jetzt den Garten gießen.«

Die Aufforderung kam mir gelegen, weil beim Gartengießen die Zeit schneller verging. Während ich den Schlauch ausrollte, überlegte ich, was ich zum Treffen mit Heike anziehen sollte. Am besten wäre wohl, wenn ich anstelle einer Unterhose gleich die Bermudashorts tragen würde. Das sah sicher lässiger aus als meine weiße Rippunterhose. Und dazu würde ich das Mick-Jagger-Leibchen anziehen. Sicherheitshalber würde ich die alte Holzfällerjacke mitnehmen, die ich kürzlich auf dem Dachboden gefunden hatte. Die hatte zwar schon ein paar Löcher, aber gerade das war ja das Besondere an ihr. Das Einzige, was mir Kopfzerbrechen bereitete, war die Aktion am Hauptplatz. Was, wenn ich wegen Heike zu spät kam?

»Ernst, die Radieschen ertrinken ja! Kannst du nicht aufpassen?«

Um drei viertel zehn verließ mein Vater das Haus. Wie er die Nachtarbeit im Kraftwerk aushielt, war mir ein Rätsel. Mich strengte schon das Gartengießen an, vom Rasenmähen ganz zu schweigen. Ich lag im Bett und starrte an die Decke. Was Heike jetzt wohl machte? Fieberte sie unserem Treffen genauso entgegen wie ich?

Ein fetter Julikäfer landete auf dem staubigen Schirm meiner Nachttischlampe. Ich zerdrückte ihn mit einem Papiertaschentuch, das immer griffbereit auf meinem Nachtkästchen lag. Das knackende Geräusch war zwar unangenehm, aber warum musste er sich auch ausgerechnet auf meinen Lampenschirm setzen?

Ich hörte das Rattern eines Zuges. Schon als Kind konnte ich aufgrund des Klangs unterscheiden, ob es sich um einen Schnellzug, um einen Personenzug oder um einen Güterzug handelte. Tack – tack. Tack – tack. Tack – tack. Das war gerade ein Schnellzug, ein Personenzug wäre langsamer gewesen und ein Güterzug länger. Mit meinem Bruder war ich früher oft verbotenerweise zu den Gleisen gegangen, um zu schauen, wohin die Züge fuhren und was sie transportierten. Als Kinder durften wir uns nur montags der Bahn nähern, wenn meine Mutter am Steg unterhalb der Eisenbahnbrücke die Wäsche wusch. Dann stellten wir uns unter die Brücke und warteten, bis ein Zug kam. Wer es bei dem Höllenlärm am längsten aushielt, hatte gewonnen.

Mit fiel der legendäre Postraub in England ein, der vor einigen Jahren unter dem Titel *Die Gentlemen bitten zur Kasse* verfilmt worden war. Ich war von diesem Film so begeistert gewesen, dass ich ihn unbedingt nachspielen wollte. Zum Üben gingen Willi und ich zu den Heindl-Brüdern, die eine Modelleisenbahn besaßen, während wir nur eine Carrera-Autorennbahn hatten. Als Archibald Arrow war ich der Boss der Bande, mein Bruder war Tomas Webster, die Heindl-Brüder waren Patrick Kinsey und Geoffrey Black, und Franz Deisenhammer war George Slowfoot, was insofern gut passte, als der dicke Franzi ja tatsächlich ein bisschen langsam war.

Am Tag des Überfalls schlichen wir in der Abenddämmerung zu den Gleisen, und Peter Heindl alias Patrick Kinsey musste wie ein Indianer sein Ohr auf die Schienen legen und horchen. Als der Zug dann mit einem unglaublichen Tempo an uns vorbeidonnerte, haben es die meisten Gentlemen mit der Angst zu tun bekommen und sind nach Hause gelaufen. Ich ließ mich aber nicht aus der Ruhe bringen und tat so, als würde ich ein paar Postsäcke über die Böschung zu unseren Fluchtautos werfen. Am Ende musste ich den Postraub aber leider für gescheitert erklären.

Kurz nach elf ging ich ins Badezimmer, wo ich meine Haare toupierte. Ich sprühte sie mit Taft ein und bekam sofort Lust auf eine Extrawurstsemmel. Als Kinder hatten wir nämlich immer samstags um Punkt drei Uhr eine Extrawurstsemmel bekommen, während sich meine Mutter und meine Großmutter gegenseitig die Haare eindrehten. Dabei verwendeten sie so viel Taft, dass ich den Geruch mein Leben lang nicht vergessen werde.

Ich schlich mich aus dem Haus und kam um zehn vor zwölf verschwitzt beim Strandbad an. Das Plakat mit dem Foto des vermissten Mädchens hing immer noch am Strommasten. Jetzt, in der Nacht, sah es richtig gespenstisch aus. Vielleicht würde ja auch bald in der Sendung *Aktenzeichen XY ungelöst* über das Mädchen berichtet werden. Ich sondierte die Lage und stellte mein Rad neben den Mülltonnen ab. Auch wenn es daraus fürchterlich stank, würden uns die Tonnen beim Klettern über den Zaun hilfreich sein. Ich war nervös und sah mich ständig um, aber nichts rührte sich. Da fiel mir ein, dass ich gar nichts zu trinken mitgenommen hatte. Nicht einmal Zigaretten hatte ich dabei. Ein Rascheln riss mich aus meinen Gedanken, aber es war nur eine fette Ratte, die hinter den Mülltonnen verschwand. Ich nahm mir vor, am nächsten Tag endlich das Rattengift für meinen Großvater zu kaufen.

Um zehn nach zwölf kletterte ich über den Zaun, weil ich sichergehen wollte, dass wir tatsächlich allein im Strandbad waren. Ich betrachtete den Sprungturm und spürte ein Kribbeln in der Bauchgegend. Der Mond warf ein schimmerndes Licht auf den See. Es war die perfekte Kulisse für eine wilde Liebesszene. Wieder warf ich einen Blick auf die Uhr. Je später es wurde, desto enger wurde mein zeitlicher Spielraum. Natürlich mussten wir etwas gegen die Spießer unternehmen, aber was brachte es, wenn wir gleich bei der ersten Aktion erwischt wurden? Weit hinten in meinem Kopf meldete sich eine Stimme: *Ernst, du bist ein feiger Hund. Du willst dich ja nur vor der Sprayaktion drücken.* Ich schüttelte den Kopf und murmelte trotzig: »Das stimmt ja gar nicht.«

Auf der Strandbaduhr drehte sich die Zeit im Kreis, und ich begann zu grübeln. Hatte sich Heike verfahren? Oder hatte sie einen Unfall? Oder war sie von Hendrix' Tante erwischt worden? Plötzlich kam mir ein schrecklicher Gedanke. Was, wenn Heike gar nicht weggefahren war? Möglicherweise saß sie mit Elke in ihrem Zimmer und machte sich über den Typen lustig, der im Strandbad auf sie wartete. Vielleicht spielte sie Elke sogar vor, wie ich nervös auf die Uhr sah und nicht wusste, was ich tun sollte. *»Der Arme hat sicher geglaubt, dass du mit ihm bumsen wirst«*, sagte Elke. Und während sich die beiden vor Lachen bogen, lief im Hintergrund das Lied *Ha! Ha! Said the Clown.*

Mit einer gehörigen Portion Wut im Bauch ging ich zum

Sprungturm und kletterte auf die Zehn-Meter-Plattform. Ich legte mich auf den noch warmen Betonboden und blickte zum Himmel. Tausende Sterne blickten zurück. Genau hier hätte ich mit Heike liegen können. Aufgewühlt stellte ich mich an den Rand der Plattform und holte mir einen herunter. Ich spritzte eine ordentliche Fontäne in den See und fühlte mich zumindest ein bisschen erleichtert. Während ich meine Hose zuknöpfte, hörte ich von unten ein schmatzendes Geräusch. Im Mondlicht sah ich, wie ein Schwarm Fische gierig milchigweiße Klumpen einsog. Ich hoffte, dass es bei Hendrix' Tante bald frischen Fisch gab.

Beim Zurückklettern über den Zaun blieb ich hängen und zerriss mir meine Hose. Niedergeschlagen setzte ich mich aufs Rad und fuhr los. Jetzt hatte ich genügend Zeit, über Heikes Abfuhr nachzudenken. Als Erstes musste ich Hendrix fragen, wie lange diese blöden Kühe noch bei seiner Tante blieben. Dass ich während dieser Zeit nicht mehr ins Strandbad gehen würde, war auch klar. Auf die Peinlichkeit, den beiden Studentinnen in ihren aufreizenden Bikinis zu begegnen, konnte ich gerne verzichten. Sollten sie sich doch von den Typen mit den Schmalzlocken und den Goldkettchen abschleppen lassen. Dabei hätte alles so schön sein können! Verdammte Scheiße, es gab halt niemanden auf der Welt, auf den man sich verlassen konnte. Nicht einmal auf Heike. Ich versuchte mich damit zu trösten, dass Heike ohnehin bald wieder nach Düsseldorf zurückgefahren wäre. Natürlich hätte ich sie dort besuchen können, allerdings wusste ich nicht einmal, wo Düsseldorf überhaupt lag. In Geografie war ich nie besonders gut gewesen.

Am Straßenrand standen Plakate, die für ein *Sommer-Inferno im Heustadl* und für ein *Bratknödelessen im Bierzelt* warben. Ich spürte, wie es mir langsam den Magen umdrehte. Scheißbratknödelfresser, Scheißfaschisten, Scheißspießer.

Da ich zu früh dran war, setzte ich mich in der Nähe des

Brunnens auf eine Bank. Ich war durcheinander und konnte nicht klar denken. Ein paar Jugendliche blieben mit ihren auffrisierten Mopeds beim Brunnen stehen und machten einen ziemlichen Lärm. Im Gasthaus *Zum Ochsen* ging daraufhin das Licht an. Um nicht gesehen zu werden, versteckte ich mich im Hauseingang neben der Buchhandlung Melchert. Wenn uns der Wirt hier entdeckte, würde er sicher sofort die Polizei rufen. Wir hatten in seinem Gasthaus nämlich Lokalverbot, weil wir es in einem Flugblatt einmal als *Arierkneipe* und *Treffpunkt der fetten Spießbürger* bezeichnet hatten. Die Aktion heute stand unter keinem guten Stern.

Als Candy, Hendrix und Taylor endlich auftauchten, gab ich ihnen ein Zeichen.

»Was ist denn los?«, fragte Candy, der einen nervösen Eindruck machte.

»Na ja, du siehst ja, dass wir nichts unternehmen können, so lange diese Trotteln mit ihren Mopeds da herumstehen.«

»Jaja«, sagte er zerstreut. »Wir müssen ohnehin noch auf Mü warten. Er hat ja die Spraydosen.«

»Also, ich glaube, es ist besser, wenn wir das heute bleibenlassen. Uns haben diese Typen doch schon längst gesehen. Und im Gasthaus ist zuvor das Licht angegangen.«

Hendrix deutete Richtung Straße. »He, schau, der Mü.«

Mü kam uns auf dem Fahrrad entgegen und winkte aufgeregt.

»Grüß euch.« Er schnappte nach Luft. »Ich habe schon etwas auf die Kirche gesprayt. Zum Test.«

Ich sah Mü entgeistert an. »Sag einmal, bist du deppert geworden? Das darf doch nicht wahr sein.«

Candy nahm seine Brille ab. »Wir brechen die Aktion sofort ab.«

»Wieso? Was ist denn los?« Mü war verwirrt. »Es passt doch alles. Die Spraydosen funktionieren einwandfrei.«

»Du solltest schauen, dass du so schnell wie möglich nach Hause kommst. Und lass die Spraydosen verschwinden.« Candy machte eine resignierte Handbewegung. »Ich haue ab, den Bullen möchte ich jetzt nicht in die Hände fallen.«

»Aber wieso denn?« Mü schien nichts zu verstehen.

»Was hast du denn überhaupt auf die Kirche gesprayt?«, fragte Hendrix.

»Ora et deflora.« Mü lachte. Ich hatte den Eindruck, dass er betrunken war.

»Ora et deflora?«, wiederholte Taylor. »So ein Scheiß.«

»Das hat doch nichts mit einer politischen Botschaft zu tun. Wir sollten besser sofort von hier verschwinden.« Obwohl ich nichts getan hatte, fühlte ich mich schuldig.

Langsam schien Mü zu dämmern, dass er einen Blödsinn gemacht hatte. »Treffen wir uns morgen wieder im Strandbad?«, fragte er kleinlaut.

»Ich kann morgen nicht«, sagte ich.

»Wenn wir dichthalten, wird schon nichts passieren.« Taylor blickte sich nervös um. »Wir sollten uns morgen beim Reisinger treffen, um die Lage zu besprechen.«

Ich nickte. »Ruf mich an, du musst es aber öfter probieren. Wir haben ja immer noch den Viertelanschluss.«

Ich lag noch lange wach und musste an einen Satz denken, den ich in Büchners *Lenz* gelesen hatte: *Er ging auf sein einsames Zimmer. Er war allein, allein!* Diesem Typen ging es genauso dreckig wie mir. Alles in dieser Nacht war schiefgelaufen, und da ich ohnehin nicht schlafen konnte, stand ich auf und schrieb in mein Tagebuch:

ich habe immer gedacht, daß ich in zeiten existenzieller schwierigkeiten nicht allein sein werde. aber was ist? ich bin allein. ich bin sehr angefressen auf diese verlogene welt. vor allem auf heike.

warum hat sie mich auflaufen lassen? und dann die nachprüfung. wenn ich da durchfalle, werden die eltern endgültig durchdrehen. das ganze leben ist frustrierend. nirgends hat man die möglichkeit, zum subjekt zu werden. überall ist man nur objekt. versucht man das zu ändern, ist man gleich ein spinner. ich möchte aber nicht am unverständnis der leute zerbrechen.

Ich las den Eintrag noch einmal und nickte zufrieden. Vielleicht sollte ich mein Tagebuch veröffentlichen. Ich blätterte zurück.

donnerstag, 13. april:

ich möchte als lehrer nach ecuador gehen.

mittwoch, 19. april:

man fragt sich, warum es leid gibt. antwort: ich weiß es nicht.

freitag, 21. april:

der körper – oder vielleicht überhaupt der mensch – dient nur der vorspiegelung falscher tatsachen.

montag, 24. april:

nach dem tod wird eine vereinigung aller menschen stattfinden. aber was ist mit den mördern? wie werden sie reagieren, wenn sie ihren opfern begegnen?

mittwoch, 26. april:

was würde ich tun, wenn ich gelähmt wäre? ich glaube, ich würde weiterleben. bei blindheit ebenso.

samstag, 29. april:

ich möchte philosophie studieren. auch ohne matura. geografie eher nicht.

sonntag, 30. april:

ich hatte einmal die idee, keine ledersachen mehr anzuziehen, um die tiere zu schonen.

Ich beschloss, mich so schnell wie möglich um die Veröffentlichung meines Tagebuchs zu kümmern.

»Hast du meine Taftdose gesehen?« Meine Mutter sah mich forschend an.

»Nein, wieso?« Ich nahm einen Schluck Kakao und roch unauffällig an meinen Haaren. Die ganze Aktion mit dem Taft hätte ich mir ohnehin sparen können. Hoffentlich redet dieser Trampel im Strandbad nicht blöd herum, dachte ich, während ich lustlos in mein Marmeladenbrot biss. Es war Ribiselmarmelade aus unserem Garten.

»Gehst du heute gar nicht baden?«

»Nein. Vielleicht lerne ich ja.«

Noch bevor meine Mutter etwas sagen konnte, betrat mein Vater die Küche. »Morgen«, grüßte er und gähnte ausgiebig.

»Du hast aber nicht lange geschlafen«, sagte ich.

»Ach, vier Stunden sind genug.« Mein Vater strich sich ein Butterbrot und belegte es mit Wurst.

»Was ist mit dem Türken? Habt ihr schon ein Quartier für ihn gefunden?«

»Nein. Der Leimbauer hat aber gesagt, dass das Werk etwas dazuzahlt.«

Ich nickte meiner Mutter aufmunternd zu. »Na, was meinst du, Mama?«

»Ich weiß nicht.«

»Der wird dich schon nicht auffressen. Und ein zusätzliches Taschengeld bekommst du auch.«

Meine Mutter goss heißes Wasser in die Filtertüte. »Wie lange bleibt er denn?«

»Zwei Wochen«, antwortete ich anstelle meines Vaters. »Das geht sich doch alles aus. Also mir würde das schon taugen.« Ich fand, dass mir nach der Enttäuschung mit Heike eine kleine Abwechslung ganz guttun würde.

Meine Mutter stellte die Kaffeekanne auf den Tisch und sah meinen Vater forschend an. »Was sagst *du* denn dazu?«

»Mir ist das egal.« Mein Vater zuckte mit den Schultern. »Solange ich mich nicht um ihn kimmern muss.«

»Ich kann mich um ihn kümmern«, sagte ich. »Und der Willi kommt ja auch bald nach Hause.«

Meine Mutter überlegte und machte eine resignierte Handbewegung. »In Gottes Namen.«

»Schau, immerhin hast du heute schon eine gute Tat vollbracht.« Ich stand auf und ging zur Tür.

»Ja, Ernst, was ist denn mit deiner Hose passiert? Du hast ja hinten ein riesiges Loch. Die kannst du gleich wegschmeißen, so lasse ich dich nicht unter die Leute gehen.«

»Vielleicht kannst du sie mir ja stopfen.«

»Kommt gar nicht in Frage.«

Achselzuckend verließ ich die Küche und holte die Taftdose aus meinem Zimmer. Ich schlich mich nach unten ins Bad und stellte sie wieder an ihren Platz zurück. Dann setzte ich mich an meinen Schreibtisch und dachte nach. Heikes Abfuhr hatte mich ziemlich verunsichert, und Müs Schmieraktion hatte alles nur noch schlimmer gemacht.

Als ein Zug vorbeifuhr, spannte ich ein Blatt Papier in meine Schreibmaschine und begann zu tippen:

Das Moped steht neben dem Eingang des Bahnhofs. Plastiküberzogener Sitz, nicht gerade sauber, verbogenes Rücklicht. Aber es steht hier, das ist wichtig. Wie sollte er auch sonst nach Hause kommen? Bis vor zwei Jahren fuhr er mit dem Fahrrad, aber mit dem Moped geht es wesentlich schneller, das ist angenehm. Auch kann er in der Früh eine halbe Stunde länger schlafen. Seine Frau hat es da nicht so gut. Sie muß schon um fünf Uhr aus dem Bett, der Firmenbus fährt um halb sechs. Wie ihre Kolleginnen schläft sie während der Fahrt meist noch ein paar Minuten.

Am späten Abend – um halb elf – treffen sie sich. Er muß beim Verschub immer auf den letzten Zug warten, zur Abfertigung.

Beim letzten Zug ist er immer zehn Minuten früher auf den Gleisen. Damit es schneller geht (meint er). Weil die Beleuchtung auf dem Bahnhof nicht besonders gut ist, sieht man ihn kaum. Nur der einfahrende Zug beleuchtet ihn.

Dann geht es flott dahin mit dem Moped. Sechzig rennt es noch, obwohl es gebraucht ist. Ins Bett gehen sie meistens sofort.

Seine Frau hat ihm einmal erzählt, daß der Abteilungsleiter zu Außenstehenden, die den Betrieb besucht haben, gesagt hat: »Sehen Sie, in dieser Abteilung geht alles automatisch.« Auf die Frage eines Besuchers, ob das für die Frauen nicht eintönig sei, hat der Abteilungsleiter geantwortet: »Ach, wissen Sie, die Frauen machen das schon so lange, die denken bei ihren Handgriffen an etwas ganz anderes, die merken gar nicht, daß sie arbeiten. Wie gesagt, das geht alles automatisch.«

An diesen Bericht seiner Frau muß er oft denken, wenn sie miteinander schlafen: Es geht alles automatisch. Hier macht halt nicht sie die Handgriffe, sondern er: zuerst zwischen die Beine, dann auf den Busen, dann wieder zwischen die Beine, ein paar Küsse, Beine auseinander, dann rein, und fertig.

Sie denkt dabei an ihr schmerzendes Kreuz. Ja, es schmerzt, wenn man acht Stunden am Tag immer dieselben drei Handgriffe macht: Leder von rechts auf die Stanze, mit dem Fuß Stanze runter, Leder raus, nach links aufs Fließband, und das in vorgebeugter Haltung, man muß ja genau schauen, weil man so wenig Material wie möglich verbrauchen darf.

Woher kannte ich diese Geschichte? War sie mir gerade eingefallen, oder hatte ich sie vielleicht irgendwo gelesen? Ich wusste es nicht.

Da ich keine Lust zum Lernen hatte, legte ich eine LP auf. Es war *Performance, Rockin' the Fillmore* von *Humble Pie*. Ich mochte die Band, weil ihre Songs ziemlich wild waren und man dazu gut Luftgitarre spielen konnte. Gleichzeitig hatte ihre

Musik auch etwas Melancholisches, was mich sofort wieder an Heike denken ließ. An Heike, diese Verräterin.

Soon you'll be in the gutter.

Steve Marriotts Reibeisenstimme erinnerte mich daran, dass ich möglicherweise auch bald im Dreck liegen würde. Die Live-Version von *I Walk on Guilded Splinters* dauerte über zwanzig Minuten, und ich hätte mir jetzt nichts sehnlicher gewünscht, als mit Tausenden anderen Fans im *Fillmore East* in New York dieses Konzert von *Humble Pie* zu hören. Aber ich war nicht in New York, und als die Nummer zu Ende war, wechselte ich meine zerrissene Hose.

Im Bad sah ich lange in den Spiegel und betrachtete mich wie ein Foto, das ich im Gedächtnis behalten wollte. Dass ich auf der Nase einen Pickel hatte, ignorierte ich. Ich schloss die Augen und dachte an den Tag, an dem ich im Spiegel einen alten Mann sehen würde. Ganz langsam öffnete ich wieder die Augen und war froh, dass nur dreißig Sekunden vergangen waren. Ich ging nach unten. In der Küche saß der Briefträger am Tisch. Er hieß Kickinger und aß – wie immer, wenn meine Mutter backte – ein Stück Kuchen. In einer Stunde würde er ein paar Häuser weiter ein warmes Mittagessen bekommen, ein Beruf mit Vollverpflegung sozusagen.

»'s Gott«, sagte ich. Meine Mutter war sichtlich erleichtert, als sie sah, dass ich die zerrissenen Jeans gewechselt hatte.

»Grüß dich. Na, möchtest du in den Ferien nicht bei uns arbeiten?«, fragte Kickinger mit vollem Mund. »Ich könnte ein gutes Wort für dich einlegen.«

»Nein, das geht sich leider nicht aus«, sagte ich mit einer Geste des Bedauerns. »Ich muss ja lernen, und auf Urlaub fahren wir auch bald.« Die Vorstellung, in den Sommerferien Tag für Tag um fünf Uhr aufstehen zu müssen, fand ich in höchstem Grade beunruhigend.

»Ach so, ich habe ja ganz vergessen, dass du eine Nachprüfung hast. Meine Töchter haben heuer nicht einmal einen Vierer bekommen.«

»Da, schau, der Willi hat uns eine Karte geschickt.« Meine Mutter war froh, dass sie das Thema wechseln konnte.

Ich griff nach der Karte.

Liebe Hinterbliebene,

ich bin Gott sei Lob und Dank gesund, was ich auch von euch hoffe. Wir wandern viel, und einmal fiel ich auch schon hin. Und nicht vergessen: Das Glück ist launisch wie ein Kind.

Seid umschlungen, Millionäre.

Willi

Auf der Ansichtskarte waren eine Almhütte und ein paar Kühe zu sehen. *1650 Meter Seehöhe* stand am unteren Bildrand.

»Kommt der Willi am Sonntag heim?«

»Am Montagvormittag. Am Sonntag kommt die Elli.«

Ich steckte die Karte in den Rahmen des Kredenzglases. Dort steckte bereits eine Karte aus Lignano und eine aus Mariazell. Als ich nachsehen wollte, von wem diese Karte stammte, sagte der Briefträger: »Vielleicht weiß ich morgen schon Näheres wegen der Schmiererei.«

Vor lauter Schreck ließ ich die Karte fallen. »Was für eine Schmiererei?«

Kickinger machte eine diffuse Handbewegung. »Irgendwas mit ora, aber Genaueres weiß ich auch nicht.« Dann zündete er sich eine Zigarette an.

Um mich nicht zu verraten, sagte ich so beiläufig wie möglich: »Vielleicht ora et labora.«

»Ora et labora?« Meine Mutter warf mir einen fragenden Blick zu.

»Soviel ich weiß, ermittelt die Polizei eh schon.« Kickinger stand auf und griff nach seiner Kappe. »Danke für den herrlichen Ribiselkuchen. Auf Wiederschauen.« Er hängte sich seine schwarze Tasche um und verließ gutgelaunt unsere Küche.

»Der bleibt auch immer länger sitzen«, sagte meine Mutter, während sie den Aschenbecher ausleerte.

Ich überlegte fieberhaft, was ich tun sollte. »Ich muss schnell einmal telefonieren.« Unser Telefonapparat stand im Vorzimmer, und da wir nur einen Viertelanschluss hatten, musste man schon großes Glück haben, wenn bereits beim ersten Versuch die Leitung frei war. Natürlich telefonierte gerade einer unserer Nachbarn, mit denen wir uns den Anschluss teilten. Ich holte aus der Küche einen Zahnstocher, legte den Hörer neben den Apparat und drückte den Verbindungsknopf. Dann steckte ich den Zahnstocher in den winzigen Spalt neben dem Knopf, damit dieser nach unten gedrückt blieb. Nervös starrte ich auf den Apparat, aber es tat sich nichts. Nach etwa fünf Minuten wurde endlich das Freiwerden der Leitung durch ein lautes Klicken angekündigt. Da Taylors Eltern einen halben Anschluss hatten, waren die Chancen, ihn zu erreichen, relativ groß. Ich ließ es lange läuten, aber niemand hob ab. Möglicherweise hatten sie ja Mü bereits erwischt, und Taylor traf sich gerade mit den anderen, um die Lage zu besprechen. Ich rief bei Hendrix an, aber auch dort meldete sich niemand. Bei Candy konnte ich nicht anrufen, weil seine Eltern das strikt verboten hatten, und Mü wollte ich nicht anrufen, weil ich Angst hatte, dass sein Telefon von der Polizei abgehört wurde. Also blieb mir gar nichts anderes übrig, als bis zu unserem Treffen beim Reisinger zu warten. Vielleicht war auch noch gar nichts passiert, und ich malte bloß den Teufel an die Wand.

In der Küche war meine Mutter mit dem Abwasch beschäftigt. »Willst du nicht auch einmal die Baba besuchen?«

»Nein, ich mag keine Krankenhäuser.« Seit mir als Kind einmal eine Krankenschwester vor zehn anderen Kindern ein

Zäpfchen in den Arsch gesteckt hatte, hasste ich Krankenhäuser.

»Die Baba wird sich ihren Teil denken.«

»Du kannst ihr ja schöne Grüße von mir ausrichten. Für mich brauchst du heute Abend übrigens nichts zu kochen. Ich werde beim Reisinger essen.«

Meine Mutter warf mir einen vorwurfsvollen Blick zu. »Für so etwas gibst du Geld aus, obwohl wir zu Hause alles haben. Mit so einer Einstellung wirst du es nie zu etwas bringen. Was isst du denn?«

»Eine Bratwurst, wenn du es genau wissen willst.«

Meine Mutter war mit der Antwort gar nicht glücklich. »Ich habe im Kaufhof drei Packerl Bratwürste gekauft, ich kann dir ja welche machen, wenn du willst.«

»Mama«, sagte ich genervt, »ich treffe mich am Abend mit ein paar Freunden beim Reisinger, wo ich eine Bratwurst esse und ein Bier trinke. Was ist denn daran so schlimm?«

»Ach, mit dir kann man nicht reden.« Meine Mutter wandte sich demonstrativ ihrem Geschirr zu.

Ich ging nach draußen und grüßte im Vorbeigehen meinen Vater, der in der Garage ein Stück Eisen mit der Flex bearbeitete. Dann schnappte ich mir mein Rad und fuhr zur Trafik. Ich musste mich ablenken, außerdem wollte ich für unsere Diskussionen gerüstet sein, die in letzter Zeit immer häufiger von Candy dominiert wurden.

»Die *Volksstimme*«, sagte die alte Frau Plainer, »die hat heute schon der Gollinger geholt. Aber von vorgestern habe ich noch eine.«

Robert Gollinger war ein alter Kommunist, der im Mai 1945 auf dem Schornstein des Kraftwerks die rote Fahne gehisst hatte. »Aber die Arbeiter haben den Kopf eingezogen und sich sofort den neuen Verhältnissen angepasst«, hatte er mir einmal erzählt.

Jetzt züchtete er seltene Tomatensorten und scharfe Pfefferoni, aber die *Volksstimme* las er anscheinend immer noch.

Ich bezahlte die zwei Tage alte Ausgabe und fuhr nach Hause. Als ich in unsere Straße einbog, rutschte mir vor lauter Schreck fast das Herz in die Hose. Vor unserem Haus stand ein Polizeiauto, und ich wusste sofort, dass die Polizisten wegen mir gekommen waren. Wahrscheinlich hatten sie Mü bereits geschnappt, und jetzt suchten sie nach weiteren Mittätern. Dass ich mit Müs Aktion gar nichts zu tun hatte, war mir in diesem Augenblick gar nicht bewusst. Ich überlegte fieberhaft, was ich tun sollte. Verstecken konnte ich mich nicht, weil das ja bereits ein Eingeständnis meiner Schuld gewesen wäre. Also fuhr ich langsam weiter. Auf dem Rücksitz des Autos lagen ein Paar Handschellen, die einen ziemlich bedrohlichen Eindruck auf mich machten. Ich konnte nur hoffen, dass meine Mutter noch nicht in Ohnmacht gefallen war.

Im Treppenhaus rechnete ich jeden Augenblick damit, dass sich die Polizisten mit lautem Geschrei auf mich stürzten. Aber nichts geschah. Ich schlich ins Vorzimmer und horchte. Ich verstand zwar nicht, was in der Küche gesprochen wurde, aber die Stimmen klangen längst nicht so aufgeregt, wie ich befürchtet hatte. Ich legte die *Volksstimme* auf das Kästchen neben das Telefon und atmete tief durch. Jetzt oder nie. Ich drückte die Türklinke nach unten und wollte schon rufen, dass ich unschuldig sei. Aber zum Glück versagte mir die Stimme. Am Tisch saßen zwei Polizisten, die ich vom Sehen kannte. Einer hieß Kehrer, den Namen des anderen hatte ich vergessen. Meine Mutter stand bei der Anrichte und goss dampfendes Wasser in eine Filtertüte.

»'s Gott«, sagte ich und verschluckte mich dabei.

Niemand grüßte zurück, was ich als schlechtes Zeichen wertete.

»Hast du gewusst, dass dem Fürtauer sein Hund vergiftet worden ist?«

Ich brauchte ein paar Sekunden, um zu verstehen, was meine Mutter soeben gesagt hatte. »Was? Dem Fürtauer sein Hund ist vergiftet worden?«, wiederholte ich wie ein Papagei. »Wann denn?«

»Wahrscheinlich letzte Nacht«, sagte Kehrer. »Ist dir etwas aufgefallen?«

»Nein. Ich habe den Hund ja ganz selten gesehen. Gehört habe ich ihn schon öfter, aber gesehen habe ich ihn praktisch nie.«

»Na ja, dann«, gab sich Kehrer mit meiner Antwort zufrieden. Sehr interessiert an dem Fall schien er ja nicht zu sein.

Genau in diesem Augenblick fiel mir das Rattengift ein! Ach du Scheiße, hatte mein Großvater den Hund vergiftet? Dann wäre ich ja mitschuldig, weil ich das Gift besorgt hatte. »Ich gehe noch ein bisschen raus«, sagte ich.

Mein Großvater saß auf der Couch und hörte Radio. »Ah, Ernsti, grüß dich.«

»Opa, hast du gehört, dass der Hund vom Fürtauer vergiftet worden ist?« Ich war total durcheinander. »Bei uns sind gerade zwei Polizisten, die haben gefragt, ob ich etwas gesehen habe.«

»Und? Hast du etwas gesehen?«, fragte er seelenruhig.

»Nein, natürlich nicht.«

Mein Großvater tat so, als würde ihn das alles nichts angehen.

»Opa«, sagte ich leise, »hast du den Hund vergiftet? Du streitest doch mit dem Fürtauer schon seit Jahren wegen dem Grundstück.«

Ein altes Paar mit silbergrauem Haar, klang es aus dem Radio. Mein Großvater zog an seiner Austria 3. »Ich habe dir doch gesagt, dass ich das Gift für die Ratzen gebraucht habe. Jetzt sind sie weg.«

Ich sah meinen Großvater an und wusste, dass er mich anlog. Ich konnte nur hoffen, dass die Polizisten nicht auch zu ihm kamen und er sich verplapperte. Jetzt wurde mir auch klar, weshalb er nicht wollte, dass jemand von dem Rattengift erfuhr. Eine schöne Scheiße war das.

Im Sommer 1979 verbrachte ich meinen Urlaub in Costa Rica. Ich war mit meiner damaligen Freundin Rita dorthin geflogen, weil sie in den Ferien ihr Spanisch verbessern wollte. Als sich Rita in San José in einen Straßenmusiker verliebte, habe ich meinen Urlaub sofort abgebrochen. Da ich Straßenmusiker nicht ausstehen konnte, tat diese Niederlage doppelt weh. Nach diesem Tiefschlag beschloss ich, für ein paar Tage bei meinen Eltern unterzutauchen. Mein Vater holte mich vom Bahnhof ab und stellte zum Glück keine Fragen. Ich war müde von der langen Reise, außerdem hatte ich einen Abszess im Ohr, der ziemlich wehtat. Das war auch der Grund, weshalb ich während der Fahrt die meiste Zeit schwieg. Irgendwann sagte mein Vater plötzlich: »Der Opa ist gestorben.«

Ich sah ihn an. »Was hast du gesagt?« Ich war mir sicher, dass ich mich verhört hatte. Wie konnte mein Großvater tot sein, wenn ich ihn bei meinem letzten Besuch noch gesehen hatte?

»Er ist vom Fürtauer erschossen worden. Das Begräbnis war vor drei Tagen.« Mein Vater drosselte das Tempo, weil eine alte Frau die Straße überquerte. Die Frau hinkte und ging am Stock.

Was hatte mein Vater soeben gesagt? Mein Großvater war erschossen worden? Von seinem Nachbarn? Ich erinnerte mich an den vergifteten Hund. »Ist das wirklich wahr?«

Mein Vater nickte. Nachdem die alte Frau die andere Straßenseite erreicht hatte, fuhr er weiter.

In meinem Kopf ging es drunter und drüber, und ich geriet in Panik, weil ich nicht wusste, wie ich mich meiner Mutter und mei-

ner Großmutter gegenüber verhalten sollte. Außerdem hoffte ich immer noch, dass alles nur ein Irrtum war. Als wir in die Einfahrt einbogen, stand meine Mutter in der Haustür. Sie trug eine Kochschürze und hatte Tränen in den Augen. Spätestens jetzt wusste ich, dass es kein Irrtum war. Ich stieg aus, und noch bevor ich etwas sagen konnte, umarmte mich meine Mutter schluchzend. Ihre Haare rochen nach Taft, und ich musste an die Extrawurstsemmeln denken. Ich fand das zwar unpassend, konnte aber nichts dagegen tun.

»Der Opa ist tot«, sagte sie mit zitternder Stimme.

»Ja, der Papa hat es mir schon erzählt.« Ich drückte meine Mutter unbeholfen an mich.

»Die Baba ist in der Küche.« Sie ließ mich los und putzte sich mit einem Papiertaschentuch die Nase. Ich war erstaunt, weil meine Mutter bis dahin immer Stofftaschentücher verwendet hatte.

Mich überkamen diffuse Schuldgefühle, obwohl ich mit dem Tod meines Großvaters nichts zu tun hatte. Vielleicht fühlte ich mich auch schuldig, weil ich damals das Rattengift besorgt hatte, was möglicherweise der Auslöser für die Wahnsinnstat des Nachbarn war. Oder ich fühlte mich schuldig, weil ich lebte und mein Großvater tot war. Während ich überlegte, was ich sagen sollte, spürte ich einen heftigen Schmerz im linken Ohr. Der Abszess tat höllisch weh, und ich hoffte, dass die Entzündung nicht schlimmer wurde. Ich betrat das Treppenhaus, in dem mich der vertraute Geruch meiner Kindheit empfing. Es war der Geruch nach Putzmittel und Essen. Im Vorzimmer wartete ich kurz, bis ich die Klinke nach unten drückte. Meine Großmutter saß auf der Couch und knetete ein Stofftaschentuch. Sie starrte auf einen imaginären Punkt auf dem Boden, und erst als ich vor ihr stand, trafen sich unsere Blicke. Sie hatte verweinte Augen, und ihre Lippen zitterten.

»Grüß dich, Cveta Baba«, sagte ich.

Sie griff nach meiner Hand und nickte abwesend. Ihre Hand fühlte sich kalt an.

»Das mit dem Opa tut mir leid.« Nach einer Pause murmelte ich: »Mein Beileid«, mehr fiel mir nicht ein.

Sie murmelte etwas auf Serbisch, und ich glaubte, die Wörter Boze moj *verstanden zu haben. Zum Glück betrat in diesem Augenblick meine Mutter die Küche. »Magst du etwas essen?« Jetzt war ich froh über diese Frage, über die ich mich so oft geärgert hatte.*

»Ja, gerne.« Ich setzte mich an den Tisch. »Wo sind denn der Willi und die Elli?«

»Der Willi gibt dem Wenger Roland eine Klavierstunde, und die Elli muss die Manuela vom Kindergarten abholen. Sie hat gesagt, dass sie uns morgen wieder besuchen wird. Der Willi müsste jeden Augenblick zurückkommen.«

Mit dem Tod meines Großvaters begann das große Sterben in unserer Familie.

Aber das konnte ich im Sommer 1972 natürlich nicht wissen.

Nach dem Mittagessen setzte ich mich auf die Hausbank und blätterte in der *Volksstimme*. Auch wenn die Polizei nicht nach mir gesucht hatte, war ich ziemlich aufgewühlt. Dass Mü diese Schwachsinnsaktion im Alleingang durchgezogen hatte, ärgerte mich maßlos. Ich nahm mir vor, ihn deshalb am Abend zur Rede zu stellen.

In der von Befreiungskräften eingeschlossenen Stadt An Lộc fielen am Sonntag der amerikanische Brigadegeneral Tallman und drei weitere US-Offiziere. Tallman ist der achte US-General, der im Vietnamkrieg den Tod fand.

Recht geschieht ihm, dachte ich, und blätterte weiter.

Österreichs Wursterzeuger wollen 15% mehr für die Krakauer.

Das musste ich meiner Mutter erzählen, damit sie sich vor der

Preiserhöhung noch rechtzeitig mit Krakauer eindecken konnte. In der Tiefkühltruhe war sicher noch Platz.

In Pocono, Pennsylvania, fand ein Pop-Festival mit 200 000 Besuchern statt. Neben den Faces *und* Badfinger *traten auch* Emerson, Lake & Palmer *auf. Es war das größte Pop-Festival seit Woodstock 1969.*

Wie gerne wäre ich bei diesem Festival dabei gewesen! Mit Wehmut dachte ich an all die tollen Mädchen dort, tröstete mich aber damit, dass ja am Samstag das Konzert in der Turnhalle stattfand.

Das von der Regierung Kreisky als Meilenstein bezeichnete Wirtschaftsabkommen Österreichs mit der EWG ist keine Orientierung auf das »Europa der Völker«, sondern ein Machtinstrument des westeuropäischen Finanzkapitals.

Da ich mir weder unter der *EWG* noch unter einem *Europa der Völker* etwas vorstellen konnte, blätterte ich weiter. Im Kulturteil fand ich endlich einen Artikel über Jane Fonda:

Sie war aus dem heilen Amerika Hollywoods ausgezogen und kehrte in das Amerika des Rassenhasses und des Vietnamkriegs zurück. Sie schloß sich Betty Friedans kämpferischer Frauenbewegung an, sympathisierte mit den linksgerichteten Studentenbewegungen und solidarisierte sich mit den Führern der farbigen Minderheiten.

Eine Frau wie Jane Fonda hätte mich letzte Nacht bestimmt nicht hängenlassen. Wieder ärgerte ich mich maßlos über Heike. Jane Fonda, die wär's gewesen. Vielleicht sollte ich in die USA auswandern? Wir mussten endlich eine Aktion gegen den Vietnamkrieg machen, um auf diese Weise auch Jane Fonda zu unterstützen. Eine Losung wie *Ora et deflora* brachte überhaupt nichts. Heute Abend würde ich das alles zur Sprache bringen.

Oder vielleicht sollten wir im Extrastüberl vom Reisinger den neuen Film *Klute* zeigen, in dem Jane Fonda die Hauptrolle spielte? Allerdings war ich mir nicht sicher, ob der Film überhaupt schon in den österreichischen Kinos lief. In der *Volksstimme* war ja nur das Kinoprogramm von Wien abgedruckt, und dort spielten sie Filme wie *Mortadella* mit Sophia Loren oder *Das Wiegenlied vom Totschlag*.

»Na, was liest du denn da?« Mein Großvater stand plötzlich neben mir.

»Ah, Opa. Willst du dich setzen?«

»Ja, schadet nicht, wenn ich ein bisschen rasten tu.« Er zündete sich eine Austria 3 an.

»Sind die Polizisten eigentlich auch bei dir gewesen?«

»Jaja, so ein Blödsinn.« Mein Großvater schüttelte den Kopf. »Ich habe ihnen gleich gesagt, dass ich damit nichts zu tun habe.« Um abzulenken, deutete er auf eine Werbung. »Was ist denn das für ein Auto?«

»Das? Das ist ein Lada RL. Höchstgeschwindigkeit 140 km/h. Steht zumindest hier.«

»Aha.«

»Der kostet genau elfmal so viel wie unser Auto.«

»Ich bin froh, wenn ich nicht wegfahren muss. Daheim ist es ja doch am schönsten.«

Ich sah meinen Großvater von der Seite an. Die blauen Äderchen, die seine Wangen durchzogen, erinnerten an eine weitverzweigte Flusslandschaft, und die dicken Brillengläser ließen trotz des Sprungs seine Augen übertrieben groß erscheinen.

»Daheim? Hast du nicht immer Jugoslawien als deine eigentliche Heimat bezeichnet?«

Mein Großvater blies langsam den Rauch aus. »Ja, dort war ich früher daheim, und jetzt bin ich da daheim. Da kann man halt nichts machen.«

»Warum bist du eigentlich nie mehr in dein Heimatdorf gefahren? Interessiert es dich nicht, wie es dort jetzt aussieht?«

»Geh, hör auf. Der Tito hat uns doch alles weggenommen. Soll ich mir anschauen, wie sie alles ruiniert haben? Den Mischko haben die Partisanen am Pferdewagen angebunden und umgebracht, und den Sohn vom Nachtwächter haben sie erschossen, weil er ihnen zu wenig Speck gegeben hat.« Mein Großvater hatte seinen Blick auf die roten Tulpen gerichtet, die im Gartenbeet langsam verblühten. Mich hätte zwar brennend interessiert, weshalb er nicht mehr nach Jugoslawien einreisen durfte, aber da ich wusste, dass er darüber nicht sprechen wollte, sagte ich nichts.

Vom Sportplatz klangen die ausgelassenen Schreie der Kinder zu uns herüber. »Spielst du nicht mehr Fußball?«, fragte er.

»Nein, ich hab mich doch damals mit unserem Trainer zerstritten. Er hat ja behauptet, dass das Wembley-Tor gar kein Tor war. Ich habe aber die Meinung vertreten, dass der Ball sehr wohl hinter der Linie war. Weil ich nicht nachgeben wollte, hat er mich nach Hause geschickt. Kannst du dich übrigens erinnern, dass wir das Finale damals bei euch in der Küche gesehen haben?«

»Was für ein Finale? Von was redest du?«

»Na, das WM-Finale 1966 zwischen England und Deutschland. Da waren doch mindestens fünfzehn Leute bei euch in der Küche. Kannst du dich nicht mehr erinnern?«

»Na ja, wird schon so sein.« Mein Großvater sah sich kurz um und senkte die Stimme. »Geh, Ernsti, holst du mir einen Schnaps? Ich hab so einen Durst. Nur ein Glaserl.«

»Ja, ich kann es versuchen, aber der Papa arbeitet in der Garage, und die Mama ist in der Küche. Warte hier.« Ich schlich mich ins Haus, und gerade als ich die Kellertüre öffnen wollte, stand meine Mutter im Treppenhaus. »Suchst du etwas Bestimmtes?«

Ich zuckte mit den Schultern. »Nein, ich wollte nur schauen, wie viele Eispackungen noch in der Gefriertruhe sind. Übrigens wird der Preis für die Krakauer bald um fünfzehn Prozent erhöht.«

Als ich am Abend auf dem Weg zum Reisinger an der Kirche vorbeifuhr, traute ich meinen Augen nicht. Dass Mü in Latein eine Niete war, wusste ich, dass er aber DEVLORA schreiben würde, überraschte mich dann doch etwas. Abgesehen davon, war der Spruch kaum lesbar, weil einige Buchstaben zu abstrakten Gebilden zerronnen waren. Während ich Müs Kunstwerk betrachtete, bog der Pfarrer um die Ecke, gefolgt von zwei Arbeitern in weißen Overalls. Sie trugen Farbeimer und Pinsel. Ich sah zu, dass ich so schnell wie möglich wegkam. Auch wenn ich der Kirche ablehnend gegenüberstand, fand ich Müs Aktion ziemlich schwachsinnig. Ich hatte nicht die geringste Ahnung, was er damit bezwecken wollte.

Doch dann fiel mir ein, dass sich Mü in der Schule einmal vor der Klasse über den Pfarrer lustig gemacht hatte. Mü hatte allerdings vergessen, dass der Pfarrer Gangaufsicht hatte und durch die offene Tür alles mithören konnte. Am Ende der Pause stürmte er mit hochrotem Kopf in das Klassenzimmer und schrie: »Müller, das wird Konsequenzen haben. Ich erwarte dich nach dem Unterricht beim Direktor.« Mü bekam daraufhin eine Betragensnote, und seine Eltern wurden in die Schule zitiert. Vielleicht war die Sprayaktion ja ein verspäteter Racheakt Müs.

»*Fuck The Army* heißt die Live-Show mit Jane Fonda.« Candy biss in seinen Käsetoast und wischte sich die Ketchup-Reste vom Mund. Als Einziger von uns aß er keine Bratwurst, weil er beschlossen hatte, Vegetarier zu werden. »Wer Tiere tötet, tötet auch Menschen«, hatte er gesagt und sich dabei auf Nikolai Gogol berufen.

Ich fragte mich, weshalb in der *Volksstimme* nichts über dieses *Fuck-The-Army*-Ding stand. Jetzt hatte Candy erst recht wieder das Heft in der Hand.

»Der Donald Sutherland ist da auch dabei«, fuhr Candy fort, »wisst's eh, der mit der Fonda in *Klute* spielt.«

Wenn uns Candy jetzt auch noch erzählte, dass er den Film bereits gesehen hatte, konnte es sein, dass ich auf der Stelle durchdrehte. Also versuchte ich, das Gespräch in eine andere Richtung zu lenken. »Vielleicht sollten wir eine Demonstration organisieren. Überall finden Solidaritätsdemonstrationen mit Vietnam statt, warum nicht endlich auch bei uns?«

Mü verzog das Gesicht. »Das rüttelt ja niemanden auf. Nach einer Stunde ist alles vorbei.«

»Und was ist mit deiner Losung?«, fragte ich gereizt. »Erstens war sie kaum zu lesen, und zweitens hast du *deflora* mit v statt mit f geschrieben.«

»Ist doch egal. Es geht ja um den Symbolwert.«

»Also machen wir jetzt noch etwas, oder wie soll ich das verstehen?«, fragte Taylor.

»Doch, auf jeden Fall«. Candy holte aus seinem Rucksack eine *Le Monde,* die er triumphierend in die Höhe hielt. »In Paris spielt es sich ziemlich ab, dort wird die Diskussion über den Vietnamkrieg ganz eng mit den politischen Vorgängen im eigenen Land verknüpft. Der Sartre spielt da eine zentrale Rolle.« Auf der Titelseite der Zeitung blieben von Candys Ketchup-Fingern rote Flecken zurück; sie sahen aus wie Blut.

Ich runzelte die Stirn. »Seit wann kannst du so gut Französisch, dass du das verstehst?«

»Wozu gibt es Wörterbücher, mon ami?«

Schön langsam ging mir Candy mit seiner Klugscheißerei auf die Nerven, vor allem, wenn ich daran dachte, dass ich im September ausgerechnet in Französisch eine Nachprüfung hatte.

»Was ich sagen will«, fuhr Candy fort, »ist Folgendes: Wir

müssen über den Vietnamkrieg hinausdenken. Insofern bleibe ich dabei, dass die Losung *Untertanen, erhebt euch!* die einzig richtige ist. Und dass das natürlich eine symbolische Bedeutung hat, wenn eine solche Losung auf einem Bankgebäude steht. Das müssen wir …«

»Sei doch ein bisschen leiser«, unterbrach ihn Hendrix. »Es muss ja nicht gleich das ganze Wirtshaus wissen, was wir planen. Außerdem arbeitet meine Tante in der Bank. Wenn die mitbekommt, dass ich an einer solchen Aktion beteiligt bin, kann ich zu Hause gleich einpacken.«

Candy sah sich um. »Wo ist denn da jemand? Die Spießer sitzen doch alle draußen im Gastgarten und besaufen sich.«

»Und wann soll die Aktion stattfinden?«, fragte ich. »Ich würde auf jeden Fall warten, weil es ja sein könnte, dass die Polizei wegen Müs Sprayaktion in nächster Zeit besonders aufmerksam ist.«

»Ich fahre in einer Woche auf Urlaub«, sagte Taylor, »ich komme erst wieder in vierzehn Tagen zurück.«

»Wohin?«, fragte Mü.

»Nach Lignano«, antwortete Taylor wenig begeistert.

Mü hob die Faust. »Avanti popolo!«

»Übrigens hat mir Heike heute diesen Zettel für dich mitgegeben.« Wie aus heiterem Himmel hielt mir Hendrix ein gefaltetes Blatt Papier hin. Ich war baff und brauchte ein paar Sekunden, um zu begreifen, was das zu bedeuten hatte. Da es ein loser Zettel war, konnte ich davon ausgehen, dass ihn Hendrix längst gelesen hatte. Und wahrscheinlich auch die anderen.

»Brauchst nicht rot zu werden.« Mü lachte blöd.

»Wieso? Ich meine …«, stammelte ich. Ich griff nach dem Zettel und steckte ihn ein.

»Was ist? Wieso schaust du nicht, was sie geschrieben hat?« Taylor verzog den Mund zu einem spöttischen Lächeln.

»Entschuldigt's, aber das geht euch nichts an.«

»Die Elke und die Heike kommen übrigens am Samstag …« Noch bevor Hendrix seinen Satz beendet hatte, stand ich auf und ging auf die Toilette. Heike hatte für ihre Nachricht eine Rechnung des Strandbadbuffets verwendet. Sehr romantisch schien sie ja nicht veranlagt zu sein.

Lieber Mick, es tut mir leid, daß ich nicht gekommen bin, aber ich habe kein Fahrrad gefunden. Bis bald, Heike.

Ich zerriss den Zettel und spülte ihn die Toilette hinunter. Mit einer gehörigen Portion Wut im Bauch ging ich zurück in die Gaststube. Hendrix warf mir einen lauernden Blick zu, den ich demonstrativ ignorierte.

II.

LOVE IN VAIN

Am Samstag begann ich unmittelbar nach dem Mittagessen mit den Vorbereitungen für meinen Konzertbesuch. Da die *Thunderbirds* bereits um drei spielten, wollte ich rechtzeitig in der Turnhalle sein. Außerdem musste ich mir eine Taktik für den Fall überlegen, dass ich Heike oder Elke über den Weg laufen sollte. Ich betrachtete mich lange im Garderobenspiegel und fand, dass ich mit den auftoupierten Haaren und den geheimnisvollen Augen in jeder Rockband hätte mitspielen können. Das Blöde war nur, dass ich weder ein Instrument beherrschte noch singen konnte.

»Um Gottes willen, Ernst, du willst doch so nicht aus dem Haus gehen?« Meine Mutter starrte mich an, als hätte sie eine Erscheinung.

»Wieso denn nicht? Hochwasserhosen sind jetzt modern.«

»Ja, aber doch nicht mit hohen Winterschuhen. Wir haben Sommer. Und woher hast du die alte Jacke? Die habe ich doch schon weggeworfen gehabt.«

»Die habe ich am Dachboden gefunden.«

»Und was ist mit deinen Augen passiert? Bist du vielleicht krank?« Meine Mutter schien sich tatsächlich Sorgen um mich zu machen.

»Ich bin nicht krank«, sagte ich eingeschnappt. »Ich gehe auf ein Konzert.«

Meine Mutter hob resigniert die Hände. »Was soll man da

noch sagen? Die anderen Kinder gehen zur Katholischen Jugend, und du gehst auf ein Rauschgiftkonzert.«

Ich musste lachen. »Dort spielen ein paar Bands, das ist ein ganz normales Popkonzert. Und außerdem bin ich kein Kind mehr, falls dir das noch nicht aufgefallen sein sollte.«

»In Gottes Namen, ich kann ja sowieso nichts mehr ausrichten. Wann kommst du denn heim?«

»Keine Ahnung«, sagte ich achselzuckend. »Aber du kannst mir ja den Schlüssel hinterlegen.«

»Und wie kommst du hin?«

»Per Autostopp.«

Ihre Antwort bestand aus einem tiefen Seufzer.

Vor dem Gebäude mit der abbröckelnden gelben Fassade und der altertümlichen Aufschrift TURNHALLE war bereits ziemlich viel los. Die meisten jungen Leute standen in Gruppen zusammen und rauchten oder ließen Weinflaschen kreisen. Es herrschte eine ausgelassene Stimmung. Ich grüßte ein paar Typen, die ich vom Sehen kannte. Da ich noch keine Karte hatte, stellte ich mich am Ende der Schlange an.

1966 hatte ich in dieser Turnhalle ein Konzert von Udo Jürgens besucht. Da es mein erstes Konzert war, hatten meine Eltern darauf bestanden, dass ich mich schön anziehe. Also zwängte ich mich in einen viel zu kleinen Anzug, in dem ich mich gar nicht wohlfühlte. Ich war total verkrampft und erst bei der Zugabe – *Merci cherie* – klatschte ich mit, aber da war das Konzert praktisch schon wieder zu Ende.

An der Kassa bezahlte ich schweren Herzens dreißig Schilling, und nachdem der Türsteher meine Karte mit einem herzförmigen Zwicker entwertet hatte, betrat ich die Halle. Das Licht war gedämpft, nur die Bühne war mit bunten Scheinwerfern beleuchtet. Um mir einen Überblick zu verschaffen, blieb ich hinten stehen. Ich suchte den Saal nach Heike und Elke ab, konnte sie zum Glück aber nirgendwo sehen. Die Luft war bereits rauchgeschwängert. Als die *Thunderbirds* zu spielen begannen, ging ich an die aus Spanplatten gezimmerte Bar. Dort traf ich Mü, der sich mit seinem Cousin Rick unterhielt. Leider hatte ich vergessen, Candy zu fragen, ob er Ricks Namen auf dem Cover der *Deep-Purple*-LP gefunden hatte. Ich fuhr mir durch die Haare und kontrollierte den Sitz meiner Hochwasserhose. Alles passte, und eigentlich hätten bereits die ersten Mädchen auf mich aufmerksam werden müssen. Aber wahrscheinlich lag es am gedämpften Licht, dass mich noch keine entdeckt hatte.

Mü hob seine Bierflasche. »Salve.«

»Grüß euch«, antwortete ich.

»Gott zum Gruße«, sagte Rick, der ziemlich bunt angezogen war. Welche Farben seine Kleider hatten, war schwer zu sagen.

Mü warf mir einen prüfenden Blick zu. »Was ist denn mit deinen Augen passiert?«

»Äh, wieso. Nichts.« Ich schüttelte meine Haare, damit sie mein Gesicht bedeckten.

»Was kriegst du denn?«, fragte mich der Typ hinter der Bar.

Auf einer Korktafel war mit Reißnägeln eine handgeschriebene Preisliste befestigt. Eine Flasche Bier kostete zehn Schilling. Ich hätte zu Hause vortrinken sollen, aber so kurz nach dem Mittagessen hätte ich weder ein Bier noch einen Schnaps runtergebracht.

»Nichts.«

»Dann musst du aber von hier verschwinden, wir brauchen den Platz für die Leute, die etwas konsumieren.«

Ich sah mich um. »Ist doch eh genug Platz hier«, sagte ich.

Zum Glück bestellte gerade jemand ein Bier.

»Da, magst einen Schluck?« Mü hielt mir seine Flasche hin.

»Nein«, sagte ich.

Die *Thunderbirds* spielten *Fox on the run* von Manfred Mann. Eigentlich fand ich die Nummer ganz gut, aber so, wie die *Thunderbirds* sie spielten, hätte sie eher in die Sendung *Beschwingt um elf* gepasst.

»Sind der Taylor und der Hendrix auch schon da?«, fragte ich Mü, während wir zurück in den Saal gingen.

»Gesehen habe ich sie noch nicht.« Mü verengte die Augen zu schmalen Schlitzen. »He, da drüben sitzen sie ja.« Er deutete auf die andere Seite der Tanzfläche.

Ich brauchte einige Zeit, bis ich die beiden entdeckte. Als ich sah, dass auch Heike und Elke bei ihnen am Tisch saßen, war ich sauer. »Ich drehe eine Runde«, sagte ich zu Mü. *Like a fo, like a fo, like a foooox – on the run.* Ich hielt mich im Hintergrund und sondierte die Lage. Über der Tanzfläche hingen dicke Rauchschwaden, was die Sicht auf die Bühne erheblich einschränkte. Bei den *Thunderbirds* war mir das egal, aber *The Cracks* wollte ich nicht nur hören, sondern auch sehen. Sie waren als letzte Band vor der Diskothek angekündigt.

Bei meinem Rundgang waren mir einige Mädchen aufgefallen, die mir ziemlich gut gefielen. Die meisten von ihnen hatten allerdings männliche Begleiter, was mir weniger gut gefiel. Eine große Schlaksige mit langen blonden Haaren lehnte an der Wand und rauchte gelangweilt eine Zigarette. Sie trug ausgewaschene Jeans und eine fast durchsichtige Bluse mit Blumenmuster. Ich überlegte, ob ich sie ansprechen sollte, traute mich aber nicht. Mit dem Ansprechen von Mädchen hatte ich so meine Probleme. Irgendwie fand ich das primitiv. Meiner Meinung nach musste sich das von selbst ergeben. Wie bei Heike, wobei Heike ein schlechtes Beispiel war. Ich blieb in der Nähe der schlaksigen Blonden stehen und lehnte mich ebenfalls an die Wand. Ich zündete mir eine Smart Export an und hoffte, dass das Mädchen in meine Richtung schaute. In diesem Fall müsste ihr sofort auffallen, dass ich ein lässiger Typ war. Ich strich mir die Haare aus dem Gesicht und versuchte eine möglichst lockere Haltung einzunehmen. Aber bereits nach kurzer Zeit tat mir mein Rücken weh, was vielleicht auch an den unbequemen Winterschuhen lag. Außerdem schwitzte ich in der alten Holzfällerjacke meines Vaters. Verstohlen warf ich der schönen Unbekannten einen Blick zu, und gerade, als ich eine andere Position einnehmen wollte, kam sie auf mich zu. Mir rutschte fast das Herz in die Hochwasserhose.

»Hallo«, sagte sie mit einer unglaublich sympathischen Stimme. Sie hatte türkisblaue Augen, glaubte ich zumindest, und ein paar Sommersprossen auf der Nase. Ein Traum.

Ich wollte »Hi« sagen, aber ich stieß nur einen krächzenden Ton aus, der mir auf halbem Weg im Hals steckenblieb. Mein Herz begann plötzlich wie wild zu schlagen.

»Die Musik ist nicht besonders gut, oder?«, sagte sie und deutete mit dem Kopf Richtung Bühne. Sie sprach in einem wunderbaren Dialekt, den ich aber nicht einordnen konnte.

Ich räusperte mich. »Nein, ich warte ja auch auf die *The Cracks*, äh auf die *Cracks*.« Meine Stimme klang immer noch brüchig.

»Die kenne ich nicht.« Sie warf ihre Zigarette auf den Boden. Jetzt sah ich, dass man den Boden des Turnsaals mit Spanplatten ausgelegt hatte.

»Bist du von hier?« Sofort ärgerte ich mich über meine blöde Frage.

»Nein, ich mache ein Sommerpraktikum bei der Firma Koblmüller.«

»Im Keramikgeschäft?«

»Ja, ich lerne töpfern.«

Ich sah auf ihre Hände und stellte mir vor, wie sie mit ihren schlanken Fingern eine Vase oder eine Schüssel formte. Dass ich von töpfernden Frauen nicht allzu viel hielt, brauchte ich ihr ja nicht zu sagen.

»Woher kommst du denn?«, fragte ich, um das Gespräch in Gang zu halten.

»Aus Oberwart.« Und nach einer kurzen Pause fügte sie hinzu. »Im Burgenland.«

»Aha, da war ich noch nie. Ich kenne nur die *Oberwarter Messe.*« Wenn ich mich recht erinnerte, handelte es sich dabei um eine Jazzmesse. Wahrscheinlich hatte sie mein Bruder einmal erwähnt.

Sie schüttelte den Kopf. »Ich kenne nur die Oberwarter Herbstmesse.«

»Ich glaube, die *Oberwarter Messe* hat etwas mit der Kirche zu tun.«

»Ach so, ich gehe selten in die Kirche.«

»Ich auch nicht.« Ich überlegte, ob ich ihr etwas zu trinken holen sollte. Allerdings bestand dann die Gefahr, dass sie während meiner Abwesenheit von einem anderen Typen abgeschleppt wurde. »Gehen wir an die Bar?«

Sie nickte. Wir drängten uns durch einen Pulk von Leuten und brauchten einige Zeit, bis wir die Bar erreicht hatten.

»Ich nehme eine Cola«, sagte sie.

Ich war enttäuscht, weil sie keinen Alkohol wollte. Das konnte eine langwierige Angelegenheit werden.

Ich bestellte eine Cola und ein Bier.

»Achtzehn Schilling«, sagte der Typ, der mich zuvor blöd angequatscht hatte. Ich zahlte mit einem Zwanzig-Schilling-Schein und wartete, bis er mir widerwillig zwei Schilling Wechselgeld zurückgab.

»Gehen wir nach hinten, da ist es nicht so laut.« Ich hob die Bierflasche. »Wie heißt du eigentlich?«

»Iris. Und du?«

»Ernst, aber meine Freunde nennen mich Mick. Ich bin nämlich ein großer *Stones*-Fan.«

»Aha«, murmelte sie. »Ich mag Donovan und Melanie.«

»*Universal Soldier* ist voll in Ordnung«, sagte ich, obwohl mir Donovan viel zu sanft war. »Wie lange dauert denn dein Praktikum beim Koblmüller?«

»Noch vier Wochen.« Iris fuhr sich durch ihre langen, blonden Haare, dabei verrutschte der Ausschnitt ihrer Bluse, und ich konnte einen verstohlenen Blick auf den Ansatz ihrer Brüste werfen. Sie hatte kleine Brüste, was mir ziemlich taugte, weil mir große Brüste Angst machten.

»Vier Wochen«, wiederholte ich nachdenklich. Wenn ich in zwei Wochen auf Urlaub fuhr, würde ich Iris nach meiner Rückkehr gar nicht mehr sehen. Ich wurde ein bisschen traurig und nahm einen kräftigen Schluck Bier. »Wie alt bist du denn?« Ich durfte die Unterhaltung auf keinen Fall abreißen lassen.

»Ich werde im September achtzehn. Und du?«

»Ich bin neunzehn.«

»Und was machst du?«

»Ich gehe in die Schule.« Ich bereute, dass ich nicht antworten konnte: »Ich spiele in einer Rockband.«

»Mit neunzehn gehst du noch in die Schule?«

»Na ja.« Ich lachte verlegen. »Ich bin hängengeblieben, weißt eh.«

»Ach so, klar.« Iris warf einen interessierten Blick in Richtung Bühne, wo gerade eine neue Band angekündigt wurde. Sie hieß *The Distinctions* und war mir gänzlich unbekannt. »Ich muss kurz aufs Klo.« Sie drückte mir ihre Cola-Flasche in die Hand, und obwohl ich allen Grund zur Freude gehabt hätte, merkte ich, dass ich innerlich total unruhig war. Es war jetzt kurz nach vier, und das Konzert dauerte sicher noch bis zehn, was bedeutete, dass ich frühestens in sechs Stunden mit Iris allein sein konnte. Als die Band eine etwas schnellere Nummer spielte, begann sich die Tanzfläche langsam zu füllen. Zu meiner großen Überraschung entdeckte ich unter den Tanzenden auch Elke und Taylor. Elke trug einen langen, bunten Rock und eine bestickte Jacke. Dass Taylor tanzte, verblüffte mich, weil er – genauso wie ich – tanzen grundsätzlich verlogen fand. »Möchtest du mit mir tanzen?« hieß ja in Wirklichkeit nichts anderes als: »Möchtest du mit mir schlafen?« Plötzlich sah ich auch Heike, die mit einem Typen die Tanzfläche betrat, den ich noch nie gesehen hatte. Heike trug eine extrem kurze Hose und ein ärmelloses Leibchen. Ich fand, dass sie für eine deutsche Studentin der Sozialpädagogik ein bisschen zu ordinär gekleidet war. Ich überlegte krampfhaft, worüber ich mich mit Iris unterhalten könnte. Vom Töpfern hatte ich ja keine Ahnung, und im Burgenland war ich auch noch nie gewesen.

Als Iris zurückkam, trank sie einen Schluck Cola. »Uh, warm«, sagte sie und stellte die Flasche ab. »Möchtest du tanzen?«, fragte sie lächelnd.

»Ja«, antwortete ich, ohne zu zögern.

Um eine Begegnung mit Heike und Elke zu vermeiden, schob ich Iris an den Rand der Tanzfläche. Ich schüttelte den Kopf, schlenkerte mit den Armen und ging ein bisschen in die Knie. Dazu wackelte ich mit dem Hintern. Ich kam mir vor wie ein Depp.

Im Gegensatz zu mir hatte Iris ein perfektes Rhythmusgefühl. Sie schien auch weniger zu schwitzen als ich, trotzdem wollte ich meine Holzfällerjacke nicht ausziehen. Während Iris ihre Augen geschlossen hielt, hielt ich meine offen, ich musste ja nach Heike und Elke Ausschau halten. Zum Glück tanzten die beiden direkt vor der Bühne. Am liebsten hätte ich mich an Iris geschmiegt, was wegen der flotten Musik aber leider nicht ging. *The Distinctions* spielten Coverversionen von Songs, die man üblicherweise in Sendungen wie *Gut aufgelegt* oder *Beschwingt um elf* hörte.

Ohne dass ich es verhindern hätte können, bewegte sich Iris immer weiter Richtung Bühne, und irgendwann geschah das Unvermeidliche: Taylor entdeckte mich und tippte Heike auf die Schulter. Er winkte mir zu, ich tat aber so, als hätte ich ihn nicht gesehen. Als die Band wenig später *I hear you knockin'* spielte, stand Heike plötzlich neben mir und stieß mich kokett mit der Hüfte an. Ich konnte ihren Schweiß und ihr Parfüm riechen, und widerwillig musste ich mir eingestehen, dass ich diesen Geruch mochte. Als mir Iris einen fragenden Blick zuwarf, sagte ich: »Eine Bekannte aus Deutschland.« Wegen der lauten Musik musste ich schreien, trotzdem schien mich Iris nicht zu verstehen. Ich ging näher an sie heran und brüllte: »Mir ist heiß, gehen wir etwas trinken.« Iris nickte, und während ich mit ihr die Tanzfläche verließ, schaute Heike ziemlich blöd aus der Wäsche. Recht geschieht dir, dachte ich schadenfroh. Hättest mich im Strandbad nicht sitzenlassen, würde ich jetzt mit dir tanzen, du blöde Kuh. »Eine Studentin aus Düsseldorf, die bei einem Freund zu Besuch ist«, wiederholte ich.

Iris zuckte mit den Schultern und wischte sich den Schweiß von der Stirn. »Ich mag eigentlich gar nichts trinken«, sagte sie, als wir uns an der Bar anstellten. Dass Iris noch immer kein alkoholisches Getränk wollte, irritierte mich. »Gehen wir hinaus, mir ist ziemlich heiß.« Sie fächelte sich Luft zu.

»Okay«, erwiderte ich nervös. Irgendwie hatte ich das Gefühl, dass mein Gehirn verklebt war.

Am Ausgang mussten wir unsere Eintrittskarten herzeigen, die ein zweites Mal gezwickt wurden. Welchen Sinn das haben sollte, war mir nicht ganz klar. Vor der Turnhalle war nicht viel los. Ein paar Typen standen in der Gegend herum und quatschten, andere saßen in den Autos ihrer Eltern und überlegten, was sie tun sollten. Taylors Bruder Robert grüßte mich durch das offene Autofenster. Ich nickte ihm zu.

»Hast du auch ein Auto?«, fragte Iris.

»Nein. Ich könnte mir das gar nicht leisten. Außerdem habe ich noch gar keinen Führerschein.«

»Obwohl du schon neunzehn bist?«

Ich tat so, als hätte ich die Frage nicht gehört, und wechselte das Thema. »Gehst du eigentlich in eine Schule, oder ist das eine Ausbildung?«

»Eine berufsbildende Schule. Ich möchte Keramikerin werden.«

»Und, taugt es dir?«

»Ja, sicher, sonst würde ich es ja nicht machen.«

»Auch wieder wahr.«

Iris sah mich an und kniff die Augen zusammen. »Ist das ein Lidschatten?«

Scheiße, dachte ich, ich hätte doch auf meine Mutter hören sollen.

»Sieht eh gut aus«, sagte sie, wobei ich mir nicht sicher war, ob sie sich über mich lustig machte.

Worüber unterhielten sich eigentlich Pärchen, wenn sie zusammen waren? Nur über Belanglosigkeiten? Um es erst gar nicht so weit kommen zu lassen, stellte ich Iris gleich einmal eine Grundsatzfrage: »Glaubst du an Gott?«

Sie warf mir einen erstaunten Blick zu. Nach kurzem Nachdenken sagte sie: »Eigentlich schon, obwohl ich nicht in die Kirche gehe. Beten tu ich zwar auch nicht, aber doch, ja, ich glaub schon an Gott. An irgendeinen Gott halt, also an keinen mit einem langen, weißen Bart.« Sie lachte und zeigte dabei ihre schönen, weißen Zähne. »Und du?«

Eigentlich wollte ich nicht, dass zwischen Iris und mir ein Gott stand. Wir brauchten keinen Gott, weil er in unserer Beziehung nur gestört hätte.

»Ja, aber nur im Sinne von Sartre. Er hat ja einmal geschrieben, dass wir einen jenseitigen Bezugspunkt brauchen, weil sonst unser Leben im Diesseits sinnlos wäre. Ansonsten bin ich für einen befreienden Atheismus.« Iris runzelte die Stirn. Ich war mir nicht sicher, ob ich Candys Ausführungen überhaupt richtig verstanden hatte. »Jetzt müssten bald die *Black Eagles* spielen. Da ist ein Bekannter von mir dabei, der schon mit den *Deep Purple* gespielt hat. Gehen wir hinein?«

Iris nickte, und nachdem unsere Eintrittskarten ein drittes Mal gezwickt worden waren, standen wir wieder im Saal. Die *Black Eagles* hatten bereits begonnen, allerdings klang ihre Musik überhaupt nicht wie die von *Deep Purple*. Die Band bestand aus dem Gitarristen Rick, einem Organisten und einem Schlagzeuger, und wenn mich nicht alles täuschte, versuchten sie eher *Emerson, Lake & Palmer* zu imitieren. Den Leuten im Saal schien das aber egal zu sein, weil die meisten von ihnen ohnehin schon betrunken waren. Die Mädchen hingen wie Kletten an ihren Tanzpartnern, von denen diejenigen, die keine Zigarette im Mund hatten, alle möglichen Verrenkungen anstellen mussten, um in eine halbwegs günstige Kussposition zu kommen. Als die *Black Eagles* eine langsame Nummer spielten und es im Saal dunkel wurde, überlegte ich, ob ich Iris zum Tanzen auffordern sollte. Die Chance, mich an sie zu schmiegen, sollte ich mir eigentlich nicht entgehen lassen. Noch während ich das Für und Wider abwog, nahm sie mich an der Hand und zog mich auf die Tanzfläche. Wie im Turnunterricht hob ich einmal die eine, dann die andere Schulter und machte mit den Armen ein paar ausladende Gesten, was wegen der vielen Leute aber gar nicht so einfach war. Einmal berührte ich zufällig Iris' Hüfte, und sofort schmiegte sie sich an mich. Ihre Rippen fühlten sich an wie die Rippen unserer Nachbarskatze. Alles wäre wunderbar gewesen, wenn ich nicht dringend aufs Klo gemusst hätte. Ich hoffte, dass die Nummer von den *Black Eagles* kürzer war als *Pictures at an*

Exhibition von *Emerson, Lake & Palmer*, die sich live schon einmal über neunzig Minuten hinziehen konnte.

Da mich Iris immer noch fest umschlungen hielt, wertete ich das als Signal zum Schmusen, volle Blase hin oder her. Also spitzte ich die Lippen und legte den Kopf ein bisschen schief, um leichter an Iris heranzukommen. Aber leider hatte sie ihre Augen immer noch geschlossen, weshalb ich mich damit begnügen musste, an ihren Haaren zu schnuppern. Auch wenn es im Saal nach Rauch, Schweiß und Bier roch, ging von ihren Haaren ein angenehmer, süßlicher Duft aus, der mich an reife Pfirsiche erinnerte. Iris musste ihre Haare mit einem speziellen Shampoo gewaschen haben. Ich verwendete zum Haarewaschen ja ausschließlich Seife. Gerade als ich in die Offensive gehen wollte, hörten die *Black Eagles* auf zu spielen. Ich ärgerte mich über meine Unentschlossenheit. Wahrscheinlich hatte ich tief im Inneren Angst, von Iris zurückgewiesen zu werden. Aber vielleicht war das auch nur ein kompletter Blödsinn.

»Ich muss kurz aufs Klo«, sagte ich, während sich Iris von mir löste. »Kommst du mit?«

»Aufs Klo?«

»Nein, an die Bar.«

Iris schüttelte den Kopf. »Ich warte lieber hier. Nimmst du mir ein Bier mit?«

Na endlich, dachte ich erleichtert. Ich hoffte, dass damit der Bann gebrochen war. Auf der Bühne stimmte Rick seine Gitarre und sagte die nächste Nummer an. Ich hörte gar nicht hin, weil ich keine Zeit verlieren durfte. Erstens musste ich dringend pinkeln, und zweitens wollte ich Iris nicht zu lange auf der Tanzfläche zurücklassen. Zum Glück war auf den Toiletten nichts los, und nachdem ich in das am wenigsten verdreckte Pissoirbecken geschifft hatte, lief ich zurück zur Bar, wo ich ein Bier bestellte. Wieder gab ich kein Trinkgeld.

Ich drängte mich durch die tanzende Menge und stieß prompt mit Heike zusammen. »Alles okay, Mick?«, fragte sie im Vorbeigehen. Sie schwitzte und schien betrunken zu sein. Ich nickte bloß und suchte die Tanzfläche nach Iris ab. Als ich sie endlich entdeckt hatte, stockte mir der Atem. Iris tanzte nämlich mit einem Typen, den ich noch nie zuvor gesehen hatte. Der kommt sicher von auswärts, dachte ich geschockt, vielleicht sogar aus Wels. Er hatte längere Haare als ich und trug ein verwaschenes Batik-T-Shirt. Scheiße, dachte ich, der Idiot bewegt sich ja viel lässiger als ich. Außerdem schien er gerade etwas gesagt zu haben, was Iris zum Lachen brachte. Mein Herz krampfte sich zusammen, weil ich mir sicher war, dass der Typ Iris abschleppen würde. In diesem Augenblick näherte sich dem Unsympathler von hinten ein Mädchen, dessen verfilzte Haare mit Henna gefärbt waren und das ebenfalls ein Batik-T-Shirt trug. Sie flüsterte ihm etwas ins Ohr, und nachdem er kurz genickt hatte, machte er in Richtung Iris eine entschuldigende Geste. Dabei sah ich, dass der Typ eine kleine, runde Sonnenbrille trug, die ziemlich bescheuert aussah. Wenn er damit Janis Joplin imitieren wollte, dann war dieser Versuch gehörig in die Hosen gegangen. Mit den dunklen Brillen erinnerte der Trottel eher an einen Blinden; fehlte nur noch die gelbe Armbinde mit den drei schwarzen Punkten. Das Batik-T-Shirt-Pärchen verschwand wieder in der Menge, und ich drängte mich zu Iris vor. Natürlich tat ich so, als hätte ich nichts mitbekommen. Ich reichte Iris die Bierflasche, aus der sie einen kräftigen Schluck nahm. Dann tanzte sie mit der Flasche in der Hand weiter.

Der Abend zog sich in die Länge, und nach dem dritten Bier hatte ich kurz den Überblick verloren. Einerseits wollte ich unbedingt noch *The Cracks* hören, andererseits wusste ich nicht, wie ich mich Iris gegenüber verhalten sollte. Außerdem hatte ich

Hunger, weshalb ich mir an der Bar ein Schmalzbrot kaufte. Dass es mit Zwiebeln belegt war, merkte ich zu spät. »Magst du auch etwas essen?«

»Nein, ich nehme lieber noch ein Bier.« Das klang gut. Da aber Iris keine Anstalten machte, ihr Bier selbst zu bezahlen, musste ich sie wohl oder übel ein weiteres Mal einladen. Insgeheim hoffte ich, dass sich der Abend für mich am Ende doch noch auszahlen würde. Ich war mir zwar im Klaren darüber, dass das ein kapitalistischer Gedankengang war, aber das war mir im Augenblick egal. Auf der Bühne wurde gerade *Gimme some lovin'* gespielt.

Well, I feel so good, everything is still hot.

Sangen die über mich?

»He, wo warst du denn die ganze Zeit?« Taylor klopfte mir so fest auf die Schulter, dass ich mich fast verschluckt hätte. »Hast einen Tschick für mich?«

»Ich war eh hier«, antwortete ich und gab ihm eine Zigarette.

»Der Hendrix sucht dich auch schon. Die Heike hat ihm das vom Strandbad erzählt.« Taylor lachte blöd und zwinkerte mir zu.

Auch wenn Iris nicht hörte, was er sagte, ärgerte ich mich über seine Bemerkung. Warum konnte der Idiot nicht einfach seinen Mund halten? Zu allem Überfluss tauchten jetzt auch noch Hendrix und Mü auf. »He, Mick, altes Haus«, schrie Mü, »wie geht's, wie steht's?« Nachdem die beiden fragende Blicke in Richtung Iris geworfen hatten, sagte ich: »Das ist die Iris.«

Iris nickte bloß. Als endlich *The Cracks* angekündigt wurden, rief ich Iris zu: »Gehen wir hinein, die möchte ich unbedingt hören.«

Iris drückte ihre Zigarette aus, und wir ließen Taylor, Hendrix und Mü einfach stehen. Ich sah, dass sie sauer auf mich waren. Im Saal herrschte ein ziemliches Gedränge, und wir wurden sofort Richtung Bühne geschoben. Obwohl ich *The Cracks* wirklich gut fand, wäre ich jetzt lieber allein mit Iris auf einer einsamen Insel gewesen. Zum Beispiel auf Ureparapara.

Der geniale Gitarrist Didi Schobesberger trug eine Art Dauerwelle und einen Jason-King-Bart, der ihn in Verbindung mit seinem kaputten rechten Auge ziemlich verwegen aussehen ließ. Neben Schobesberger spielten in der Band noch ein Schlagzeuger, ein Bassist, ein Keyboarder und ein Klarinettist, der bei einigen Nummern auch Saxofon spielte. Nicht nur die Besetzung, auch der Stil der Band erinnerten stark an *Colosseum*. Ein Seitenblick auf Iris verriet mir, dass sie von *The Cracks* bei weitem nicht so viel hielt wie ich. Na gut, sie stand ja auch mehr auf Donovan und Melanie. Schobesberger malträtierte seine Gitarre wie Jimi Hendrix in Woodstock, und ich fragte mich, weshalb er – im Gegensatz zu mir – ein so guter Gitarrist war. Es hätte mich nicht gewundert, wenn er mit den Zähnen gespielt oder sein Instrument mit Benzin übergossen und angezündet hätte.

Die Luft im Saal war zum Schneiden, und auch wenn mein Hemd längst durchnässt war, wollte ich die Holzfällerjacke meines Vaters nicht ausziehen. Während der dritten Nummer von *The Cracks* deutete Iris auf mein Gesicht. »Dein Lidschatten ist total verwischt«, schrie sie mir ins Ohr. Ich strich mir über die Augen und sah, dass sich der Lidschatten tatsächlich aufgelöst hatte. Mit gesenktem Kopf kämpfte ich mich zur Toilette durch, in der es fürchterlich stank. Ich schaute in den Spiegel und erschrak. Mit den verschmierten Augen sah ich aus wie ein Zombie aus dem Horrorfilm *Night of the Living Dead*. Ein Betrunkener, der neben mir am Waschbecken stand, kicherte idiotisch. Ein anderer kniete vor einem Pissoirbecken und kotzte hinein. Dabei würgte und stöhnte er, als würde er jeden Augenblick sterben. Wenn mich nicht alles täuschte, rief er nach seiner Mama. Da es kein Klopapier mehr gab, musste ich mein Gesicht notgedrungen mit dem Ärmel der Holzfällerjacke abwischen. Ich fand, dass ich ohne Lidschatten ziemlich blass aussah, was aber auch am Neonlicht liegen konnte. Auf dem Weg zurück überlegte ich, wie ich weiter vorgehen sollte. Tatsache war, dass ich es in den letzten sechs Stunden nicht einmal geschafft hatte, Iris zu küssen, geschweige denn, sie in einer dunklen Ecke auszugreifen. Gleichzeitig war ich mir aber sicher, dass ich in Iris verliebt war.

The Cracks spielten *Walking in the Park* von *Colosseum*. Angetrieben vom Rhythmus dieser genialen Nummer, drängte ich mich an den Platz zurück, wo ich Iris verlassen hatte. Aber Iris war nicht mehr da. Ich wollte mich gerade auf die Zehenspitzen stellen, als mir jemand auf die Schulter klopfte. Es war der Typ im Batik-T-Shirt. »Ich soll dir von der Iris ausrichten, dass sie draußen auf dich wartet«, schrie er mir ins Ohr. Seine bescheuerten Sonnenbrillen hatte er noch immer nicht abgenommen.

Scheiße, dachte ich, woher kennt dieser Arsch ihren Namen? Mein nächster Gedanke war, dass mir Iris sagen würde, dass es aus war mit uns. Ich überschlug kurz, wie viel ich für sie ausgegeben hatte, und nahm mir vor, in nächster Zeit beim Reisinger keine Bratwurst mehr zu essen. Zu meiner großen Überraschung tauchte aber auch das Mädchen mit den verfilzten Haaren wieder auf und schmiegte sich an ihren idiotischen Freund. Während Didi Schobesberger ein wildes Solo spielte, schob ich ein paar Leute zur Seite; ich versuchte so schnell wie möglich nach draußen zu kommen. Die frische Luft raubte mir kurz den Atem. Am Ende des Parkplatzes entdeckte ich Iris, die auf einer niedrigen Steinmauer saß und rauchte. Ich eilte zu ihr. »Hat dir die Musik nicht getaugt?«, fragte ich verwirrt.

»Hmmm«, antwortete sie. Es konnte ja oder nein heißen. »Gehen wir ein bisschen spazieren«, sagte sie und drückte ihre Zigarette mit dem Fuß aus.

»Ja, sicher.« Ich war von meiner Antwort überrascht, weil ich seit mindestens zehn Jahren nicht mehr spazieren war. Ich fand Spazierengehen spießig und lehnte diese Art des Zeitvertreibs kategorisch ab. Außerdem bedauerte ich, dass ich das Konzert der *Cracks* nicht zu Ende hören konnte. Andererseits wollte ich Iris nicht verlieren, kaum, dass ich sie gefunden hatte.

Auf den Bänken saßen einige Pärchen und schmusten oder griffen sich gegenseitig aus, je nachdem, wie viel sie getrunken hatten. Zwei lagen sogar auf einer Bank, wobei nicht ganz klar war, ob sie sich stumm liebten oder bereits eingeschlafen waren.

»Was ist, Mick, fährst du mit?« Taylor streckte seinen Kopf aus dem Beifahrerfenster und deutete nach hinten, wo neben Hendrix auch Heike und Elke saßen. »Wir fahren nach Ficking in die Disko.« Die beiden Studentinnen aus Düsseldorf konnten sich vor Lachen kaum halten. Sie deuteten mir, mich zu ihnen zu setzen. Heikes Bluse war mittlerweile so weit verrutscht, dass eine ihrer Brüste fast zur Gänze herausschaute. Obwohl ich mich nicht ungern zu Heike gesetzt und ihr auf den Busen gegriffen hätte, winkte ich ab. »Nein, nein, passt schon.«

»Okay.« Taylor gab seinem Bruder Robert ein Zeichen, der daraufhin mit quietschenden Reifen davonfuhr. Ich wunderte mich, dass Taylor und Hendrix nicht einmal das Ende des Konzerts abgewartet hatten, aber wahrscheinlich wollten sie mit dem Diskobesuch in Ficking bei Heike und Elke Eindruck schinden.

»*Wohin* fahren die?«

»Nach Ficking, in die Disko.«

Iris grinste in sich hinein.

Wir schlenderten Richtung Hauptplatz, es war noch nicht einmal zehn. »Gehst du oft in die Disko?« Die Frage war blöd, aber ich wollte keine peinliche Stille aufkommen lassen.

»Nein, nicht sehr oft. Ab und zu am Wochenende.«

Iris schlug den Weg zum Schwimmbad ein; in der Nähe befand sich auch das Keramikgeschäft. Scheiße, dachte ich, hoffentlich will sie nicht schon nach Hause gehen. Oder wollte sie mich mit auf ihr Zimmer nehmen? Ich atmete tief durch und merkte, dass mir das Schmalzbrot immer noch im Magen lag. Wir kamen an einem Kinoschaukasten vorbei, wo für den Film *Halleluja … Amigo* mit Bud Spencer Werbung gemacht wurde.

»Kennst du Jane Fonda?«, fragte ich. »Ich finde ihren Kampf gegen den Vietnamkrieg echt super. Sie nutzt ihre Bekanntheit, um dem amerikanischen Volk klarzumachen, dass die Amis in Vietnam nichts verloren haben. Jetzt planen die Amis dort ja sogar einen Computerkrieg. Das ist der reinste Wahnsinn. Da sitzen dann die Generäle im Keller und drücken die Knöpfe für die Bomben. Wir machen demnächst ein paar Aktionen gegen den Vietnamkrieg.«

»Ich weiß darüber nicht sehr viel.« Iris zuckte mit den Schultern, als wollte sie sich für ihr Nichtwissen entschuldigen.

»Hm«, antwortete ich vage. Jetzt einen Vortrag über den Vietnamkrieg zu halten hätte wahrscheinlich auch nicht viel gebracht. In einer Auslage des Kaufhofs stand eine Pyramide aus Weinflaschen. *Poysdorfer Saurüssel, Sonderangebot, nur 19,90.* Beim Anblick der Flaschen fiel mir ein, dass wir gar nichts zu trinken dabeihatten. Ich überlegte, ob ich in einem Gasthaus etwas kaufen sollte, ließ es aber sein, weil die Getränke dort viel zu teuer waren.

Im Park setzten wir uns auf eine Bank. Noch bevor ich Iris eine Verlegenheitszigarette anbieten konnte, deutete sie zum Himmel. »Schau, da oben, der Große Wagen.« Ihre Stimme hatte etwas Verträumtes.

Ich suchte den Himmel ab, sah aber nur Sterne. Mir fiel ein Sprichwort ein, das Candy einmal zitiert hatte: *Wenn der Finger den Mond bezeichnet, betrachtet der Trottel den Finger.* War ich heute der Trottel? »Aha«, murmelte ich und hielt Iris die Zigarettenpackung hin.

»Nein danke«, sagte sie.

Ich zündete mir eine Smart Export an. Meine Hände zitterten leicht.

»Welches Sternzeichen bist du?« Iris warf mir einen Blick zu, den ich nicht deuten konnte.

»Äh, ehrlich gesagt weiß ich das gar nicht.«

»Wann hast du denn Geburtstag?«

»Am 17. Dezember.«

»Am 17. Dezember, dann bist du also Schütze.«

»Schütze?« Ich lachte, weil ich mir darunter nichts vorstellen konnte.

»Der Schütze ist romantisch, idealistisch und sehr gefühlsbetont.«

Ich war mir nicht sicher, ob sich Iris über mich lustig machte.

»Und du? Was bist du für ein Sternzeichen?« Ich fragte aus reiner Unschlüssigkeit.

»Ich bin eine Widderfrau. Widderfrauen sind furchtlos, tollkühn und unternehmungslustig.«

»Klingt eh gut«, sagte ich, während ich einen tiefen Zug nahm und den Rauch langsam durch die Nase ausblies. Ich musste an einen feuerspeienden Drachen denken, den ich einmal in einem *Sigurd*-Heft gesehen hatte.

Iris stand auf und streckte mir die Hand entgegen. »Komm, gehen wir.«

Ich warf die Zigarette auf den Boden und griff wie ein Schiffbrüchiger nach ihrer rettenden Hand. Ich bewegte mich, als hätte ich einen Besen verschluckt. Was hatte sie zuvor gesagt? Der Schütze ist romantisch und gefühlsbetont. Leck Arsch, dachte ich, hoffentlich glaubt die nicht, dass dieser Blödsinn auf mich zutrifft.

Wir überquerten eine schmale Brücke und bogen in einen Hohlweg ein, der entlang der Bahngleise verlief. Ich kannte die Gegend nicht und hatte keine Ahnung, was Iris vorhatte. Es war ziemlich dunkel, aber Iris schien zu wissen, wohin sie wollte. Sie stieg eine Böschung hoch und deutete mir, ihr zu folgen. Am Bahndamm waren auf einem Nebengleis die Silhouetten einiger Waggons zu erkennen. Wir liefen über die Hauptgleise und krochen unter einem der abgestellten Waggons durch. Iris fand einen offenen Wagen und kletterte hinein. Ich konnte kaum etwas sehen und brauchte ein paar Sekunden, bis sich meine Augen an die Dunkelheit gewöhnt hatten.

»Kannst du Feuer machen?«, fragte sie.

Ich zündete ein Streichholz an und hielt es in die Höhe. Im Waggon waren Holzbalken gelagert, überall lagen grobe Sägespäne herum, und es roch nach Schmieröl.

Iris setzte sich auf den Boden und lehnte sich an einen Stapel Holz.

Ich hielt das Zündholz immer noch in der Hand. »Was machen wir hier?«, fragte ich. Im selben Moment kam ich mir vor wie der größte Idiot.

»Du könntest zum Beispiel einmal deine Jacke ausziehen.« Iris blinzelte, um besser sehen zu können.

Scheiße, jetzt wird es ernst, dachte ich. Ich warf das abgebrannte Streichholz weg und legte meine Jacke auf einen Stapel Dielen. Spärliches Mondlicht fiel durch die offene Waggontür.

»Setz dich doch her, Mick.« Iris deutete auf den Platz neben sich. Als ich endlich saß, sah sie mich an und flüsterte: »Ich mag dich.« Ich konnte Iris mehr spüren als sehen.

In meinem Magen begann es zu rumoren, gleichzeitig hatte ich das Gefühl, als hätte mir jemand mit einem Gummihammer auf den Kopf geschlagen.

»Ich dich auch.« Warum hatte ich mir keinen Plan für den Fall des Falles gemacht? Weil ich in Wirklichkeit nie damit gerechnet hatte, ein Mädchen abzuschleppen. Oder, um bei der Wahrheit zu bleiben, von einem Mädchen abgeschleppt zu werden. Und jetzt war es so weit.

Iris legte ihre Hand auf meinen Oberschenkel. Um nicht umzukippen, stützte ich mich auf dem Waggonboden ab, dabei griff ich in etwas Glitschiges. Wahrscheinlich war es Schmieröl.

Ich wandte Iris mein Gesicht zu, und während sich unsere Lippen berührten, fiel mir ein, dass ich in der Turnhalle ein Schmalzbrot mit Zwiebeln gegessen hatte. Ich hoffte, dass ich nicht nach Zwiebeln roch. Als Iris ihre Lippen öffnete, raste ein Schnellzug vorbei. Tack – tack. Tack – tack. Tack – tack. Die Menschen in diesem Zug hatten keine Ahnung, dass sich in ihrer unmittelbaren Nähe ein junges Pärchen zum ersten Mal küsste. Ich spürte Iris' Zunge in meinem Mund und verstand sofort, weshalb der Zungenkuss so geheimnisumwittert war. Durch das Eindringen des Körperteils eines wildfremden Menschen wurde eine Grenze überschritten, hinter der das Paradies – oder die Hölle – lag. In mir machte sich ein Glücksgefühl breit, das keiner Logik folgte.

Die Art, wie Iris mich küsste, ließ keinen Zweifel daran, dass sie vom Schmusen mehr Ahnung hatte als ich. Ihre Zunge bewegte sich in meinem Mund, als würde sie nach etwas suchen. Ich wusste nicht, was ich tun sollte, und musste an den Typen im Batik-T-Shirt denken. Der hätte Iris sicher sofort ausgegriffen. Um nicht zu passiv zu wirken, tastete ich nach ihren Brüsten. Ich hoffte, dass das Schmieröl keine Flecken auf ihrer Bluse hinterließ. Iris' Brüste waren klein und fest, und ich konnte durch den Stoff deutlich ihre harten Brustwarzen spüren. Ihr heftiger Atem verriet mir, dass ihr gefiel, was ich machte. Sie schob meine Hand unter ihre Bluse. Die Vorstellung, mit meinen ölverschmierten Fingern ihre weißen Brüste zu berühren, war mir zwar unangenehm, aber was hätte ich tun sollen? Mir die Hände waschen?

Und dann machte Iris etwas, was mich vollends verblüffte: Sie öffnete den obersten Knopf meiner Hose und zog den Reißverschluss nach unten. Ich weiß nicht, ob es an meiner unbequemen Haltung lag, aber ich war total verkrampft und wusste nicht, was ich mit meinen Händen anfangen sollte. Iris versuchte meine Hose nach unten zu schieben. »Komm schon, Mick«, sagte sie ungeduldig. Ich hob den Hintern und war froh, dass es so finster war und sie den gelben Fleck auf meiner weißen Rippunterhose nicht sehen konnte. Auch wenn ich mit dem nackten Hintern auf dem dreckigen Waggonboden saß, war das Gefühl unbeschreiblich. Iris rutschte nach unten und spielte mit meinem Johnny. »Der riecht ziemlich intensiv«, sagte sie. Nach einer kurzen Pause fügte sie lachend hinzu: »Fühlt sich aber trotzdem gut an.«

Hätte man mich jetzt nach meinem Namen gefragt, ich hätte ihn nicht gewusst.

Iris stand auf, zog ihre Bluse aus und schob ihre Hose nach unten. Trotz des spärlichen Mondlichts konnte ich ihre buschigen Schamhaare erkennen, die einen deutlichen Kontrast zu ihrer weißen Haut bildeten. Auf ihren Brüsten waren vage ein paar dunkle Flecken zu sehen. Sie knüllte ihre Kleider zusammen und setzte sich darauf. Sie spreizte ihre Beine. »Du kannst ruhig hingreifen«, sagte sie aufmunternd. Zögernd kam ich ihrer Aufforderung nach. Ihre Haare waren weich, und ich konnte mich nicht erinnern, jemals etwas so Aufregendes berührt zu haben. Es war wie eine Offenbarung. Gleichzeitig hatte ich aber Angst, dass alles gleich wieder vorbei sein könnte. Ich wollte die Zeit anhalten, wusste aber nicht, wie ich das anstellen sollte.

Iris nahm meinen Kopf und drückte ihn sanft nach unten. Ihre Muschi roch nach Pfirsich, aber auch ein wenig nach Urin.

In meinem Kopf ging es drunter und drüber. Plötzlich sagte mir eine innere Stimme, dass an dieser Szene etwas nicht stimmte. Ich setzte mich auf, und als ich meine bis zu den Knien hinuntergeschobene Hose und meine Winterschuhe an den Füßen sah, wusste ich, was es war. Ich wollte in diesem dreckigen Eisenbahnwaggon, in dem es nach Schmieröl roch, keinen Sex haben. Mir kam das alles ziemlich absurd vor, und ich musste plötzlich an den Vietnamkrieg denken.

»Was ist denn los, Mick?« Iris war hörbar irritiert.

»Warte«, sagte ich, als sie sich auf mich setzen wollte. Ich hörte, was ich sagte, ohne zu begreifen, warum ich das soeben gesagt hatte. Es gab absolut keinen vernünftigen Grund, mit Iris keinen Sex zu haben.

Iris strich sich eine Haarsträhne aus dem Gesicht und sah mich mit ihren tiefblauen Augen an. Die Sommersprossen auf ihrer Nase verschwammen, und ich fragte mich, ob ich träumte. »Ich finde es hier einfach nur – ich weiß auch nicht. Können wir nicht zu dir gehen?« Ich kam mir vor wie ein Kind, das seine Mutter um einen Löffel Sanostol anbettelte.

»Also doch ein Romantiker.« Iris' Enttäuschung war unüberhörbar.

»Das hat mit Romantik nichts zu tun«, erwiderte ich. In diesem Augenblick wusste ich, dass es kein Zurück mehr gab. Ein Zug fuhr vorbei.

When the train left the station,
I looked her in the eye.
When the train left the station,
And I looked her in the eye,
Well, I felt so sad so lonesome,
And I could not help but cry.
All my love's in vain.

Iris war das schönste Mädchen der Welt, und sie wollte unbedingt mit mir bumsen. Und was tat ich? Ich führte mich auf wie der größte Vollidiot. »Können wir nicht zu dir gehen?«, flehte ich sie an.

»Das geht nicht.« Sie stand auf und zog sich an.

»Warum nicht?« Meine Stimme zitterte.

»Weil die Familie Koblmüller im selben Haus wohnt.«

»Bist du jetzt sauer auf mich?« Mir war klar, dass die Frage völlig überflüssig war.

»Nein«, antwortete sie achselzuckend. »Ich hätte es einfach nur schön gefunden.«

Warum konnte ich die Sache nicht genauso sehen wie sie? Was lief falsch in meinem Kopf? Ich saß immer noch mit der heruntergezogenen Hose auf dem dreckigen Boden; ich bot ein Bild des Jammers.

»Mick, ich möchte jetzt gehen.« Iris wartete bereits auf dem Trittbrett.

Ich fühlte mich leer und hätte am liebsten geheult. Ohne ein Wort zu sagen, kletterten wir unter dem Waggon durch. »Können wir uns morgen treffen?«, fragte ich.

»Ich weiß nicht«, antwortete sie ausweichend.

Schweigend gingen wir nebeneinander her. Irgendwo schrie ein Nachtvogel; in meinen Ohren klang es wie eine Klage. In der Nähe des Schwimmbads blieben wir stehen. »Mach's gut«, sagte Iris und drehte sich um. Mein Herz bekam einen Stich.

»Ja, du auch.« Meine Antwort war kaum hörbar. Ich ging in die entgegengesetzte Richtung und hoffte, niemandem zu begegnen. Ich war so wütend auf mich, dass ich mich am liebsten geohrfeigt hätte. Wahrscheinlich bin ich der größte Trottel der Welt, dachte ich niedergeschlagen. Ich bog in einen Feldweg ein, wo ich allein war und mich meinem Schmerz hingeben konnte. Ich hatte das Gefühl, von der ganzen Welt verlassen zu sein. Vor lauter Selbstmitleid begann ich zu heulen und umarmte den nächstbesten Baum. Er hatte eine raue Rinde und roch nach Harz. Erst, als ich ein Moped hörte, kam ich langsam wieder zu mir. Der Mopedfahrer schien betrunken zu sein, weil er in Schlangenlinien fuhr. Wahrscheinlich hatte er mit seiner Freundin gerade einen tollen Abend verbracht. Ich blickte zum Himmel, wo ein Stern blinkte. Oder war es ein Flugzeug? Vom Großen Wagen war jedenfalls weit und breit nichts zu sehen. Ich fragte mich, ob es im Universum auch ein Großes Moped gab. Scheißuniversum. Ich kickte einen Stein mit voller Wucht ins angrenzende Feld. Ich hörte einen Schrei, und plötzlich stand ein Fuchs vor mir. Er sah mich an, ergriff aber sofort wieder die Flucht. Ich musste an den Song *Fox on the run* denken:

She took all the love, that a poor boy could give her
And left me to die like a fox on the run.

»Na, wie schaust du denn aus?« Kopfschüttelnd ging meine Mutter ins Wohnzimmer, wo sie ihr Kostüm gegen eine Kochschürze tauschte. Wie jeden Sonntag hatte sie bereits vor dem Kirchgang die Rindsuppe aufgesetzt. Meine Mutter kochte die Rindsuppe so, wie sie es von Baba gelernt hatte. Also mit Rinderknochen, Gemüse und all dem anderen Zeug.

Seit ich einmal eine Rindsuppe irrtümlicherweise in den Ausguss geschüttet hatte, musste ich mich sonntags vom Herd fernhalten. »Ernst, kannst du die Rindsuppe um halb elf abseihen?«, hatte mich meine Mutter gebeten, weil sie noch etwas zu erledigen hatte. Also stellte ich ein großes Sieb in das Spülbecken und goss die Suppe hinein. Als meine Mutter nach Hause kam, hätte sie fast der Schlag getroffen. »Ja, bist du denn von allen guten Geistern verlassen? Du schüttest die gute Rindsuppe einfach weg. Jesus und Maria, dieser Bub bringt mich noch ins Grab.« Ich hatte überhaupt nicht verstanden, weshalb sie sich so aufregte. Das war vor zirka einem halben Jahr gewesen.

Meine Mutter kostete die Suppe und warf mir einen skeptischen Blick zu. »Wo warst du denn so lange? Du schaust ja fürchterlich aus.«

»Beim Konzert. Wann essen wir denn?«

»Um zwölf. Es gibt Rindsuppe mit Grießnockerl, Schnitzel mit Kartoffeln, einen Gurkensalat und einen Häupelsalat. Aus unserem Garten.«

Ich hatte meiner Mutter zwar schon hundertmal erklärt, dass es Häuptelsalat und nicht *Häupelsalat* hieß, aber sie sagte ja auch *infiszieren* statt infizieren.

»Und vergiss nicht, dass der Türke heute Abend kommt. Mir passt das zwar gar nicht ins Konzept, aber du wolltest es ja so haben.«

»Was, der kommt schon heute?« Ich hatte den Türken ganz vergessen. Am Nachmittag wollte ich unbedingt noch einmal zum Keramikgeschäft fahren, um mit Iris ein klärendes Gespräch zu führen. Im Telefonbuch hatte ich zwar die Privatnummer der Familie Koblmüller gefunden, aber ich traute mich nicht, dort anzurufen.

Ich ging auf mein Zimmer und starrte aus dem Fenster. Ich beobachtete die Kühe auf der Weide. Ein paar lagen dösend im Gras, ein paar fraßen gelangweilt, und der Rest stand blöd herum und stierte ins Leere. Offenbar ging es ihnen nicht viel besser als mir, allerdings hatten sie den Vorteil, dass sie sich ihrer beschissenen Lage nicht bewusst waren.

Ich setzte mich an den Schreibtisch und schlug das Heft mit den Französisch-Vokabeln auf. Aber ich konnte mich nicht konzentrieren. Ich dachte an Ureparapara und stellte mir vor, dass ich mit Iris dort lebte. Nur sie und ich. Statt Französisch-Vokabeln zu lernen hätten wir uns im heißen Sand lieben können. Mein Blick blieb am Mick-Jagger-Plakat hängen. Jagger hatte leicht lachen, der hätte sich nie mit einem Mädchen in einem alten Eisenbahnwaggon getroffen. Und wenn, dann hätte er genau gewusst, was zu tun gewesen wäre. *Gimmie shelter.* Ich fühlte mich miserabel und schrieb in mein Tagebuch:

ich habe wirklich allen grund, traurig zu sein. wenn man jemanden liebt, so muß das doch heißen, daß man mit der betreffenden person ehrlich reden kann. ich war doch nur ehrlich zu iris, und sie hat mich nicht verstanden. letzte nacht hat gezeigt, daß jeder mensch in seiner eigenen gedankenwelt lebt, in die ein anderer gar nicht eindringen kann.

Ich stellte mir vor, dass ich mit Iris in einem sauberen Bett lag. Wenn ich ihr sagte, dass ich sie liebe, würde sie mich verstehen. Und vielleicht könnte sie ja ihre Ausbildung beim Koblmüller beenden, dann müsste sie nicht mehr zurück nach Oberwart. Mir schien das ein sehr vernünftiger Gedanke zu sein, und ich spürte, wie mein Herz vor Freude schneller schlug. Sofort nach dem Mittagessen würde ich zu ihr fahren und ihr diesen Vorschlag unterbreiten. Was war denn schon dabei? Ich verstand gar nicht, weshalb ich so niedergeschlagen war, ich musste die Dinge einfach nur von einer anderen Seite betrachten. Wenn mich Iris tatsächlich liebte, würde sich alles zum Guten wenden. Ich konnte es kaum erwarten, mich endlich auf mein Rad zu setzen.

Beim Mittagessen war ich so in meine Gedanken vertieft, dass ich den Verband an der Hand meines Vaters gar nicht bemerkte.

»Tut es noch weh?«, fragte meine Mutter.

»Ach, ist nicht so schlimm.«

»Was ist denn passiert?«, fragte ich pflichtschuldig.

»Ich wollte beim Kühler etwas nachschauen, habe aber vergessen, dass der beim Fahren ja heiß wird. Er hat ein bisschen geraucht, aber der Leimbauer hat gemeint, dass es nichts Ernstes ist.«

»Kennt sich der Leimbauer bei alten Autos überhaupt aus?« Meine Mutter warf meinem Vater einen misstrauischen Blick zu.

»Jaja, der ist ja Schlosser.«

Ich dachte kurz über die eigenartige Logik dieser Antwort nach, zog es aber vor, nicht länger über unser altes Auto zu reden. »Das Schnitzel war erstklassig«, sagte ich und stand auf. »Ich mache eine kleine Runde mit dem Fahrrad.«

»Willst du mir nicht beim Abwaschen helfen?«

»Ein anderes Mal. Vielleicht kann dir ja der Papa helfen.«

Mein Vater verzog das Gesicht. »Ich muss im Keller noch etwas erledigen.«

Ich dachte an die versteckten Schnapsflaschen.

Kaum hatte ich die Küche verlassen, rief mir meine Mutter nach: »Komm aber nicht zu spät nach Hause, ich möchte den Türken nicht allein in Empfang nehmen.«

Neben der offenen Motorhaube stand eine Gießkanne. Ich hoffte, dass Herr Leimbauer tatsächlich eine Ahnung von alten Autos hatte. Ich schwang mich auf mein Rad und fuhr los. Je näher ich dem Keramikgeschäft kam, desto nervöser wurde ich. Um Zeit zu gewinnen, machte ich einen Umweg und überlegte, ob ich bei der Familie Koblmüller anläuten oder doch lieber warten sollte, bis Iris das Haus verließ. Unschlüssig stieg ich vom Rad und versteckte mich im Park hinter einem Baum. Ein Fenster im zweiten Stock stand offen, wahrscheinlich war es Iris' Zimmer. Ich könnte ja rufen: »Hallo Iris, ich bin's, Mick, mit dem du gestern im Eisenbahnwaggon keinen Sex gehabt hast, obwohl du so gerne gebumst hättest.«

Plötzlich machte ich eine Entdeckung, die mich wie ein Blitz traf. Ich rieb mir die Augen, weil ich es nicht glauben konnte, aber gegenüber dem Keramikgeschäft saß der Typ mit dem Batik-T-Shirt auf einer Bank und sah auf die Uhr. Dann summte er ein Lied, zu dem er seinen Kopf wie ein Idiot hin und her bewegte. Ich wäre am liebsten im Erdboden versunken. Das gibt es doch gar nicht, dachte ich verwirrt, das kann doch gar nicht sein.

Vielleicht war es ja reiner Zufall, dass dieser widerliche Typ hier saß, und vielleicht war er ja auch mit seiner Freundin mit den verklebten Henna-Haaren verabredet. Ich tat so, als würde ich etwas an meinem Rad reparieren, ließ dabei aber das Haus nicht aus den Augen. Eine Viertelstunde lang passierte gar nichts, und ich kam mir ziemlich blöd vor, wie ich an den Pedalen herumfummelte und abwechselnd zum Keramikgeschäft und zu der verfluchten Parkbank schaute. Dann stand der Typ plötzlich auf und überquerte die Straße. Iris trat aus dem Gartentor und lächelte ihm zu. Mir blieb das Herz stehen. Die beiden umarmten einander und schlenderten Hand in Hand durch den Park. Ich beobachtete die Szene mit offenem Mund. *Walking in the Park.* Woher wusste dieser Arsch überhaupt, wo Iris wohnte? Und wie konnte es sein, dass sie sich mit ihm traf, kaum, dass wir uns voneinander verabschiedet hatten? *You said you loved me last night.* Ich wollte mir gar nicht vorstellen, wohin die beiden jetzt gingen und was sie dort trieben. *Yeah, I'm gonna love you, love you, love you till the end of time.* Gab es ein größeres Debakel? Nein!

Als ich eine halbe Stunde später mein Fahrrad in der Garage abstellte, hatte ich keine Ahnung, wie ich nach Hause gekommen war. Ich war fix und fertig und hätte jemanden zum Anlehnen gebraucht. *Well, we all need someone we can lean on.*

Ich warf mich auf mein Bett und stellte mir vor, wie sich Iris gerade von dem Batik-Typen bumsen ließ. Dabei sah ich schrecklicherweise jedes Detail vor mir. Ich bekam eine unglaubliche Wut auf Iris, aber noch mehr auf mich, und spielte *Sympathie for the Devil* in voller Lautstärke.

»Ja, bist du denn verrückt geworden?« Ich hatte meine Mutter gar nicht kommen gehört. »Du machst ja alle Leute rebellisch. Außerdem stinkt es hier wie in einem Ziegenstall.«

»Jaja, ist schon in Ordnung.« Ich drehte leiser und wartete, bis meine Mutter das Zimmer wieder verlassen hatte. Ich ging zum Fenster, aber nicht, um zu lüften, sondern nur, um hinauszustarren. Die Kühe auf der Weide bewegten sich wie in Zeitlupe und strahlten eine Ruhe aus, die mich richtiggehend aggressiv machte. Alle Kühe fraßen, bis auf eine, die am Boden lag und schlief. Aber irgendetwas stimmte nicht mit dieser Kuh. Ich überlegte, was es war, bis mir die eigenartige Haltung ihrer Hinterbeine auffiel. Sie standen seitlich von ihrem Körper ab wie bei einem Krokodil. Aber das war kein Krokodil da unten auf der Wiese, das war eine Kuh vom Aupointner Bauern.

Ich war froh, dass ich mindestens dreißig Sekunden lang nicht an Iris gedacht hatte. Ich musste sie aus meinem Kopf verbannen und mich wieder stärker meinen politischen Aktivitäten widmen. Dabei fielen mir Hendrix und Taylor ein, die gestern mit den Düsseldorferinnen nach Ficking in die Disko gefahren waren. Wenn mir Hendrix und Taylor jetzt auch noch erzählten, dass sie mit Elke und Heike gebumst hatten, dann konnte es sein, dass ich auszuckte. Und was war mit Candy? Ob er beim Konzert war, wusste ich gar nicht, weil ich ja nur Augen für Iris gehabt hatte. Das Sprichwort stimmte also: Liebe macht blind. Hätte Candy gesagt, dass wir heute Nacht die Bank niederbrennen sollen, ich wäre sofort dabei gewesen. Heute Nacht hätte ich mich sogar dem bewaffneten Kampf der Volksfront zur Befreiung Palästinas angeschlossen.

Auf meinem unaufgeräumten Schreibtisch lag die *Volksstimme*. Aufgeschlagen war die Seite mit dem Interview mit Jane Fonda:

Man muß immer wissen, wer der Feind ist. Der Feind ist der Imperialismus. Der Feind ist nicht der Mensch. Der Mensch ist ein Opfer des Imperialismus. Auf diesen Unterschied muß man achten. Und die, die mich des Hochverrats anklagen wollen, sind jene, die daran interessiert sind, daß dieser Krieg weitergeht. Die

Geschäftsleute, die fabelhafte Investitionen im Süden gemacht haben, die Militaristen, die um jeden Preis die Basen erhalten wollen. Und die Reaktionäre, die vorgeben, daß man nicht das Gesicht verlieren dürfe. Für sie ist die Wahrheit die größte Gefahr. Aber es ist unmöglich, die Wahrheit zu vertuschen.

Das war Wasser auf meine Mühlen, und mit einem Mal kam mir Iris mit ihrer Töpferei und ihren Sternzeichen ziemlich idiotisch vor. Jetzt tat es mir gut, Sätze wie diesen zu lesen:

Wenn sie mich verhaften, werde ich bleiben und da kämpfen, wo man kämpfen muß.

»Ernsti, magst du eine Torte?«, rief meine Mutter von unten. »Ich habe eine Topfentorte gemacht.«

So schlecht konnte es mir gar nicht gehen, dass ich die Topfentorte meiner Mutter abgelehnt hätte. Ich weiß nicht, warum, aber wenn ich eine Topfentorte aß, fühlte ich mich irgendwie getröstet.

Ich betrat die Küche. Meine Eltern tranken Kaffee, für mich stand eine Tasse Kakao bereit. »Magst du ein Schlagobers?«, fragte meine Mutter, obwohl sie die Antwort kannte.

Mein Vater musste mit der linken Hand essen. »Tut es noch weh?«, fragte ich mit vollem Mund.

»Es geht schon wieder.«

Während mein Vater noch immer mit seinem ersten Tortenstück beschäftigt war, hatte ich bereits mein zweites gegessen.

»Bringst du dem Opa auch ein Stück.«

»Ja, sicher.« Ich war froh, etwas zu tun zu haben.

Meine Mutter warf einen besorgten Blick auf die Wanduhr. »Wann glaubst du denn, dass der Türke kommt?«

Mein Vater zuckte mit den Schultern. »Keine Ahnung. Er kommt ja aus Deutschland.«

»Was arbeitet er eigentlich im Werk?«, fragte ich.

»Irgendetwas bei den Dampfkesseln.«

»Dann arbeitest du also mit ihm zusammen?«

»Ja, wahrscheinlich.«

Meine Mutter reichte mir den Teller mit dem Tortenstück. »Der Wiesner Siegfried hat angerufen, wie du gerade weg warst. Ich habe vergessen, dir das auszurichten.«

»Was wollte er denn?«

»Das hat er nicht gesagt. Er hat nur gefragt, ob du da bist.«

Auf dem Weg zu meinem Großvater überlegte ich, was der Grund für Candys Anruf gewesen sein könnte. Scheiße, dachte ich, womöglich war es wegen der Aktion. Aber zurückrufen konnte ich ihn nicht, weil das seine Eltern ja strikt verboten hatten.

Mein Großvater saß auf der Couch und studierte das Fernsehprogramm. Als er mich sah, lächelte er. »Ah, Ernsti, schön, dass du kommst. Was bringst du mir denn da?«

»Eine Topfentorte.«

Er verzog das Gesicht. »Eine Topfentorte?«

»Ja.«

»Ich mag das süße Zeug nicht. Ein Schnaps wäre mir lieber.«

»Opa, ich hätte dir gerne einen Schnaps gebracht, aber ich habe leider keine Zeit. Ich muss lernen, und außerdem kommt jeden Augenblick der Türke.«

»Der Türke? Was für ein Türke?« Er machte ein ungläubiges Gesicht.

»Hat dir die Mama nichts gesagt?«

»Nein.«

»Er macht ein Praktikum im Kraftwerk und wird bei uns wohnen. Für zwei Wochen.«

»Ein Fremdarbeiter?«

»Nein, kein Fremdarbeiter. Du brauchst keine Angst zu haben. Jedenfalls ist es kein Chinese. Ich muss jetzt gehen. Du kannst ja später einmal bei uns vorbeischauen.«

»Na, ich weiß nicht.« Mein Großvater kratzte sich nachdenklich am Kinn.

Die Topfentorte nahm ich wieder mit und aß sie heimlich im Garten.

Nachdem ich eine halbe Stunde auf eine freie Leitung gewartet hatte, wählte ich Taylors Nummer, aber es hob niemand ab. Dann rief ich bei Hendrix an, dessen Mutter mir sagte, dass der Heinzi mit den Studentinnen aus Düsseldorf unterwegs sei. Ich war sauer. Da ich auch Mü nicht erreichte, wusste ich noch immer nicht, was Candy eigentlich von mir wollte. Ich hoffte, dass sie die Aktion nicht ohne mich durchzogen. Während ich hin und her überlegte, hörte ich in der Einfahrt ein Auto. Ich ging zum Küchenfenster und sah einen hellblauen VW Käfer, der mit heulendem Motor knapp hinter unserem Opel zum Stehen kam. Das musste der Türke sein.

Als ein dünner, dunkelhäutiger Mann in weißem Hemd und schwarzer Hose ausstieg, stutzte ich. »Das ist ja gar kein Türke«, sagte ich. »Das ist ein Inder.«

»Ein Inder?« Meine Mutter sah mich verwirrt an. »Kein Türke?«

»Nein, das ist ein Inder.«

»Kein Türke? Aber woher weißt du, dass das ein Inder ist?«

»Das weiß ich halt, ich lebe ja nicht hinter dem Mond. Theoretisch könnte es auch ein Pakistani sein. Die sehen sich ähnlich.«

»Und? Was machen wir jetzt?«

»Nichts. Schau, der Papa unterhält sich schon mit ihm.«

Mein Vater stand mit dem Mann bei unserem Auto und deutete auf die geöffnete Motorhaube. Da ich bezweifelte, dass sich der Inder (oder Pakistani) für überhitzte Kühler interessierte, ging ich nach draußen.

»Das ist der Ernst, unser ältester Sohn.«

»'s Gott, äh, guten Tag«, sagte ich und reichte dem Mann die Hand. Der Inder (oder Pakistani) hatte einen laschen Händedruck und wischte sich die Hand sofort an seiner Hose ab. Sein Nylonhemd war vollkommen durchgeschwitzt.

»Kamalesh, Namaste.«

»Namaste?«, fragte ich.

Der Mann machte eine leichte Verbeugung. »Das Göttliche in mir grüßt das Göttliche, das ich in dir sehe.«

»Wie bitte?«

»Ein indischer Gruß«, antwortete er.

Also doch ein Inder, wie ich vermutet hatte.

»Gehen wir hinein«, sagte mein Vater.

Nachdem Kamalesh meiner Mutter im Treppenhaus die Hand gegeben hatte, fragte er: »Bitte, wo ist das Badezimmer?«

»Ernsti, zeig ihm, wo das Bad ist.«

»Gleich im Vorzimmer rechts«, sagte ich. »Siehst du«, flüsterte ich meiner Mutter zu, »er spricht perfekt Deutsch.«

»Ja, jetzt warte erst einmal ab.«

Ein paar Minuten später kam Kamalesh in die Küche.

»Nehmen Sie Platz«, sagte meine Mutter mit einem skeptischen Gesichtsausdruck.

»Möchten Sie sich nicht vorher umziehen?«, fragte ich. Kamaleshs Schweißgeruch war beißend und salzig.

»Nein, nein.« Er setzte sich an den Tisch und putzte sich mit einem Stofftaschentuch seine viel zu große Brille. »Haben Sie vielleicht schwarzen Tee?«

»Einen russischen Tee haben wir«, antwortete meine Mutter.

»Das ist eh dasselbe«, sagte ich. »Woher kommen Sie gerade?«

»Aus Bonn.«

Mein Vater nickte anerkennend. »Da sind Sie aber lange unterwegs gewesen. Wie schnell geht denn Ihr Auto?«

»Geht?«

»Fährt«, korrigierte ich.

»Zehn Stunden hat die Fahrt gedauert.«

Mein Vater überlegte.

»Und Sie studieren in Bonn?«, fragte ich.

»Ja, ich studiere Ingenieurswissenschaften.«

Ich war überrascht, weil Kamalesh nicht wie ein Student aussah. Ich schätzte ihn auf mindestens dreißig, wenn nicht sogar älter. »Wie lange schon?«

»Seit vier Jahren.« Kamalesh betrachtete seine Hände. »Entschuldigen Sie mich.« Er verließ die Küche und ging erneut ins Bad.

»Der war doch gerade im Badezimmer.« Meine Mutter war sichtlich irritiert.

»Vielleicht hat er Durchfall«, sagte ich. »Er ist übrigens Inder und kein Pakistani. Und er heißt Kamalesh.«

»Um Gottes willen. Womöglich steckt er uns alle noch an. Nicht, dass er uns infisziert. In Indien haben sie doch so viele Krankheiten. Da verhungern ja die Kinder auf der Straße. Der Kama – wie heißt er noch einmal?«

»Kamalesh.«

»Der Kamalesh ist ja auch ganz dünn.«

»Ja, aber der lebt doch schon seit vier Jahren in der BRD. Du hast doch gehört, dass er in Bonn studiert.«

»Ja schon, aber trotzdem, wenn …«

Kamalesh kam wieder zurück.

»Der Tee ist gleich fertig«, sagte meine Mutter, während sie Kamalesh aufmerksam beobachtete. »Er muss nur noch ein bisschen ziehen.«

»Und Sie kommen aus Indien?« Mein Vater wollte offenbar sichergehen, dass er sich nicht verhört hatte.

»Ja, aus Rajasthan. Das liegt im Norden an der Grenze zu Pakistan.«

»Aha. Und zu Hause wollen Sie dann als Ingenieur arbeiten?«

»Ja, das habe ich vor.«

Meine Mutter stellte die Jause, die sie eigentlich für Elli vorbereitet hatte, auf den Tisch. Kamalesh schnitt sich ein Stück Käse ab. »Ich esse leider keine Wurst und auch keine Leberpastete. Aber Hihnchen esse ich sehr gerne. Wenn Sie möchten, kann ich einmal Hihnchen mit Reis machen.« Wie mein Vater hatte offenbar auch Kamalesh eine Ü-Aversion. Hihnchen mit Reis – die beiden würden sich sicher gut verstehen.

Meine Mutter machte eine abwehrende Geste. »Nein, nein, Hühnchen kann ich auch machen, wenn Sie das gerne essen.« Die Vorstellung, dass ein Inder in ihrer Küche alles durcheinanderbrachte, behagte meiner Mutter ganz und gar nicht. »Was essen Sie denn zum Frühstück? Und wann müssen Sie morgen aufstehen?«

»Ich muss um sechs im Werk sein, also werde ich um fünf aufstehen.« Er wandte sich an meinen Vater. »Fangen Sie auch um sechs an?«

»Ja.«

»Dann könnten Sie ja mit mir fahren und mir gleich den Weg zeigen.«

Mein Vater zögerte. »Ich fahre zwar lieber mit dem Rad, aber, na gut.«

»Dann gibt es also um halb sechs Frühstück«, sagte meine Mutter. »Ernst, hilf dem Herrn beim Auspacken.«

»Ja, aber lass ihn doch erst einmal seinen Tee austrinken.«

Plötzlich stand mein Großvater in der Küche. »Ich wollte nur einmal kurz vorbeischauen. Ist das der Türk?«

»Nein, Opa, das ist Herr Kamalesh, der ab morgen im Kraftwerk arbeitet. Und er ist aus Indien, nicht aus der Türkei. Und er spricht Deutsch.«

Mein Großvater sah mich mit großen Augen an. »Aber du hast gesagt, dass ein Türk kommt.«

Kamalesh nickte. »Griß Gott.« Es hörte sich an wie Grießkoch.

»Mein Großvater dachte, es würde ein Türke zu uns kommen«, klärte ich Kamalesh auf, dem die Situation viel weniger peinlich war als mir. »Vielleicht sollten wir jetzt Ihr Gepäck aus dem Auto holen.«

»Ja, gerne, aber zuerst muss ich mir noch die Hände waschen.« Kamalesh ging an meinem verdutzten Großvater vorbei und verschwand zum dritten Mal im Badezimmer.

»Warum muss er sich ständig die Hände waschen?«, fragte meine Mutter besorgt. »Bei uns ist doch alles sauber.«

Ich zuckte mit den Schultern.

Während wir auf Kamaleshs Rückkehr warteten, hörten wir draußen auf der Straße ein Auto hupen.

»Das wird die Elli sein. Geh, Ernsti, sag ihr, dass wir einen Inder als Schlafgeher haben. Nicht, dass sie sich schreckt.«

»Ein Inder«, murmelte mein Großvater und verließ kopfschüttelnd die Küche.

In der Einfahrt kam mir Elli entgegen, die sich gerade von ihrer Freundin Maresi verabschiedet hatte. »Servus Ernsti. Wem gehört denn der VW Käfer mit dem deutschen Kennzeichen?«

»Du, bei uns wohnt jetzt für zwei Wochen ein Inder, der im Werk ein Praktikum macht. Er spricht aber perfekt Deutsch.«

»Ach so. Und diese alte Kiste?«

»Das ist unser neues Auto.«

Elli warf einen misstrauischen Blick in das Innere des Wagens. »Puh, der schaut aber ziemlich desolat aus.«

In der Haustür tauchten meine Eltern auf, gefolgt von Kamalesh. »Ja, gut schaust du aus«, sagte meine Mutter. »Hast du zugenommen?«

»Nein, wieso?« Elli zupfte beleidigt an ihrer Bluse.

»Das ist Kamalesh, von dem ich dir erzählt habe«, sagte ich.

»How do you do?«, grüßte Elli.

»Good, thank you.« Kamalesh war froh, dass ihm Elli nicht die Hand gab.

»Ich habe nicht viel Zeit«, sagte Elli beim Hineingehen. »Ich treffe mich in einer Stunde mit der Maresi beim Hufnagel auf ein Eis.«

»Was? Ihr seid doch die ganze Woche zusammen gewesen«, beschwerte sich meine Mutter. Aber Elli war schon im Haus verschwunden.

Ich half Kamalesh beim Auspacken. Nachdem wir seine Sachen im Gästezimmer verstaut hatten, zog er sich gleich wieder ins Badezimmer zurück.

Elli saß am Küchentisch und aß ein Wurstbrot. »Wie geht es denn der Baba?«, fragte sie mit vollem Mund.

»Die Mama hat gesagt, dass sie die Bestrahlungen gut verträgt. Hast du gewusst, dass sie Krebs hat?«

Elli warf mir einen erstaunten Blick zu. »Krebs? Die Baba hat doch keinen Krebs.«

»Aber sie bekommt doch Bestrahlungen.«

»Ja, aber die bekommt sie wegen etwas anderem.«

»Hä?«

»Wegen der Gebärmutter.« Meine Schwester vermied es, mich anzusehen.

Ich war peinlich berührt und stellte keine weiteren Fragen.

Elli sah auf die Uhr. »Ich bin spät dran.«

Kaum war ich allein, musste ich wieder an Iris denken. Die Vorstellung, dass sie womöglich immer noch mit dem Batik-Typen im Waggon herumhing, machte mich ganz trübsinnig. Ich setzte mich auf die Couch und starrte auf den Boden. Aber das Muster des Teppichs verwirrte mich nur noch mehr. Elli kam zurück, um ihre Tasche zu holen. Ich wunderte mich, dass sie ihre Lippen rot angemalt hatte. »Bis dann«, sagte sie und verschwand.

Grübelnd saß ich in der Küche. Weshalb Candy angerufen hatte, wusste ich noch immer nicht, aber das war mir im Augenblick ohnehin egal. Sollten sie doch alle machen, was sie wollten. Außerdem war ich mir sicher, dass sich Hendrix und Taylor heimlich mit Elke und Heike trafen. So eine Scheiße. Dass mich Heike im Strandbad versetzt hatte, ärgerte mich immer noch maßlos. Aber diese Niederlage war harmlos im Vergleich zu dem Debakel mit Iris.

In der Nacht träumte ich, dass meine Mutter ihr Bett im Keller neben der Kühltruhe aufgeschlagen hatte. Sie wollte die Truhe bewachen, damit niemand eine Eispackung oder einen Schlagobersbecher herausnehmen konnte. Mein Vater war derweilen in die Garage gezogen, wo er zwischen den Balkongeländern auf einer Matratze schlief. Im Traum bat mich meine Mutter, aus der Garage einen Hammer zu holen, aber ich traute mich nicht, weil ich meinen Vater nicht aufwecken wollte.

Als ich am nächsten Morgen die Küche betrat, strahlte meine Mutter über das ganze Gesicht. »Stell dir vor, die Baba wird schon heute aus dem Krankenhaus entlassen.«

Elli lag auf der Couch und blätterte in einer Modezeitschrift.

»Echt? Wieso ist das jetzt so schnell gegangen?« Nach dem, was ich von meiner Schwester gehört hatte, hätte ich eher damit gerechnet, meine Großmutter nie wiederzusehen.

»Die Bestrahlungen haben gut angeschlagen.«

»Wann kommt denn der Willi endlich?«

»Freust du dich denn gar nicht?«

»Ja, ich freu mich.«

»Er sollte schon da sein. Ich muss mich mit dem Kochen beeilen. Kannst du mir aus dem Keller zwei Becher Schlagobers holen?«

Ich war kurz verblüfft, weil ich dachte, meine Mutter hätte sich in meinen Traum geschlichen, was natürlich ein vollkommener Blödsinn war. Trotzdem sah ich im Keller nach, ob neben der Tiefkühltruhe ein Bett stand. Aber alles sah so aus wie immer. Ich stellte die beiden Becher auf die Anrichte. »Kochst du auch für den Kamalesh?«, fragte ich.

Sie nickte. »Ich kann ihn ja nicht zuschauen lassen. Wir werden alle gemeinsam um halb drei essen.«

»Vergiss nicht, dass er kein Fleisch ist.«

»Nein, nein, er kann ja den Saft essen.«

Ich ging auf mein Zimmer und überlegte, wie ich den Tag verbringen sollte. Lustlos blätterte ich in meinen Französisch-Unterlagen. Am 11. September war meine Nachprüfung, und es sah gar nicht gut aus. Vielleicht wäre es klüger, einfach die Klasse zu wiederholen. Aber was würden meine Eltern dazu sagen? Oder sollte ich gleich mit der Schule aufhören? Um was zu tun? Um Gärtner zu werden? Widerstrebend schlug ich das Lehrbuch auf:

Le plus-que-parfait est un temps composé du mode indicatif. Il existe également au subjonctif. Pour obtenir le plus-que-parfait, il faut prendre l'auxiliaire être ou avoir à l'imparfait avec le participe passé du verbe à conjuguer.

Leck mich am Arsch, wie sollte ich das je kapieren? Es war aussichtslos. Als ich wenig später Willis Stimme hörte, nahm ich das als willkommenen Anlass, die Unterlagen sofort wieder in der Schublade zu verstauen. Ich ging nach unten und klopfte meinem Bruder auf die Schulter. »Na, alles gutgegangen?«

»Klaro. Tutto in ordine.« Er lachte und setzte sich an den Küchentisch.

»Du, bei uns wohnt jetzt ein Inder. Der studiert in der BRD

und macht im Kraftwerk ein Praktikum. Wir haben ihm Asyl gewährt, nachdem ihn niemand aufnehmen wollte.«

Meine Mutter schüttelte den Kopf.

»Super, kann ich mich mit ihm gleich ein bisschen über die *Upanishaden* unterhalten.«

»Streber!«, sagte ich. Da ich nicht einmal wusste, ob es sich bei den *Upanishaden* um einen Gebirgszug oder um einen Volksstamm handelte, stellte ich keine weiteren Fragen. »Er heißt Kamalesh und spricht fast perfekt Deutsch. Nur mit den Umlauten hapert es ein bisschen.«

»Natirli«, antwortete Willi lachend.

Wenig später zeigte ich meinem Bruder unser neues Auto. Während er den Opel Kapitän begutachtete, hielt auf der Straße der Wagen von Herrn Leimbauer. Mein Vater stieg aus und kam auf uns zu; er gab Willi die Hand. »Na, wie war es in den Bergen?«

»Bestens.«

»Wo ist denn der Kamalesh?«, fragte ich.

Mein Vater hob abwehrend die Hand. »Ich bin froh, dass ich überhaupt noch lebe. Dem ist in der Früh mitten am Bahnübergang der Motor abgestorben. Und zwar genau in dem Moment, in dem die Schranken zugegangen sind. Zum Glück haben ein paar Arbeiter, die am Schranken gewartet haben, das Auto von den Schienen wegschieben können, sonst wären wir vom Zug überfahren worden.«

Als Kamaleshs VW Käfer um die Ecke bog, klang es so, als würde er mit angezogener Handbremse fahren. Mein Vater flüchtete in die Garage und griff nach dem nächstbesten Werkzeug. Es war ein Vorschlaghammer. Er tat so, als würde er arbeiten. Kamalesh würgte den Motor ab und stieg aus.

»Kamalesh, das ist mein Bruder Willi.« Die beiden gaben einander die Hand.

»Freut mich.« Kamalesh ging sofort ins Haus.

»Er hat einen Waschzwang«, flüsterte ich Willi zu.

Zwei Minuten später kam Kamalesh wieder zurück. »Kamalesh, wollen Sie mit uns essen?«, fragte ich.

»Ja, gerne, aber ich koche einmal für Sie Hihnchen mit Reis.«

Willi musste sich das Lachen verkneifen.

Mit seinen viel zu großen Brillen sah Kamalesh aus wie eine Comicfigur. Aber ich mochte ihn, auch wenn ich nicht unbedingt in seinem Auto mitfahren wollte. »Wir haben noch ein bisschen Zeit. Setzen wir uns auf die Bank.«

»Woher in Indien kommen Sie?«, fragte Willi interessiert.

»Aus Udaipur.«

Willi runzelte die Stirn.

»Vielleicht haben Sie schon einmal etwas vom Pichhola-See gehört? In diesem See liegt das berühmte Lake Palace Hotel, wo der Film *Der Tiger von Eschnapur* gedreht wurde.«

Willi nickte. »Ja, den habe ich letztes Jahr zu Weihnachten gesehen.«

»Udaipur ist eine alte Stadt mit vielen Tempeln und Gärten. Der Garten der jungen Frauen ist sehr berühmt.«

Ich überlegte, ob Kamalesh Jungfrauen meinte, fragte aber nicht weiter nach, weil mir das peinlich gewesen wäre. Außerdem musste ich sofort wieder an Iris denken, die sicher keine Jungfrau mehr war. Zumindest jetzt nicht mehr. Zu meiner großen Enttäuschung ging während der ganzen Zeit, die wir auf der Bank saßen, kein einziger Mensch an unserem Haus vorbei. Aber es würden sich schon noch einige Gelegenheiten bieten, um die Nachbarn auf unseren exotischen Gast aufmerksam zu machen.

Als das Auto meiner Verwandten in die Einfahrt einbog, standen wir auf und gingen zum Wagen, wo meine Großmutter von meiner Mutter und meiner Schwester freudig begrüßt wurde. Irgendwann tauchte auch mein Großvater auf. »Na, schön, dass du wieder gesund bist«, sagte er zu seiner Frau.

Cveta Baba murmelte etwas auf Serbisch, das ich nicht verstand.

Beim Essen wurde über Babas Krankenhausaufenthalt nicht gesprochen, dafür unterhielten sich meine Mutter und meine Tante über Geschirrtücher. Bügeln oder Nicht-Bügeln, das war hier die Frage. Kamalesh wurde weitgehend ignoriert. Mein Onkel versuchte meinem Vater einzureden, dass es gesünder wäre, sich die Haare nur mit Seife zu waschen statt mit Shampoo. Auch wenn ich dieser Argumentation etwas abgewinnen konnte, platzte mir bald der Kragen. »In Vietnam bombardieren die Amerikaner Schulen und Dämme«, schrie ich, »und ihr unterhaltet euch übers Bügeln und über Shampoos.« Dass mir ein Typ in einem Batik-T-Shirt gerade meine Freundin ausgespannt hatte, musste ja niemand wissen.

»Was ist denn mit *dir* los?«, fragte meine Schwester pikiert.

Meine Mutter legte ihr Besteck zur Seite und sah mich entgeistert an.

Meine Tante tat so, als hätte sie nichts gehört, und begann von ihrem elektrischen Zahnpastatubenentleerer – in der Werbung auch Zahnpastatubenquetscher oder Zahnpastatubenausdrücker genannt – zu schwärmen.

»Habt ihr schon gehört«, mischte sich mein Vater ein, »dem Dickerl ist eine Kuh auf der Weide gestorben. Die ist einfach umgefallen. Sie haben sie mit dem Traktor abschleppen müssen. War eine ziemliche Arbeit.«

»Eine Kuh?«, fragte Kamalesh. »In Indien sind Kihe heilig.«

»Ihr mit eurem Kastenwesen«, sagte ich abfällig.

»Unseren Kasten könntest du auch endlich einmal reparieren«, sagte meine Mutter. »Die Scharniere sind schon ganz wackelig, und bald werden uns die Türen entgegenfallen.«

Die Antwort meines Vaters bestand aus einem Schulterzucken.

Ich war sauer, weil meine politischen Statements ins Leere gingen und mir niemand widersprach. Alle quasselten durcheinander, und bald kam ich mir vor wie in der Küche meiner Großeltern, wenn im Fernsehen eine Quizsendung mit Hans-Joachim Kulenkampff lief und die halbe Verwandtschaft anwesend war. Die Männer rauchten Kette und spielten Karten, die Frauen tauschten sich über die neuesten Sonderangebote aus, und die Kinder zerbröselten Soletti-Stangerl auf dem Teppich. Da konnte es dann schon einmal vorkommen, dass meine Großmutter mit den Worten »Boze moj, macht's net so an Lärm! Wos wird sich denn der Kuli von uns denken!« wieder für Ruhe sorgte.

Ich stand auf und ballte die Faust. »Rotfront«, sagte ich und verzog mich in mein Zimmer, wo ich *No Expectations* auflegte. Dieser Song entsprach exakt meinem gegenwärtigen Gemütszustand.

You throw your pearls at swine.

Ich fragte mich, woher die *Rolling Stones* diesen Typen mit dem verwaschenen Batik-T-Shirt kannten. *That swine.*

Als dann Jagger auch noch *Dear Doctor* sang, reichte es mir.

There's a pain where there once was a heart.

Ich holte mein Brecht-Buch aus dem Regal. Es war höchste Zeit, wieder einmal etwas für meine politische Bildung zu tun. Ich überflog die Titel der Gedichte: *Lob des Kommunismus. Lob des Revolutionärs. Lob des Lernens.* Scheiße, dachte ich entnervt, hatten es heute alle auf mich abgesehen?

Wenig später hörte ich Willi in seinem Zimmer auf dem Klavier klimpern. Schlechtgelaunt klopfte ich an seine Tür.

»Come in«, sagte er. »Was war denn los vorhin? Warum hast du dich denn so aufgeregt?«

»Die gehen mir momentan alle fürchterlich auf die Nerven.«

Er deutete auf seinen Schreibtisch, wo das *Reader's-Digest*-Buch *Reisen um die Welt* lag. »Da ist leider nur ein einziger Artikel über Indien drinnen. Und zwar über Benares, wo sie die Leichen am Ufer des Ganges verbrennen und die Asche ins Wasser streuen. Aber nichts über Udaipur.«

»Aha«, antwortete ich.

»Die Mama hat gemeint, ich soll mit dem Kamalesh spazieren gehen. Mich freut es aber nicht. Willst du nicht mit ihm gehen? Ich muss nämlich noch üben.« Willi begann, *Für Elise* zu spielen. Fluchtartig verließ ich das Zimmer.

Kamalesh stand im Hof und rauchte eine Zigarette. »Wollen Sie mit mir einen Spaziergang durch den Ort machen?«, fragte ich, obwohl ich Spazierengehen ja eigentlich hasste.

»Ja, gerne.« Kamalesh drückte seine Zigarette auf dem Kiesboden aus und ließ den Stummel liegen. Ich sah zum Küchenfenster, aber meine Mutter war leider nicht auf dem Posten. Wahrscheinlich war sie gerade mit ihrem geliebten Handstaubsauger beschäftigt.

»Einen Augenblick«, sagte ich und ging ins Treppenhaus. Aus dem Garderobenschrank holte ich meinen schwarzen Wintermantel und schlüpfte hinein. Ich betrachtete mich im Spiegel und fand, dass diese Aufmachung genau das Richtige war für einen Hochsommertag wie heute. Auch Brian Jones, Jimi Hendrix, Janis Joplin und Jim Morrison haben schließlich extravagante Klamotten getragen, warum nicht auch ich? Okay, ich war kein Rockstar und war auch noch nicht tot, aber das zählte jetzt nicht.

Als mich Kamalesh sah, runzelte er die Stirn. Ich fuhr mir durch die Haare, um zu signalisieren, dass ich bereit war für die Führung durch den Ort. Wir marschierten los. »Dort, auf dem Sportplatz, habe ich früher einmal Fußball gespielt. Ich war Mittelstürmer.«

»Ich habe in der Schule Cricket gespielt«, sagte Kamalesh. »Ich war ein ziemlich guter Striker.«

»Verstehe«, sagte ich, obwohl ich von Cricket nicht die geringste Ahnung hatte. Als uns eine Nachbarin auf dem Fahrrad entgegenkam, fuchtelte ich mit den Händen herum und tat so, als würde ich Kamalesh etwas erklären. Die Frau starrte uns an. »'s Gott«, grüßte ich scheinheilig. Sie drehte sich um und konnte gerade noch einen Sturz verhindern.

Als nächste Sehenswürdigkeit zeigte ich Kamalesh den Konsum. In den Auslagen des *Nah- und Frischversorgers – Hallo Nachbarn!* – türmten sich die Sonderangebote. Ein halbes Kilo Eiscreme kostete *sensationelle 9 Schilling 90*. Das musste ich unbedingt meiner Mutter erzählen.

Wir überquerten den Fluss und kamen am Altersheim vorbei. Wie seine Insassen lag auch das Gebäude schon lange im Sterben, aber irgendeine geheime Kraft hielt es weiter am Leben. Neben der Eingangstür stand der Scheren-Sepp, der an einem großen Eisenring tote Maulwürfe aufgefädelt hatte. Als er uns sah, murmelte er etwas von Ungeziefer, wobei ich mir nicht sicher war, ob er damit die Maulwürfe oder uns meinte.

»Maulwürfe«, sagte ich zu Kamalesh.

»Zum Essen?«

»Nein. Der Scheren-Sepp tötet die Maulwürfe im Auftrag der Bauern, für die er einen Schilling pro Stück bekommt.«

Kamalesh schien nachzudenken.

»Also für die Maulwürfe, nicht für die Bauern.«

In der Nähe des Altersheims lag das heruntergekommene

Haus einer Frau namens Kropfinger Res. Sie war der Schrecken unserer Kindheit, weil sie uns auf dem Weg zur Schule immer grundlos beschimpfte. Außerdem hielt sie im Garten einen alten Ziegenbock, der nichts Besseres zu tun hatte, als blöd gegen den Holzzaun anzurennen, sobald wir daran vorbeigingen. Ob die alte Res noch lebte, wusste ich gar nicht, vielleicht lag sie ja längst tot in ihrem Bett und faulte vor sich hin.

Wir gingen den Fluss entlang. »Dort unten, hinter dem Gebüsch, habe ich zum ersten Mal geraucht.«

»Charas?«, fragte Kamalesh.

»Charas?«

»Haschisch.«

»Nein, Lianen.«

Als wir an einer Kapelle vorbeikamen, fragte ich Kamalesh: »Sind Sie eigentlich Buddhist?«

»Nein, ich bin Hindu.«

»Hindu? Was ist der Unterschied zwischen einem Hinduisten und einem Buddhisten?«

»Tja, wie soll ich sagen, sie haben vieles gemeinsam, in beiden Religionen geht es um Erleuchtung. Aber es gibt auch viele Unterschiede.«

Da ich mich bei diesen Religionen ohnehin nicht auskannte, gab ich mich mit dieser Antwort zufrieden.

Im Kino-Schaukasten wurde für den Film *Dracula – Nächte des Entsetzens* mit Christopher Lee geworben. Am unteren Bildrand eines Fotos, auf dem eine riesige Fledermaus in einem düsteren Gemäuer zu sehen war, war zu lesen: *A winged creature of horror becomes Draculas most fearsome new ally.* Mir sollte das recht sein. Angekündigt wurde auch der Actionfilm *Adieu l'ami* mit Alain Delon und Charles Bronson. »Leider kein *Tiger von Eschnapur*«, sagte ich.

Mit elf Jahren hatte ich in diesem Kino meinen ersten James-

Bond-Film gesehen. Besonders beeindruckt war ich damals von Bonds lässigem Umgang mit Frauen gewesen, aber leider gab es in meiner näheren Umgebung kein einziges Mädchen, das auch nur annähernd so gut ausgesehen hätte wie Ursula Andress. Als ich ein paar Jahre später während eines Edgar-Wallace-Films meine Sitznachbarin in James-Bond-Manier ausgreifen wollte, scheiterte ich kläglich, weil ich es einfach nicht schaffte, meine Hand zwischen ihre zusammengepressten Oberschenkel zu schieben.

Kamalesh zündete sich eine Zigarette an. Er hielt mir das Päckchen hin, da er aber HB rauchte, musste ich schweren Herzens ablehnen. HB hatte nämlich das Handelsembargo gegen das rassistische Rhodesien umgangen, und als vehementer Gegner der Apartheid-Regimes im südlichen Afrika durfte ich solche Konzerne natürlich nicht unterstützen.

»Wollen Sie eine Topfentorte?«, fragte ich, als wir bei der Konditorei Hufnagel vorbeikamen. Kamalesh schüttelte den Kopf. Hufnagel höchstpersönlich stand hinter der Vitrine und kniff bei unserem Anblick sein gesundes Auge zusammen. Das andere hatte er in Stalingrad verloren. Mit der schwarzen Augenklappe sah er aus wie ein Pirat. Ich fragte mich, ob er am Treffen der Stalingradkämpfer teilnahm. Vielleicht stammte der süße Teil des kalten Buffets ja von ihm.

Man erzählte sich, dass Hufnagel Anfang der fünfziger Jahre seinen Konditorlehrling erschoss, weil dieser ein Verhältnis mit seiner Frau hatte. Wegen seiner Kriegsverletzung war Hufnagel allerdings haftuntauglich gewesen. Später soll sich Hufnagels Blutorangeneis besonderer Beliebtheit erfreut haben. Ob das alles stimmte, wusste ich natürlich nicht.

Vor der Auslage des Fotografen Distelberger putzte sich Kamalesh seine Brille, damit er die Tauf-, Firmungs- und Hochzeitsfotos besser sehen konnte. Es waren Zerrbilder des Grauens.

Auf dem Weg nach Hause machten wir einen Abstecher über das Glasscherbenviertel, weil ich Kamalesh zeigen wollte, dass es nicht nur in Indien Slums gab. Im Gegensatz zu indischen Slums wimmelte es hier allerdings von Kettenhunden. Als einige wie wild zu kläffen begannen, beschleunigten wir unsere Schritte.

Meine Mutter erwartete uns bereits in der Haustür. Dass sie die Hände in die Hüften gestemmt hatte, verhieß nichts Gutes. »Ja, was ist denn in dich gefahren, dass du bei dieser Hitze mit einem Wintermantel herumrennst? Bist du jetzt vollkommen verrückt geworden? Die Leute rufen schon an bei uns.«

Ich zuckte mit den Schultern. »Was regst du dich denn auf? Ich rege mich ja auch nicht auf, wenn die Leute im Dirndlkleid oder im Trachtenanzug herumrennen. Im Konsum kostet ein halbes Kilo Eis übrigens nur neun Schilling neunzig. Aber nur noch diese Woche.«

Am nächsten Tag rief mich Taylor an. »Wir treffen uns am Abend beim Reisinger.« Und mit einem verschwörerischen Unterton fügte er hinzu: »Der Candy will die weitere Vorgangsweise wegen der Aktion besprechen.«

»Was? Ich dachte, die Aktion ist abgeblasen.«

»Das können wir alles am Abend besprechen.« Ohne meine Antwort abzuwarten legte er auf.

Ich war verwirrt, was aber auch daran lag, dass mir meine Erlebnisse mit Heike und Iris immer noch schwer zu schaffen machten.

In der Küche sah Kamalesh meiner Mutter beim Kochen zu. Es gab gefüllte Paprika. Willi stand beim Aquarium und fütterte Wladimir. »Wenn Sie kein Hihnchen mit Reis möchten, könnte ich Aloo Tikka, Muoor Daal, Masala Kaddu oder Narial Aur Dudh Pilau machen. Ich bin ein guter Koch und …«

Meiner Mutter traten Schweißperlen auf die Stirn. »Herr

Kamalesh, Sie müssen nicht kochen, lassen Sie mich das machen, Sie arbeiten ohnehin so viel.«

»Geh, Mama, lass ihn doch einmal kochen«, sagte Willi.

»Ja, ein anderes Mal vielleicht.«

»Wann essen wir denn?«, fragte ich.

»In zwanzig Minuten.«

Wir setzten uns wieder auf die Hausbank.

»Kennt ihr Rossini?«, fragte Kamalesh aus heiterem Himmel.

»Den Komponisten?«

»Ja, den italienischen Komponisten.«

Willi nickte. »Natürlich kenne ich den. *Der Barbier von Sevilla.* Musik ist eines meiner Lieblingsfächer.«

Ich hatte den Namen Rossini zwar schon gehört, kannte aber kein Werk von ihm. Außerdem fand ich klassische Musik langweilig und reaktionär. Das war etwas für Spießer.

»Ein Vorfahre von mir ist Mitte des 19. Jahrhunderts im Auftrag des Maharadschas von Rajasthan nach Amerika gereist und hat dort den Komponisten Rossini getroffen. Ein halbes Jahr lang sind die beiden mit einem Indianer und einem entflohenen Sklaven unterwegs gewesen. Mein Vorfahre hieß ebenfalls Kamalesh, was so viel bedeutet wie *Auge, schön wie Lotus.*«

»Rossini in Amerika? Glaubst du das, Willi?«

Willi runzelte die Stirn. »Hm.«

»Dieser Kamalesh hat sogar ein Buch veröffentlicht, das in England ein großer Erfolg war.«

»Wie hieß Ihr Vorfahre?«, fragte Willi.

»Kamalesh Singh, genau wie ich. Singh bedeutet Löwe.«

»Also heißen Sie *Auge eines Löwen, schön wie Lotus*?«

Kamalesh lachte. »Ich werde euch das Buch schicken, sobald ich wieder in Udaipur bin.«

Willi holte einen Zettel aus seiner Hosentasche und las: »*Das Wanken des Polarsterns gilt als Inbegriff einer großen Kata-*

strophe. Damit gehen Vertrocknung großer Meere, Einstürzen der Berge, Versinken der Erde und Stürzung der Götter einher.« Er sah Kamalesh erwartungsvoll an.

»Die gefüllten Paprika sind fertig«, rief meine Mutter. »Und die Erdbeerknödel für Herrn Kamalesh auch.«

Wir standen auf. »*Upanishaden*«, sagte Willi und rieb sich die Hände.

»Aha«, sagte Kamalesh.

Ich konnte nur vermuten, dass es sich bei den *Upanishaden* um ein Buch handelte. Sicher war ich mir aber nicht.

Am Nachmittag stattete ich meiner Großmutter endlich den Besuch ab, zu dem mich meine Mutter schon so lange gedrängt hatte. Ich hoffte, dass ich mich mit ihr nicht über Unterleibskrankheiten unterhalten musste. »Na, Cveta Baba, wie geht es dir?«

»Jojo, es geht scho wieder. Soll i dir an Mogabitter bringa?«

Eigentlich mochte ich keinen Magenbitter, aber nach den drei gefüllten Paprika hatte ich das Gefühl, dass ein Magenbitter genau das Richtige wäre. Ich nickte.

»Dann setz di her.« Meine Großmutter verließ die Küche und kam mit dem Magenbitter zurück. Wahrscheinlich hatte sie ihn irgendwo im Vorzimmer versteckt, damit ihn mein Großvater nicht finden konnte. Sie legte ein Geschirrtuch auf die Tischdecke und schenkte ein. Ich trank das Glas auf Ex aus.

»Es geht dir also gut.«

»Jo, die Doktora hum gsogt, dass i wieder gsund bin.« Sie schenkte nach. »Trink, Ernsti, trink.«

»Danke, danke.« Ich spürte, wie mir der Likör den Magen verklebte. »Und wie gefällt dir unser neues Auto?«, fragte ich.

Sie lachte. »Ich fohr jo nirgaz hin. Obar es is a schenas Auto. Wos is mit eier Schlofgeher, hot er si schu eingl ebt?«

»Ja, ich glaube schon.« Ich sah zum Herrgottswinkel und stutzte. »Weshalb hängt denn euer Kruzifix jetzt über dem Fernseher?«

Sie bekreuzigte sich. »Da siegt ma in Herrgott besser.« Meine Großmutter hatte offenbar instinktiv erkannt, dass Fernsehen die neue Religion war. Sie klaubte ein paar Brotbrösel vom Tisch auf und steckte sie in den Mund. »Jedas Kerndl a Tropfa Blut«, sagte sie. Ich sagte nichts. »Wos woar do eigentlich mit dem Fürtauer sein Hund? Waaßt du do wos?« Dabei sah sie mich forschend an.

Ich zuckte mit den Schultern. »Nein, ich habe keine Ahnung, was da passiert ist.«

»I glab dir, du bist jo ewig a ehrlicha Bu gwest.«

Natürlich hatte ich ein schlechtes Gewissen, weil ich meiner Großmutter nicht die Wahrheit gesagt hatte. Aber ich tröstete mich damit, dass ich ja tatsächlich nicht wusste, was mit dem Hund des Nachbarn passiert war. Im schlimmsten Fall handelte es sich um eine Notlüge, und die war schließlich erlaubt. Außerdem konnte ich meinen Großvater doch nicht einfach denunzieren.

Ich dachte an das bevorstehende Treffen mit meinen Freunden und überlegte, ob ich vorher noch beim Keramikgeschäft vorbeifahren sollte. Aber allein die Vorstellung, Iris mit dem Batik-Typen anzutreffen, reichte, um den Plan sofort wieder fallenzulassen.

Ich rotierte innerlich; um mich zu beruhigen, griff ich nach meinem Französisch-Lehrbuch. Dabei fiel mir die Broschüre *Freiheit für Angela Davis* in die Hände. Ja, das war die perfekte Ablenkung. Erst sechs Wochen war es her, dass Angela Davis nach zweijähriger Haft aus dem Gefängnis entlassen worden war. Wegen *Unterstützung des Terrorismus* hätte ihr in den USA die Todesstrafe gedroht, aber die US-Imperialisten hatten nicht mit dieser gewaltigen Solidaritätsbewegung gerechnet. Ich war ein Fan von Angela Davis und fand, dass sie mit ihrem Afrolook extrem lässig aussah. Sie hätte gut nach Woodstock gepasst. In der Broschüre war auch ein Brief abgedruckt, den der schwarze Schriftsteller James Baldwin an seine *liebe Schwester Angela* geschrieben hatte. Während ich diesen Brief las, lief es mir kalt über den Rücken, und mir wurde wieder einmal bewusst, dass es zur Revolution keine Alternative gab. Topfentorte hin oder her.

Wir wissen, daß ein Mensch kein Ding ist und nicht der Gnade von Dingen ausgeliefert werden soll. Wir wissen, daß Wasser und Luft der ganzen Menschheit gehören und nicht nur den Industriellen. Wir Schwarze wissen, daß wir, und nicht nur wir, noch immer Opfer einer Ordnung sind, deren einziger Treibstoff die Habgier ist, die als einzigen Gott den Profit anbetet. Wir wissen, daß die Früchte dieses Systems Unwissenheit, Hoffnungslosigkeit und Tod gewesen sind. Und auch, daß man uns nichts als Lügen erzählt hat, Lügen über uns selbst, über unsere Vergangenheit, über die Liebe, das Leben und über den Tod, so daß beide, Seele und Körper, zur Hölle verdammt waren.

Die unglaubliche Revolution des schwarzen Bewußtseins, die sich in Deiner Generation abgespielt hat, meine liebe Schwester, bedeutete den Anfang oder das Ende Amerikas. Einige von uns, Schwarze und Weiße, wissen, wie hoch der Preis ist, der bezahlt werden mußte, um dieses neue Bewußtsein zu schaffen, ein neues Volk und eine neue Nation ohne Beispiel. Wenn wir dies alles wissen, dann müssen wir für Dein Leben kämpfen, als ob es unser eigenes wäre – was es auch ist. Mit unseren eigenen Körpern müssen wir den Weg zur Gaskammer versperren – denn wenn sie Dich an jenem Morgen abholen, dann werden sie in der Nacht auch uns nachstellen.

Mit feuchten Augen legte ich die LP *Exile on Main Street* von den *Stones* auf; ich spielte die Nummer *Sweet Black Angel*, die Angela Davis gewidmet war. Ich verstand zwar nur einen Bruchteil des Textes, aber den Schluss verstand ich sehr wohl: *Free that sweet black slave.*

»Und wie wäre es mit einer Aktion für Leila Chaled?« Wieder hielt Candy eine *Le Monde* in die Höhe. Schön langsam fragte ich mich, was er damit eigentlich bezwecken wollte. Dass er gescheit war, wussten wir ja ohnehin.

»Für *wen*?«, fragte Mü, der an einem Zahnstocher kaute.

»Für die Leila Chaled von der Volksfront zur Befreiung Palästinas.« Candys Antwort klang besserwisserisch.

»Entschuldige, Candy«, entgegnete ich gereizt, »aber das war doch eine völlig schwachsinnige Aktion. Die haben bei diesem Attentat auf dem israelischen Flughafen wahllos Leute erschossen. Die meisten waren irgendwelche Pilger aus Puerto Rico. Und du selbst hast gesagt, dass diese Art von Terrorismus politisch überhaupt nichts bringt.«

Hendrix und Taylor hörten gespannt zu.

Candy war völlig überdreht. »Ja, aber das war die berechtigte Rache für das Massaker der Israelis an den Palästinensern im September 1948. Wir müssen das alles in einem größeren Zusammenhang sehen. Das ist der Kampf gegen die zionistischen Halbfaschisten in Israel.«

Mü machte ein fragendes Gesicht. »Zionistische Halbfaschisten?«

»Oder Imperialisten.« Candy fuchtelte mit den Händen herum. »Israel verhält sich gegenüber den Palästinensern doch nicht anders als die Nazis gegenüber den Juden.«

Hendrix nahm eine Zigarette aus seinem Päckchen und lachte. »Mit Johnny hast du immer einen Freund, mit Johnny wird alles wieder gut.«

»Was?«, fragte Candy verärgert.

»Äh, mir ist gerade die Werbung für Johnny Filter eingefallen.« Hendrix deutete auf das Päckchen. »Magst du eine?«

»Diskutieren wir jetzt über Politik oder über Zigaretten-Werbung?« Candy war kurz davor, zu explodieren.

Hendrix zuckte mit den Schultern und deutete dem Kellner. »Heli, bringst mir noch ein Bier?«

»Fehlt sonst noch was?«, fragte Heli im Vorbeigehen.

»Ja, ich glaube, ich werde eine Bratwurst nehmen«, sagte Mü. »Aber mit Ketchup und Senf.«

Candy verzog angewidert das Gesicht.

»Ich nehme nichts. Ich habe heute schon drei gefüllte Paprika zu Mittag gegessen. Mit Tomatensauce.« Ich strich mir über den Bauch.

»Also, können wir jetzt über die Aktion reden, oder wollt ihr euch lieber über gefüllte Paprika und Ketchup unterhalten?« Candy wurde immer wütender.

»He, jetzt reg dich doch ab.« Taylor versuchte zu beschwichtigen.

»Na gut, wer ist denn jetzt überhaupt noch dabei? Oder soll ich allein ein Zeichen setzen?« Candy sah uns herausfordernd an.

Mü brach seinen Zahnstocher ab. »Na klar bin ich dabei.«

»Kann mir vielleicht jemand sagen, was überhaupt geplant ist? Die japanische Rote Armee unterstütze ich jedenfalls nicht. Genauso wenig wie die RAF. Die können mir alle gestohlen bleiben.« Verärgert nahm ich einen Schluck Bier.

»Vielleicht schreist du noch lauter«, fuhr mich Candy an.

»Jetzt hört doch bitte zum Streiten auf«, sagte Taylor. »Candy, was genau hast du eigentlich vor?«

»In Ordnung, in Ordnung.« Candy senkte seine Stimme und machte eine beschwichtigende Geste. Dann rückte er näher an den Tisch heran. »Wir haben ja eigentlich bereits alles besprochen, und ich dachte, dass wir uns einig sind. Ich bin jedenfalls nach wie vor der Meinung, dass das Bankgebäude der richtige Ort für eine Botschaft an all die Spießer und Reaktionäre ist, die hier das Sagen haben.« Er sah uns der Reihe nach an.

»Ich fahre nächste Woche auf Urlaub«, sagte Mü.

»Aber glaubt ihr nicht, dass die Bullen nach Müs Aktion die Augen offen halten werden?«, fragte ich in die Runde.

»Geh, bitte, jetzt scheiß dich nicht an.« Mü wollte offenbar den wilden Hund markieren.

Als Heli mit der Bratwurst und dem Bier kam, deutete uns Candy, ruhig zu sein. Um die Pause zu überbrücken, sagte ich: »Bei uns wohnt seit einigen Tagen ein Inder. Er studiert in Bonn und macht im Kraftwerk ein Praktikum. Meine Eltern haben zuerst geglaubt, dass es ein Türke ist. Wie ich mit ihm durch den Ort spaziert bin, haben einige Leute ziemlich blöd aus der Wäsche geschaut.«

Hendrix nickte anerkennend. »Also, meine Alten würden keinen Inder aufnehmen, die würden wahrscheinlich komplett ausblasen.«

»Mein Vater würde einen Ariernachweis verlangen«, sagte Candy abfällig. Er wartete, bis Heli wieder außer Hörweite war. »Also, wir könnten die Aktion am kommenden Dienstag machen. Da seid ihr ja noch alle da.«

»Und haben wir uns jetzt schon auf eine Losung geeinigt?«, fragte ich.

Candy nahm seine Brille ab und putzte sie mit dem Zipfel des Tischtuchs. Er setzte sie wieder auf und blinzelte. »Ich bin der Meinung, dass wir weiter gehen müssen. Eine Sprayaktion ist okay, aber die tut niemandem weh.« Er machte eine Kunstpause.

»Was meinst du genau?«, fragte Mü mit vollem Mund. Seine Lippen waren von der Wurst ganz fettig.

»Wir müssen das Gebäude symbolisch angreifen«, sagte Candy im Flüsterton.

»Symbolisch angreifen?« Taylor schien nicht zu verstehen, was Candy meinte.

»Ja, wie die Studenten in Paris.« Candy deutete auf die *Le Monde*.

»Seit wann berufst du dich auf ein bürgerliches Blatt wie *Le Monde*?«, fragte ich.

Er machte ein abfällige Geste in meine Richtung. »Das verstehst du nicht. Man muss den Feind studieren, um ihn zu schlagen.«

Mü legte sein Besteck zur Seite. »He, warum streitet ihr jetzt?«

»Wir streiten nicht, ich sage nur meine Meinung.« Candy sah mich kampflustig an. »Wir schlagen eine Auslagenscheibe ein, und auf die Wand schreiben wir: Untertanen, erhebt euch!«

Mü kratzte sich am Kopf. »Was passiert eigentlich, wenn sie uns erwischen?« Die Vorstellung, im Gefängnis statt am Strand zu sitzen, schien Mü gar nicht zu gefallen.

»Erstens werden sie uns nicht erwischen, und zweitens muss man bei der politischen Arbeit ein gewisses Risiko eingehen.«

Hendrix und Taylor sahen einander an. »Ich weiß nicht«, murmelte Hendrix. Dabei blies er nachdenklich eine Rauchschwade in die Luft.

»Entschuldige, Candy, aber ich mache da nicht mit«, sagte ich.

Candy verengte die Augen zu schmalen Schlitzen. »So sieht es also aus mit eurem politischen Bewusstsein. Wisst ihr was?« Er machte eine Pause. »Ihr könnt euch euren Marxismus in die Haare schmieren.« Er stand auf und legte einen Zwanzig-Schilling-Schein auf den Tisch.

»Candy, bitte, was soll das?« Taylor griff nach Candys Arm und versuchte ihn zurückzuhalten. Aber Candy riss sich los und verließ wutentbrannt das Lokal. Wir starrten ihm hinterher.

»Was ist denn in den gefahren?«, fragte Hendrix.

»Keine Ahnung«, sagte ich kopfschüttelnd. »Aber ich hoffe, dass er keinen Blödsinn macht.«

Mü steckte sich ein weiteres Stück Bratwurst in den Mund. »Ach, der wird sich schon wieder beruhigen.«

»Hoffentlich«, sagte Taylor zweifelnd.

Ich griff nach der *Le Monde*. Als ich in einem Beitrag über die Massaker in Burundi einen Satz übersetzen konnte, stieg gleich meine Hoffnung, die Nachprüfung vielleicht doch noch zu bestehen: *Après les massacres du Burundi, sept instituts missionaires critiquent l'attitude de la hiérarchie catholique.* Die Hoffnung schwand aber gleich wieder, als ich den nächsten Satz las: *»Vous n'êtes pas seulement des coopérants«, rappellent les évêques aux missionaires.* Und wieder schwebte die Französisch-Nachprüfung wie ein Damoklesschwert über mir. »Heli, bringst mir noch ein Bier!«, rief ich dem Kellner zu.

Elli und Willi spielten in der Einfahrt Federball. »Jetzt hab ich einen Julikäfer erwischt!« Willi kratzte den Käfer vom Schläger und warf ihn auf den Boden.

»Geh, das ist aber grauslich.« Elli verzog das Gesicht.

Heuer gab es besonders viele Julikäfer, die mit Vorliebe die Blätter der Zwetschken- und Apfelbäume fraßen. Als Kinder hatten wir die Käfer gesammelt und in Plastiksäcke gesteckt, die wir mit Wasser füllten. Wie in einem Aquarium konnten wir beobachten, wie die Käfer langsam ertranken. Die toten Tiere warfen wir einfach auf den Komposthaufen, wo sie bald fürchterlich zu stinken begannen.

Ich lehnte mit verschränkten Armen am Fensterbrett. Auf der Hausbank saßen meine Mutter und meine Großeltern, mein Vater stand mit einer Bierflasche daneben. Strawinsky lag eingerollt unter der Bank und schlief. Ab und zu konnte man sein leises Schnarchen hören. Strawinsky war ein junger Kater aus der Nachbarschaft, der uns regelmäßig besuchte. Eigentlich hieß er Schnurrli, aber seit er sich einmal in Willis Zimmer zu einem Musikstück von Igor Strawinsky auf den Rücken gelegt und alle viere von sich gestreckt hatte, nannten wir ihn so. Ob Schnurrlis Verhalten ein Zeichen pro oder kontra Strawinskys Musik war, wussten wir natürlich nicht. Ich tendierte eher zu der Meinung, dass es gegen Strawinsky gerichtet war, aber ich war ja kein Kater.

Überraschenderweise trank auch mein Großvater Bier, woraus ich schloss, dass das Alkoholverbot gegen ihn vorübergehend gelockert worden war. Seine Wortmeldungen ließen allerdings darauf schließen, dass es nicht sein erstes Bier an diesem Tag war. »Die Leute können Purzelbäume schlagen, so viel sie wollen.« Vage deutete er Richtung Straße, wo aber niemand war.

Mein Vater lachte und zündete sich eine Zigarette an, Cveta Baba schüttelte den Kopf. Oft hatte ich das Gefühl, dass an meinem Großvater ein Philosoph verlorengegangen war. So auch jetzt. »Schaut euch die Julikäfer an. Nicht einmal der XY kann wissen, wie viele Julikäfer auf den Bäumen sitzen. Oder wie viele Kartoffelkäfer es auf der Welt gibt. Das kann nicht einmal der XY wissen.«

Als ich das Gesicht meiner Großmutter sah, musste ich mir das Lachen verkneifen. Willi schien die Szene mitbekommen zu haben, weil er mir verschwörerisch zuzwinkerte.

»Morgen soll es wieder schön werden.« Meine Mutter versuchte das Thema zu wechseln.

»Das kann man gar nicht wissen«, erwiderte mein Großvater. »Woher sollen die Leute das wissen? Es kann morgen schön sein, es kann aber auch regnen. Das kann nicht einmal der XY wissen.«

»Isuse dragi, red doch net a so an Bledsinn. I glab, du sollst besser schlofa geha«, schimpfte Cveta Baba.

»Abends, wenn ich schlafen geh, tut mir meine Zehe weh.«

Mein Großvater lachte und nahm einen kräftigen Schluck aus der Flasche. »Oh, meine Brust, die ist voller Lust.«

»Weißt du was«, sagte meine Mutter, »die Nächte sind schon ziemlich kühl, obwohl es tagsüber so heiß ist.«

»Jaja, das ist alles nur ein Provisorium.« Mein Großvater ließ sich nicht aus der Ruhe bringen. »Schau dir die Karotten und die Zwiebeln an. Die wachsen auch, wie sie wollen. Das ist wie bei den Menschen. Keiner ist gleich.«

»Jetzt kostet das Kilo Knacker schon vierzig Schilling.« Meine Mutter versuchte krampfhaft, das Gespräch in eine andere Richtung zu lenken.

»Ja, aber wie viele Schwalben heimfliegen werden, das kann der XY auch nicht wissen. Der kann auch nicht wissen, warum der eine Krautkopf größer ist als der andere.« Mein Großvater kicherte in sich hinein. Vielleicht lag es auch am Sprung in seiner Brille, dass er die Welt auf eine ganz spezielle Art wahrnahm.

»Einhundert. Rekord«, rief Willi, der just in diesem Augenblick den Federball in die Thujenhecke schoss. »So blöd«, rief er mit einer bedauernden Geste. »Hören wir auf.«

Meine Schwester stocherte mit dem Schläger in der Hecke herum, bis sie den Ball gefunden hatte. Mein Großvater hielt Willi die Flasche hin. »Da, nimm einen Schluck«.

»Boze moj«, schimpfte meine Großmutter. »Du wirst doch net dem Bu a Bier geba.«

»Klana Bu, soll ich dir ein Glas Wasser holen?«, fragte ich lachend.

»Nein, ist schon okay, ich trinke später etwas. Jetzt muss ich mich erst einmal ausruhen.«

»Gut habt ihr gespielt.« Mein Vater nickte anerkennend. »Das Federballspiel könnt ihr ja nach Strunjan mitnehmen.«

»Wenn wir überhaupt genug Platz haben«, gab meine Mutter zu bedenken.

»Du musst ja nicht gleich die ganze Küche mitnehmen«, sagte ich. »Soviel ich gehört habe, gibt es auch in Jugoslawien Restaurants, wo man etwas zu essen bekommt.«

»Ja, aber wir sind zu fünft. Was glaubst du, wie teuer das kommt?« Meine Mutter zu einem Restaurantbesuch zu bewegen war ein Ding der Unmöglichkeit. Erstens war sie davon überzeugt, dass sie besser kochen konnte als die meisten Köche in den Restaurants, und zweitens verstand sie nicht, weshalb sie in einem Gasthaus für ein Schweinsschnitzel fünfundzwanzig Schilling bezahlen sollte, wenn sie es beim Metzger für fünf Schilling bekam.

Mein Bruder hielt seine Handfläche in die Höhe. »Schau, jetzt habe ich eine Blase.«

»Auf der Nase«, ergänzte mein Großvater. »Nimmst ein Cibazol, dann fühlst du dich gleich wieder wohl.«

»Wann kummt denn der Indianer vu da Schicht?« Jetzt versuchte auch meine Großmutter ein anderes Thema anzuschneiden.

»Cveta Baba«, antwortete ich, »ich habe dir doch schon gesagt, dass Kamalesh ein Inder ist und kein Indianer.«

»Wie der Winnetour«, warf mein Vater ein.

»Der heißt Winnetou«, sagte ich.

»Na ja, theoretisch hat Baba gar nicht so unrecht«, erklärte Willi, »weil die Indianer von Kolumbus ja irrtümlicherweise für Inder gehalten wurden. Er hatte geglaubt, dass er Indien entdeckt hat, als er in Amerika gelandet war.«

»Um kurz nach zehn«, antwortete meine Mutter.

»Der kann net gut Auto fohra«, sagte Cveta Baba.

Mein Großvater stand auf. »Man soll die Leute nicht ausrichten, das gehört sich nicht.« Er reichte mir die leere Bierflasche. »Gute Nacht, scheiß ins Bett, dass es kracht.«

»Ciao, Opa.«

Meine Großmutter schüttelte den Kopf. »Ich hob enk doch schu gsogt, dass ihr ehm ka Bier geba sollt.«

»Na ja, ich kann ihn doch nicht einfach so dasitzen lassen.« Mein Vater nahm einen letzten Schluck aus der Flasche.

»Ich mache das Fenster zu, bevor die Gelsen kommen«, sagte ich und verzog mich.

Wenig später saß ich in Willis Zimmer. Er spielte auf seinem Klavier eine Melodie, die ich nicht kannte.

»Was ist das denn? Das klingt ja wie ein Schlager.«

»Da, kannst mitsingen. Hier ist der Text.« Er drückte mir ein Notenblatt in die Hand:

Am Himmel stehen tausend Sterne.

Lass sie dort, wo sie sind.

Blicke nicht in die Ferne,

Denn das Glück ist launisch wie ein Kind.

»Was ist denn das für ein Blödsinn?«

Willi lachte. »Ernst auf Ernst, was macht der Ernst? Ein finsteres Gesicht und eine Watsche ins Gesicht.« Dann spielte er die Melodie und summte den Text dazu. »Komm, geht schon«, forderte er mich zum Mitsingen auf.

Willi schlug in die Tasten, und da ich kein Spielverderber sein wollte, sangen wir gemeinsam das Lied.

»Singst du absichtlich so falsch?«, fragte er nach der ersten Strophe.

»Nein, ich kann es halt nicht besser.«

»Wie willst du denn da jemals ein Rockstar werden?« Das süffisante Lächeln auf seinen Lippen war unübersehbar. Er spielte weiter und begann zu improvisieren. Es klang wie *Let it be* von den *Beatles,* und obwohl ich die *Beatles* nicht mochte, war ich von Willis Klavierspiel ziemlich beeindruckt.

»Ich gehe schlafen«, sagte ich. »Bis morgen.«

»Ja, bis morgen.« Willi spielte weiter.

»Am Himmel stehen tausend Sterne«, murmelte ich, und ich musste an die unglückliche Nacht mit Iris denken. In meinem Zimmer suchte ich im Lexikon nach dem Stichwort *Großer Wagen*:

Die 7 hellsten Sterne des Großen Bären bilden den Großen Himmels-Wagen. Über dem mittleren Deichselstern (Mizar) steht der Stern Alkor. Zum Kleinen Wagen gehört der Polarstern.

Ich öffnete das Fenster und blickte zum Himmel, wo ich aber weder den Großen noch den Kleinen Wagen sah.

Am Himmel stehen tausend Sterne.

Lass sie dort, wo sie sind.

Mit diesem Ohrwurm legte ich mich ins Bett und konnte lange nicht einschlafen.

Am 24. Dezember 1984 saß ich in der Küche meiner Eltern und aß ein Speckbrot. Meine Mutter stand am Herd und bereitete das Weihnachtsessen vor, mein Vater war draußen mit Schneeschaufeln beschäftigt. Seit Tagen hatte es geschneit, und da uns am Abend Elli mit ihrem Mann und ihrer Tochter besuchen wollte, versuchte mein Vater die Einfahrt freizuräumen. Ich war erst am Vortag aus Göteborg zurückgekommen, wo ich mein Glück gesucht, aber nicht gefunden hatte. Meinen Eltern gegenüber hielt ich mich bedeckt und erzählte etwas von einer Lektorenstelle, die ich am Germanistischen Institut der dortigen Universität gehabt hätte, was aber vorne und hinten nicht stimmte. Wegen Alva war ich ein halbes Jahr zuvor nach Göteborg gezogen, aber die Beziehung war bald in die Brüche gegangen, und ich musste meinen Lebensunterhalt mit Gelegenheitsjobs verdienen. Ich war ziemlich parterre und hatte keine Ahnung, wie es mit meinem Leben weitergehen sollte.

»Wo wirst du denn jetzt wohnen?«, fragte meine Mutter, während sie einen gefüllten Kalbsbraten ins Backrohr schob.

»Ich kann in Wien vorübergehend bei Freunden wohnen«, log ich. »Und dann ist es überhaupt kein Problem, dort eine günstige Wohnung zu finden.« Ich versuchte keinen allzu deprimierten Eindruck zu machen.

»Und beruflich?«

Ich zuckte zusammen, weil mich Fragen dieser Art sofort aggressiv machten. Da aber Weihnachten war, bemühte ich mich, ruhig zu bleiben. Ich biss in mein Speckbrot und murmelte, dass ich etwas in Aussicht hätte. »Der Speck vom Dickerl schmeckt gut«, sagte ich.

»Der Kalbsbraten ist auch von ihm. Er hat erst vorgestern geschlachtet. Aber seit dem Tod seiner Frau tut er sich schwer mit dem Hof.«

Ich stellte mir ein kleines Kalb mit großen, schwarzen Augen vor, wie es auf zitternden Beinen im Schlachtraum stand und mit einem Maurerfäustel bewusstlos geschlagen wurde, bevor man ihm ein Messer in den Hals rammte.

»Die ist von einem Stier erdrückt worden, hast du das gewusst?«

»Nein.« Von draußen hörte ich das regelmäßige Kratzen der Schneeschaufel auf dem gefrorenen Boden.

Im Vorzimmer läutete das Telefon. »Das wird der Willi sein«, sagte meine Mutter freudestrahlend, während sie sich die Hände an der Kochschürze abtrocknete. Sie hob den Hörer ab und sagte »Hallo«. Dann sagte sie nichts mehr.

Mü saß im Gang des Krankenhauses auf einer abgewetzten Holzbank und starrte auf den Boden. Um seine Schuhe herum hatten sich dreckige Wasserlachen gebildet. Gedankenverloren kaute er an den Nägeln seiner nikotingelben Finger. Er machte einen desolaten Eindruck, und erst jetzt wurde mir bewusst, dass wir uns schon lange nicht mehr gesehen hatten. »Was machst du denn hier?«, fragte ich verwirrt.

Meine Eltern und Elli warteten am anderen Ende des Gangs auf den Arzt, der uns in das Zimmer führen wollte, in dem Willi lag.

Mü öffnete den Mund, aber es kamen nur unverständliche Laute heraus. Er hatte glasige Augen und war ganz grau im Gesicht, es war offensichtlich, dass er ein schweres Alkoholproblem hatte. Ich überlegte, weshalb Mü überhaupt hier war. Wenn er krank war, war das definitiv der falsche Ort.

»Ich muss zu meinen Eltern«, sagte ich. Ich stand immer noch unter Schock und wunderte mich, dass ich mich mit Mü unterhielt, als ob nichts passiert wäre. Im Gang roch es nach Putzmitteln und aufgewärmtem Essen. An der Decke flackerte eine Neonröhre.

»Es tut mir leid, ich weiß auch nicht …«, rief er mir nach.

Ich blieb stehen, verharrte ein paar Sekunden in dieser Position und drehte mich dann langsam um. Mü vergrub sein Gesicht in den Händen und schluchzte. Wie in Zeitlupe ging ich auf ihn zu. Der Gedanke, der mir in diesem Augenblick durch den Kopf schoss, ließ mich erstarren. Hatte es nicht geheißen, dass der Wagenlenker, der Willi tödlich verletzt hatte, alkoholisiert war? Großer Gott, dachte ich, das darf doch nicht wahr sein. Irgendwo wurde Stille Nacht, heilige Nacht *gesungen. Am liebsten hätte ich mich auf den Boden geworfen und geheult, aber ich wusste, dass ich ruhig bleiben musste, weil sonst alles nur noch schlimmer geworden wäre.*

Ich sah abwechselnd zu meiner Familie und zu Mü. Meine Mutter zitterte am ganzen Körper und musste von Elli gestützt werden. Mein Vater starrte auf einen Punkt an der Wand.

»Mick, es tut mir leid, aber er ist plötzlich hinter dem Bus aufgetaucht.« Mü heulte, ohne mich anzusehen.

Ich hoffte, dass meine Eltern und meine Schwester nichts von unserer Unterhaltung mitbekamen. Ich wusste nicht, was ich sagen oder tun sollte. Mein Hass auf Mü war grenzenlos, und ich bereute aus tiefstem Herzen, dass ich mit diesem versoffenen Versager je-

mals befreundet war. Aber ich konnte die Zeit nicht zurückdrehen. Auf einmal lag ein Duft von Weihnachtsbäckerei in der Luft, und ich sah, wie eine übergewichtige Krankenschwester mit einem Teller Kekse an mir vorbeiging. Sie hielt ihren Blick auf die Kekse gerichtet, und ich stellte mir vor, wie sie sich gleich mit den anderen Schwestern über die Weihnachtsfeiern bei ihnen zu Hause unterhalten würde. Vielleicht gab es ja bei jemandem Kalbsbraten.

Ich empfand das Leben als gigantischen Schwindel und als große Ungerechtigkeit. Aber bei wem hätte ich mich beschweren sollen? Bei Jesus, der über der Schwingtür am Ende des Gangs an einem billigen Kruzifix hing? Willi war tot. Diese traurige Gewissheit brannte sich in mein Gehirn ein wie das Gluteisen in die Haut eines Pferdes. Ich hatte das dringende Bedürfnis, mit Willi zu reden. Ich wollte ihn fragen, was ich jetzt tun sollte. Ich wusste es ja wirklich nicht. Plötzlich fiel mir ein Gespräch ein, das ich vor vielen Jahren einmal zufällig mitgehört hatte. Meine Großmutter und meine Mutter hatten sich damals über Willis Taufkerze unterhalten, die bei der Taufe anscheinend gebrochen war. Meine Großmutter hatte gesagt, dass eine gebrochene Taufkerze einen frühen Tod bedeute. Ich maß diesem Gespräch natürlich keinerlei Bedeutung bei, aber jetzt fragte ich mich, ob sich tatsächlich eine Prophezeiung erfüllt hatte.

Als der Arzt in seinem weißen Kittel um die Ecke bog, krampfte sich mein Magen zusammen. Ich warf Mü einen vernichtenden Blick zu und ging zu meiner Familie. »Mama«, sagte ich, »Mama, glaubst du nicht, dass es besser ist, wenn du Willi nicht mehr siehst? Behalte ihn doch so in Erinnerung, wie er war.« Ich umarmte sie und drückte sie an mich.

Der Arzt hatte die Hand bereits auf die Türklinke gelegt. »Sie können es sich ja noch überlegen.« Er sah auf seine Armbanduhr. »Aber spätestens in einer Viertelstunde müsste ich Bescheid wissen. Wegen unserer Weihnachtsfeier.«

»Wie sieht er denn aus?«, fragte ich mit zitternder Stimme.

»Ein schöner Anblick ist es sicher nicht«, antwortete er in sachlichem Ton.

Am liebsten hätte ich ihn niedergeschlagen, was aber auch nichts daran geändert hätte, dass Willi tot war. »Mama, komm, setz dich erst einmal hin.« Meine Mutter fühlte sich an, als wäre jegliche Kraft aus ihrem Körper gewichen. Jetzt wurde mir schlagartig bewusst, was der Begriff »ein Häufchen Elend« wirklich bedeutete.

Es war eigenartig: Obwohl ich völlig durcheinander war, hatte ich ein bestimmtes Bild ganz klar vor Augen, es war das Bild einer amputierten Familie. Ich dachte an das Foto, das in unserem Wohnzimmer hing. Meine Mutter trug ein Kostüm, mein Vater einen dunklen Anzug, und auch wir Kinder waren schön gekleidet. Die Unbeschwertheit, die dieses Foto ausstrahlte, gehörte ein für alle Mal der Vergangenheit an. Ab heute gab es in unsere Familie eine Leerstelle.

»Wollen Sie jetzt hineingehen oder nicht?« In der Stimme des Arztes schwang bereits Ungeduld mit.

Hope you got your things together
Hope you are quite prepared to die
Looks like we're in for nasty weather
One eye is taken for an eye
Don't go around tonight
Well, it's bound to take your life
There's a bad moon on the rise.

Für mich ging an diesem 24. Dezember 1984 nicht nur ein böser Mond auf, für mich brach eine ganze Welt zusammen.

Aber das konnte ich im Sommer 1972 natürlich nicht wissen.

III.

YOU CAN'T ALWAYS GET WHAT YOU WANT

»So, ich glaube, dass ich jetzt alles beisammen habe.« Zufrieden betrachtete meine Mutter die Schachteln, in denen sie ihre Küchenutensilien verstaut hatte.

»Willst du wirklich die Porzellanteller mitnehmen?«, fragte ich. Meine Mutter tat so, als hätte sie die Frage nicht gehört. »Papa, haben wir im Auto überhaupt Platz für dieses ganze Zeug?«

Auch von meinem Vater bekam ich keine Antwort.

»Und was ist mit dem Zelt? Weißt du in der Zwischenzeit wenigstens, wie man es aufstellt?«

»Ja, natirli, die vom ÖAMTC haben gesagt, dass das alles ganz einfach ist.«

»Habe ich im Zelt ein eigenes Zimmer?«, fragte Elli, die mit einer gewissen Skepsis ihren neuen Bikini betrachtete. »Der Papa schnarcht ja so laut, da kann ich nicht schlafen.«

»Da wird dir dein eigenes Abteil aber auch nichts nützen«, sagte ich, »weil im Zelt hörst du ja alles durch.«

»Das ist ein großes Zelt, mit einer eigenen Küche und zwei Schlafkammern.« Mein Vater versuchte einen möglichst souveränen Eindruck zu machen.

»Nur zwei?« Elli war sichtlich enttäuscht.

»Du kannst ja in der Küche schlafen«, meinte Willi. »Welches Buch soll ich denn mitnehmen? *Jagd im Alten Ägypten. Die*

Musik der Araber oder *Ich habe sieben Leben. Die Geschichte des Ernesto Guevara*?«

Ich wurde hellhörig. »He, was ist denn das für ein Buch? Zeig her.« Willi gab mir das Buch. »Woher hast du das?« Politische Bücher waren eigentlich meine Domäne.

»Das habe ich mir beim Melchert gekauft.« Er zwinkerte mir verschwörerisch zu.

Was, auch Willi stahl Bücher? Ich konnte es nicht glauben.

Er steckte das Buch in seinen Rucksack. Bei nächster Gelegenheit würde ich ihn zur Rede stellen, weil es mir ganz und gar nicht passte, dass Willi Dinge tat, die mir vorbehalten waren.

»Wann muss ich denn morgen aufstehen?«, fragte Elli.

»Wir sollten spätestens um fünf losfahren, damit wir nicht zu spät am Wurzelpass ankommen. Ich habe mich beim ÖAMTC erkundigt, die haben gesagt, dass man da ab Mittag immer stundenlang im Stau steht.«

»Der ist über tausend Meter hoch«, sagte Willi nachdenklich. »Schaffen wir das mit dem ganzen Gepäck überhaupt?«

»Ja, das ist ein schweres Auto.«

»Weißt du, wie wir fahren müssen?«, fragte ich.

»Da ist die Straßenkarte«, sagte mein Vater.

Ich schlug die Karte auf und fuhr mit dem Finger die Strecke ab. »Puh, da sind ja fast nur Landstraßen eingezeichnet. In Jugoslawien gibt es anscheinend keine einzige Autobahn.«

»Wie lange werden wir denn brauchen?«, fragte Willi.

Mein Vater kratzte sich am Kopf. »Ich schätze, zehn Stunden.«

»Zehn Stunden in dem heißen Auto?« Elli machte ein verzagtes Gesicht.

»Wir können ja Pausen machen. Ich werde auf jeden Fall genug zum Essen mitnehmen.« Meine Mutter deutete auf die Salate, die sie bereits vorbereitet hatte.

»Da, das sollen wir vor der Abfahrt noch lesen, haben sie vom

ÖAMTC gesagt.« Mein Vater schlug eine Autozeitschrift auf und deutete auf einen Artikel: *Helfen wir Kolarić*. Willi griff nach der Zeitschrift und las vor:

»In wenigen Wochen rollt die Blechlawine durch Europa, und in ihr fahren Zehntausende Gastarbeiter mit, die alle ein Ziel haben: mit geringstem Aufwand in kürzester Zeit eine größtmögliche Strecke zurückzulegen. Menschlich ist das wohl zu verstehen – aber auch gefährlich. Viele unserer Gastarbeiter sind sich darüber keineswegs klar. Es liegt an uns allen, sie aufzuklären und ihnen zu helfen, heil an ihr Ziel zu kommen. In unserem eigenen Interesse. Wer weiß, ob nicht der nächste Unfall, in den ein Gastarbeiter verwickelt ist, einem Österreicher das Leben kostet.«

»Na, das kann ja heiter werden.« Willi legte die Zeitschrift zurück, dabei fiel ein beidseitig bedruckter Papierbogen heraus. »Pet Litara Benzin. Was ist denn das?«

»Die habe ich schon die ganze Zeit gesucht«, sagte mein Vater erleichtert. »Das sind die Gutscheine für fünfzig Liter Benzin.«

Als ich am nächsten Morgen um vier Uhr in der Früh die Küche betrat, nahm meine Mutter gerade ein Schnitzel aus der Pfanne. Sie legte es zu den anderen auf einen Teller; es waren riesige Trümmer. Mein Vater saß am Tisch und studierte die Straßenkarte. Auf einem Block machte er sich Notizen.

»Dobro jutro. Kako ste?«, begrüßte uns Willi.

Mein Vater nickte anerkennend. »Da schau her, der Willi kann schon Krowotisch.«

»Streber«, sagte ich.

»Geh, Ernst, weck die Elli auf.« Meine Mutter deutete auf die Uhr.

Ich ging nach oben und klopfte. »Elli, aufstehen, das Frühstück ist fertig.«

»Frühstückt ohne mich. Das ist ja unmenschlich.«

Das Frühstück, das meine Mutter zubereitet hatte, war so üppig, dass man glauben konnte, wir stünden knapp vor einer Hungersnot. Elli betrat im Halbschlaf die Küche, legte sich aber gleich wieder auf die Couch.

»Schlafen kannst du im Auto, hilf uns lieber beim Raustragen. Und Ernst, du kannst die Schnitzel in die Kühltasche packen.« Meine Mutter war in ihrem Element.

»Aber die Schnitzel sind ja noch warm«, sagte ich.

»Dann gib sie halt vorher in den Kühlschrank. Ich gehe mich schnell umziehen.«

»Habt ihr alle Pässe beisammen?«, fragte mein Vater. »Die Baba wartet schon draußen, sie möchte sich noch von uns verabschieden.«

Widerwillig stand Elli auf.

Schwer bepackt gingen wir nach draußen. »Isus i Marija, kummts holt gut wiedar ham.« Babas Stimme zitterte. »Boze moj, so a lange Ras.«

»Keine Angst, Cveta Baba, wir fahren ja nicht nach Sibirien«, sagte ich lachend.

»Jessas, des hätt grod nu gfehlt. Mei Bruder wor in Stalingrad und hot dort a Fuß verlora.«

Der Bruder meiner Großmutter lebte in Pforzheim. Ich hatte ihn erst einmal gesehen, das war vor ein paar Jahren gewesen, als er bei uns zu Besuch war. Er ging auf Krücken, und ich hatte ein bisschen Angst vor ihm, weil er immer schwarz gekleidet war und nie lachte. Willi und ich hatten im Schulatlas nachgesehen, wo Pforzheim überhaupt lag. Wir fanden den Namen Pforzheim so lustig, dass wir nach weiteren Orten suchten, die furzmäßig zu dieser Stadt passten. Dabei stießen wir auf Darmstadt und Schashagen. Jedes Mal, wenn wir uns vorstellten, wie wir von Darmstadt über Pforzheim nach Schashagen fuhren, lachten wir Tränen. Leider waren wir die Einzigen, die das lustig fanden.

»Bitte vergiss nicht, den Wladimir zu füttern«, sagte ich zu meiner Großmutter.

Cveta Baba nickte abwesend.

Auf dem Rücksitz neben uns hatte nur die Schachtel mit den Porzellantellern Platz, also musste ich die Kühltasche vorne deponieren. Für meine Mutter bedeutete das, dass sie während der Fahrt ihre Beine abwinkeln musste. Aber das viele Essen und die Kühltasche waren ja nicht meine Idee gewesen.

Als meine Mutter in der Haustür auftauchte, traute ich meinen Augen nicht. »Warum ziehst du dir denn ein Dirndlkleid an?«, fragte ich. »Da stirbst du ja vor Hitze.«

In ihrer Tracht bildete meine Mutter einen interessanten Kontrast zu den Hotpants meiner Schwester.

»Na ja, wenn wir schon nach Jugoslawien fahren, dann will ich auch schön angezogen sein.« Meine Mutter strich ihre Schürze glatt.

Ich verdrehte die Augen. »Also, was machen wir jetzt mit den Tellern? Sollen wir die nicht doch lieber zu Hause lassen?«

»Kommt gar nicht in Frage, die brauche ich unbedingt. Da müsst ihr hinten halt ein bisschen zusammenrücken.« Meine Mutter drückte jedem von uns ein Zuckerl in die Hand. »Das sind Lutschbonbons, damit uns nicht schlecht wird.«

»Hä? Wer hat dir denn das erzählt?«

»Im Radio haben sie gesagt, dass man bei langen Autofahrten Lutschbonbons nehmen soll.«

»Na ja, wenn du meinst.«

»Wir müssen los«, drängte mein Vater. »Habt ihr euch alle von Baba verabschiedet?«

»Jaja.«

Wir winkten noch einmal und fuhren los. »Ich habe gestern vollgetankt«, sagte mein Vater, der das Lutschbonbon kurzerhand schluckte. »Damit sollten wir problemlos bis zur Grenze kommen. Und in Jugoslawien tanken wir mit den Benzingutscheinen.«

»Wie viel kostet denn das Benzin momentan?«, fragte meine Mutter.

»Drei Schilling achtzig.« Mein Vater hielt sich mit beiden Händen am Lenkrad fest, den Blick starr nach vorne gerichtet. Im Rückspiegel konnte ich sehen, wie angespannt er war.

Nachdem wir auf die Autobahn aufgefahren waren, gab er Gas, und als er nach mehreren Versuchen endlich den richtigen Gang erwischt hatte, atmete er erleichtert auf. »Das war der dritte Gang, mehr hat er eh nicht.«

»Mama, kannst du bitte das Fenster öffnen«, bat ich, »auf meiner Seite klemmt nämlich die Kurbel.«

Meine Mutter hielt sich an der Polsterung ihres Sitzes fest. »Nein, ich möchte nicht, dass wir uns verkühlen.«

Zwei Stunden später standen wir im ersten Stau. Wir steckten auf der gefürchteten Gastarbeiterstrecke fest, die an Sommertagen von bis zu 40 000 Autos befahren wurde. Am Straßenrand warnte ein Schild:

Lebensgefährliche Strecke!

Mach Rast!

Odmarati se!

Dinlen!

Aber Hinweise dieser Art nützten nicht viel, weil die Menschen auf schnellstem Weg – und möglichst ohne Rast – nach Belgrad, Istanbul, Ankara oder sonst wohin kommen wollten. Kein Wunder, dass Österreich und Jugoslawien die Länder mit den meisten Unfalltoten in Europa waren.

Nach einer halben Stunde begann sich der Stau wieder aufzulösen. »Sollen wir nicht eine Pause machen?«, fragte Willi. »Ich müsste nämlich bald einmal aufs Klo.«

»Und ich habe Hunger.« Elli gähnte. »Außerdem ist mir heiß. Hast du die Heizung eingeschaltet?«

»Nein«, antwortete mein Vater. »Ich möchte noch eine Stunde fahren, dann können wir rasten.«

Meine Mutter saß mit hochrotem Kopf auf dem Beifahrersitz und nickte abwesend. Der Verkehr war der reinste Wahnsinn, und in den Orten, durch die sich die Kolonnen wälzten, hätte ich nicht einmal begraben sein wollen.

Nachdem Willi gedroht hatte, ins Auto zu pinkeln, hielten wir beim nächsten Parkplatz an. Mein Vater schwitzte Blut, weil nur noch eine winzige Lücke frei war und es ewig dauerte, bis er endlich eingeparkt hatte. Wo es freie Stellen gab, waren Decken ausgebreitet, auf denen die Leute aßen oder schliefen. Ein Mann mit einer Doppelliterflasche Rotwein in der Hand deutete auf unseren Wagen. »Wie alt Auto?«, fragte er. Mein Vater fühlte sich geschmeichelt und bot dem Mann gleich eine Zigarette an.

Willi und ich machten uns auf den Weg zu den Toiletten, drehten aber gleich wieder um, weil es in der Nähe der WC-Verschläge bestialisch stank. Wir versuchten unser Glück hinter einem Busch, wo es wie auf einer Müllhalde aussah. Überall lagen Essensreste, angeschissene Windeln, Glasflaschen und sogar Autobatterien herum. Die Luft war erfüllt vom Brummen riesiger Schmeißfliegen. Etwas abseits fanden wir endlich einen Baum, hinter dem wir uns verstecken konnten. »Ich kann es nicht mehr zurückhalten.« Willi öffnete hastig seinen Hosenschlitz. »Mir ist es egal, ob mich jemand sieht.« Tief durchatmend erledigten wir unser Geschäft.

Als wir zurückkamen, hatte meine Mutter bereits gedeckt, und zwar auf der Motorhaube. Sogar die Porzellanteller kamen zum Einsatz, nur die Kerzenleuchter fehlten.

»Die Tische sind alle besetzt«, sagte sie entschuldigend.

»Was, jetzt gibt es schon Schnitzel?« Willi verzog den Mund.

Auf dem Parkplatz stank es nach Abgasen und Müll.

»Esst, die Fahrt wird noch lange dauern. Schaut euch die vielen Autos an.«

Auf einer Anschlagtafel wurde auf einem Plakat in verschiedenen Sprachen darauf hingewiesen, dass man spätestens alle zwölf Stunden eine Pause einlegen solle und kaputte Reifen lebensgefährlich seien.

Elli öffnete eine Eisbox und stellte sich dabei so ungeschickt an, dass der geschmolzene Inhalt nicht nur über die Motorhaube, sondern auch über ihre Hotpants schwappte. »Geh, schau dir das an«, schimpfte sie. »Was soll ich denn jetzt machen? Mein Gewand ist irgendwo im Kofferraum. Mama, ich habe dir doch gesagt, dass du kein Eis mitnehmen sollst.« Beleidigt holte sie eine Rolle Klopapier und versuchte damit die Eisflecken abzuwischen. Einige Gastarbeiter verfolgten gespannt ihre vergeblichen Reinigungsversuche.

Meine Mutter hatte freilich ganz andere Sorgen. »Wo kann ich denn die Teller abwaschen? Wir können ja nicht das dreckige Geschirr mitnehmen.«

»Also, am Klo würde ich das nicht machen«, sagte Willi. »Da speibst du dich nämlich an, dort ist alles vollgeschissen und …«

»Red nicht so ordinär daher.«

»Wenn's aber stimmt.«

Nachdem meine Mutter die Teller schweren Herzens nur notdürftig mit Klopapier abgewischt hatte, konnten wir unsere Reise fortsetzen. Elli war immer noch sauer, weil ihre Hotpants jetzt so aussahen, als hätte sie sie gerade aus einer Mülltonne gefischt.

Die Straßen waren eng und kurvenreich und führten durch Orte, deren Bewohner vor dem Wahnsinnsverkehr längst kapituliert hatten. Die Häuserfassaden waren von den Abgasen grau und die Fenster so verdreckt, dass sie wie tot aussahen. Zum

Überqueren der Straße brauchte man hier zehn Minuten, und wenn man es geschafft hatte, konnte man froh sein, wenn man nicht an einer Abgasvergiftung starb.

Je weiter wir uns Richtung Süden bewegten, desto größer wurden auf den Warnschildern die Totenköpfe:

Lebensgefährliche Strecke!

Nicht überholen!

Ne preticati!

Sollama!

Und ein paar Kilometer weiter hieß es:

Licht auch am Tag!

Opasna cesta!

Svjetlo!

I po danu!

»Hast du eigentlich das Licht eingeschaltet?«, fragte Willi.

Mein Vater überlegte. »Ich glaube nicht.«

»Dann schalt es doch ein.«

»Ich habe keine Hand frei.« Mein Vater gab meiner Mutter ein Zeichen. »Da musst du drehen, am Armaturenbrett rechts.«

Meine Mutter bewegte einen Hebel.

»Nein, nach links musst du ihn schieben.«

Und wieder ein Warnschild, dieses Mal mit einem schwarzen Totenschädel:

62 ölü!

178 agir surette yaralanmis!

Wahrscheinlich waren es die Toten und Verletzten, die es hier in letzter Zeit gegeben hatte. Es war alles ziemlich gruselig.

»Geh, Mama, schalt doch einmal das Radio ein«, bat ich. »Jetzt müssten gleich die Nachrichten kommen.«

Meine Mutter drückte einen Knopf. Sie erwischte Ö1.

»Nein, bitte nicht«, flehte ich sie an. »Dieses reaktionäre Zeug halte ich nicht aus.«

»Wieso?«, mischte sich Elli ein, »Klassik ist doch nichts Schlechtes.«

»Du kannst dir das gerne anhören, aber ohne mich. Das sind doch alles reaktionäre Spießer.«

... folgt die Übertragung der Oper La clemenza di Tito *von den Salzburger Festspielen.*

»Hast du das gehört?«, empörte sich meine Mutter. »Jetzt gibt es schon eine Oper über den Tito. Das ist ja wohl die Höhe.« Sie drehte weiter.

... in Vietnam immer mehr Soldaten desertieren. Auch zwei Flugzeugträger wurden durch Sabotage außer Gefecht gesetzt. Kurz vor dem Auslaufen zerstörte ein Feuer das Radarzentrum des Kriegsschiffes Forrestal *und richtete einen Schaden in Höhe von sieben Millionen Dollar an.*

Ich rieb mir die Hände und musste an Jane Fonda denken, die wahrscheinlich gerade in Nordvietnam war.

In den Verkehrsnachrichten folgte eine Staumeldung nach der anderen: *... dass der Stau bei Spielfeld bereits dreißig Kilometer zurückreicht. Mit Wartezeiten von bis zu zehn Stunden ist zu rechnen.*

»Drehen wir bitte um«, jammerte Elli. »Ich halte das nicht mehr aus.«

»Geh, Bledsinn«, beruhigte sie mein Vater. »Wir fahren ja gar nicht über Spielfeld. Unsere Grenze ist ja auf dem Wurzelpass.«

Willi flüsterte mir zu: »Bledsinn, natirli fahren über den Wurzelpass und nehmen ein paar Filtertitten mit.«

»Und wann sind wir an der Grenze?« Elli war wegen ihrer angepatzten Hotpants immer noch ganz geknickt.

»In zwei Stunden«, antwortete mein Vater.

Noch zwei Stunden auf dieser engen, steilen und kurvenreichen Straße fahren zu müssen war nicht unbedingt das, was ich mir unter einem erholsamen Urlaub vorstellte. Dazu kam die Hitze, die immer unerträglicher wurde. Meine Mutter saß schwitzend auf dem Beifahrersitz und hatte ihren Blick starr nach vorne gerichtet. Als ich die Hand ausstreckte, strömte mir heiße Luft entgegen. »Mama, hast du vielleicht irrtümlicherweise die Heizung eingeschaltet?« Ich deutete auf das Armaturenbrett. »Da stimmt doch etwas nicht, schau, aus der Motorhaube raucht es auch schon heraus.«

»Kann die Gasflasche im Kofferraum eh nicht explodieren?«, fragte Elli ängstlich.

»Jesus und Maria«, jammerte meine Mutter, »Hermann, bleib doch stehen, nicht, dass wir noch in die Luft fliegen.«

»Papa, du musst sofort anhalten«, sagte Willi.

»Ja, aber da ist ja nirgendwo ein Platz.« Mein Vater klammerte sich an das Lenkrad wie an einen Rettungsring.

»Mama, schalt doch zuerst einmal die Heizung aus.«

Hilflos schob meine Mutter irgendwelche Hebel hin und her. »Ich weiß nicht, wo man die Heizung ausschaltet.«

»Papa, fahr doch bitte an den Straßenrand.« Ich bemühte mich, ruhig zu bleiben. »Da vorne könnte es sich ausgehen.«

In einer kleinen Bucht hielt mein Vater endlich an. Da unser Wagen mit dem linken Hinterrad auf der Straße stand, folgte sofort ein Hupkonzert. Wir stiegen aus und wussten nicht genau, was wir machen sollten. Mein Vater räusperte sich und öffnete die Motorhaube. Der Kühler zischte und dampfte, dass einem angst und bange werden konnte. »Der ist heiß geworden«, stellte mein Vater lapidar fest. »Das ist aber kein Problem, hat der Leimbauer gesagt. Ich werde einmal den Deckel aufschrauben und nachschauen.«

»Tu das nicht!« Ich hielt meinen Vater am Arm zurück. »Du hast dir doch schon einmal die Hand am Kühler verbrannt.«

Genau in diesem Augenblick kotzte ein kleiner Bub aus einem

vorbeifahrenden Auto direkt vor unsere Füße. »Pfui Teufel.« Elli hielt sich die Hand vor den Mund.

Ich ignorierte das kotzende Kind und reichte meinem Vater eine Thermosflasche. Er leerte das Wasser über den Kühler und wartete. Dann nahm er ein Handtuch und öffnete vorsichtig den Verschluss. Wir gingen alle in Deckung. Es zischte noch einmal ordentlich, und erst nach einiger Zeit trauten wir uns, einen Blick in den Kühler zu werfen. Das Wasser schien zum größten Teil verdampft zu sein, wir hatten also riesiges Glück gehabt.

»Kann man da überhaupt normales Wasser hineinschütten?«, fragte ich.

»Natirli, natirli.«

»Haben wir noch irgendwo Wasser?«

»Nein, ich glaube nicht.« Meine Mutter hob resigniert die Hände. »Ich habe ja nicht gewusst, dass wir so lange im Stau stehen werden.«

»Papa, du musst jemanden um Wasser bitten«, sagte Willi.

»Ja, da wird mir wohl nichts anderes übrigbleiben.«

»Pass auf, dass du nicht in die Speibe trittst«, rief ihm Elli zu.

Mein Vater stand gestikulierend am Straßenrand und versuchte anderen Autofahrern unsere missliche Lage zu erklären. Ich hörte Worte wie *voda, topline* und *hladnjak.* Nach zehn Minuten hielt tatsächlich ein Wagen an. Ein Mann mit Schnurrbart stieg aus und holte aus seinem vollgeräumten Kofferraum einen Wasserkanister. Trotz des einsetzenden Hupkonzerts ließ er sich Zeit und leerte das Wasser unter Zuhilfenahme eines Trichters in den Kühler.

»Hvala lijepa«, sagte mein Vater und bot dem Helfer eine Zigarette an. Der Mann antwortete etwas auf Kroatisch und griff nach der Zigarette. Er ließ sich Feuer geben und verstaute den Kanister wieder in seinem Kofferraum. Dann fuhr er weiter, das Hupkonzert ignorierte er.

»Na, das nennt man Hilfsbereitschaft.« Willi nickte anerkennend.

»Können wir endlich weiterfahren«, seufzte Elli, »mir wird schlecht, wenn ich noch länger hier mitten in den stinkenden Abfällen stehen muss.«

Elli hatte recht, hinter den Büschen türmte sich der Müll, der seit Monaten nicht weggeräumt worden war. Von wem auch? Hätte ich genauer hingesehen, hätte ich wahrscheinlich ebenfalls kotzen müssen. Mir fiel das Lied *Der Mensch is a Sau* ein.

Eine Stunde später kauften wir in einem kleinen Ort um sündteures Geld zwei Flaschen Orangenlimonade. Neben dem Gemischtwarenladen hing auf der Eingangstür des Gasthofs *Zum schwarzen Bären* ein handgeschriebener Zettel. *Hvala lijepa za srati.* Mein Vater lachte.

»Was steht denn da?«, fragte Willi.

»Ach, nichts.« Meine Mutter schüttelte den Kopf.

»Das heißt: Danke schön fürs Scheißen.« Mein Vater zuckte mit den Schultern. »Ich kann ja nichts dafür.«

»Da geht es ja noch rustikaler zu als bei der *Futhäuslwirtin*«, flüsterte ich Willi zu. Ich musste an die beiden Studentinnen aus Düsseldorf denken, die bereits bei der Erwähnung des Namens Ficking blöd gelacht hatten. Wie hätten sie erst reagiert, wenn ich sie zur *Futhäuslwirtin* auf ein Bier eingeladen hätte?

Weiter ging die Reise. Willi deutete auf die vielen Autos. »Das ganze Unglück der Welt kommt daher, dass die Menschen nicht ruhig in ihren vier Wänden sitzen können. Das hat Blaise Pascal einmal geschrieben, und ich glaube, er hat recht gehabt.«

»Na ja, das kann schon sein«, antwortete ich. »Gleichzeitig würde es aber keinen Fortschritt geben, wenn sich die Steinzeitmenschen nicht aus ihren Höhlen herausgewagt hätten. Stell dir vor, die hätten immer nur darauf gewartet, dass ein Mammut vor dem Höhleneingang vom Blitz erschlagen wird, statt selbst das Feuer zu erfinden.«

»Das wäre vielleicht eh gescheiter gewesen«, meinte Willi.

Damit war unser philosophischer Diskurs auch schon wieder beendet.

Wenig später standen wir erneut im Stau. Am Straßenrand sah ich zwei Männer, die eine fahrbare Toilette schoben. Da es hier nirgendwo Büsche gab, nutzten die beiden die Notlage der Reisenden schamlos aus. Es hieß ja nicht umsonst: Geld stinkt nicht. Freundlich lächelnd deuteten sie auf das Holzhäuschen, dessen Tür mit einem aufgemalten Herz geschmückt war. Wie viel die Leute für die Benützung des mobilen Klos bezahlen mussten, war nicht zu erkennen, ihrem Gesichtsausdruck nach zu schließen, schien es aber nicht wenig zu sein.

Kurz vor Mittag erreichten wir endlich die Anfahrt auf den Wurzenpass. Auf einem Schild mit einem stilisierten Berg stand die bedrohliche Zahl *18%*. Darunter zeigten vier rote Pfeile auf die vier Reifen eines Autos.

»Gut, dass unsere Reifen neu sind«, sagte mein Vater, der in den ersten Gang zurückschaltete.

In der Wiese neben der Straße stand ein Auto mit einem Wohnwagenanhänger, um den sich eine Gruppe verzweifelter Urlauber versammelt hatte. Ein paar Ziegen auf einer nahe gelegenen Weide sahen interessiert zu.

»Die kommen da wahrscheinlich nicht hinauf.« Mein Vater wusste, dass ihm jetzt der schwierigste Teil der Reise bevorstand. Er schaltete in den zweiten Gang.

»Ist die Heizung ausgeschaltet?«, fragte Willi, nachdem es im Wagen wieder verdächtig heiß geworden war.

»Jaja. Gut, dass unser Wagen einen Hinterradantrieb hat, da kann nichts passieren.« Mein Vater versuchte sich selbst zu beruhigen.

Willi warf mir einen skeptischen Blick zu.

Um meine Mutter abzulenken, deutete ich auf die Ziegen: »Sag, Mama, lebt die Kropfinger Res eigentlich noch? Weißt eh, die mit dem verrückten Ziegenbock im Garten.«

»Ich weiß es nicht. Die ist eines Tages plötzlich verschwunden. Angeblich ist sie von Verwandten ins Irrenhaus gebracht worden.«

»Traurig«, antwortete ich.

Nach zehn Minuten kam die Kolonne auf einem steilen Abschnitt ins Stocken. Meinem Vater lief der Schweiß von der Stirn, und das Gesicht meiner Mutter wurde immer röter. Elli fächelte sich mit der Hand Luft zu, und Willi beobachtete mit einem besorgten Blick die vielen Autos vor und hinter uns. Hier gab es kein Entkommen.

Als sich die Kolonne wieder in Bewegung setzte, legte mein Vater den ersten Gang ein und gab trotz angezogener Handbremse Gas. Da sich das Auto nicht vom Fleck rührte, schaltete er in den Leergang, während er gleichzeitig die Handbremse löste. Langsam rollte der Wagen zurück. Im letzten Moment trat mein Vater auf die Bremse. »Jetzt weiß ich nicht mehr, was ich tun muss«, stammelte er und drehte kurzerhand den Zündschlüssel um. Sofort setzte hinter uns ein Hupkonzert ein; wir schwitzten Blut.

»Jesus und Maria, was machen wir denn jetzt?« Meiner Mutter stand die Verzweiflung in ihr rotes Gesicht geschrieben.

Ohne lange zu überlegen stieg ich aus. Ein paar Autos hinter uns hatte sich ein Mann aus dem Fenster gebeugt.

»Sprechen Sie Deutsch?«, fragte ich.

»Ja«, sagte der Fahrer. »Wir in Wolfsburg arbeiten. VW.« Dabei deutete er auf den Mann neben sich.

Auf der Rückbank saß eine Frau mit Kopftuch, deren drei kleine Kinder sich ängstlich an sie schmiegten.

»Gut. Können Sie Auto fahren?«, fragte ich den Beifahrer. »Auto fahren?«, wiederholte ich.

»Ja, habe Führerschein«, entgegnete der Mann.

»Sie uns helfen? Mit Opel da vorne? Mein Vater Probleme.«

Die beiden Männer wechselten ein paar Worte auf Türkisch. »Kabul«, sagte der Fahrer.

»Kabul? Nein, nicht Kabul, Istrien.«

Der Beifahrer schüttelte den Kopf. »Kabul. Türkisch. In Ordnung.«

Ich ging mit dem Beifahrer zu unserem Wagen. »Papa, der Herr wird jetzt mit unserem Auto weiterfahren. Er hat einen Führerschein. Mama, setz du dich nach hinten, ich werde im anderen Auto mitfahren.«

Meine Eltern sahen mich entgeistert an. »*Was* willst du machen?«

»Bitte, Mama, wir haben jetzt keine Zeit zum Diskutieren. Schau dich um, die Leute drehen schon alle durch.«

»Jesus und Maria«, murmelte meine Mutter, die sich widerwillig zwischen Willi und die Schachtel mit den Porzellantellern zwängte.

Mein Vater nahm zögernd auf dem Beifahrersitz Platz.

Ich eilte nach hinten und stieg ein. »Danke, tut mir sehr leid.«

»Kein Problem«, sagte der Fahrer und gab mir die Hand. Er nannte einen Namen, der sich wie Kücüdüöglü anhörte. Unter seinen Achseln hatten sich tellergroße Schweißflecken gebildet.

»Wohin Sie fahren?«, fragte ich.

»Izmir.« Der Mann strich sich stolz über seinen buschigen Schnurrbart.

»Izmir?«

»Zwei Tage. Ahmet auch fahren.«

Während wir uns die engen Serpentinen hinaufquälten, stellte ich mir vor, was passiert wäre, wenn mein Vater die Kontrolle über seinen Wagen verloren hätte. Welchen Sinn hatten Urlaube dieser Art überhaupt? Mir war schlecht, und ich hatte das Gefühl, dass es im Auto nach angeschissenen Windeln roch. In einem Waldstück steckte ich den Kopf aus dem Fenster und atmete tief durch. Der Wald wurde immer dichter, und es hätte mich nicht gewundert, wenn plötzlich ein Bär aufgetaucht wäre. Trotzdem bildeten die sonnendurchfluteten Bäume einen eigenartigen Kontrast zu der Blechlawine, die sich durch den Wald wälzte. Beim Anblick des Waldes musste ich an Müs Vorschlag denken, mit der Schule aufzuhören und stattdessen in einer Gärtnerei zu arbeiten. Ich wusste ja nicht einmal, welche Bäume das hier waren, wie hätte ich da jemals in einer Gärtnerei arbeiten können? Im Auto vor uns wackelte auf der Hutablage ein Plastik-Dackel mit dem Kopf. Der Wagen hatte ein deutsches Kennzeichen, das mit PF begann. Wahrscheinlich war es die Abkürzung für Pforzheim. Dass der einbeinige Bruder meiner Großmutter am Steuer saß, war allerdings eher unwahrscheinlich.

»Bald Grenze«, sagte der Mann aus Izmir, nachdem der Verkehr wieder einmal ins Stocken geraten war. Nach fünfundvierzig Minuten hatten wir dann endlich unser Ziel erreicht.

Wurzenpaß
Seehöhe 1073 m

Wir fuhren auf den Parkplatz der Raststation und hielten Ausschau nach unserem Opel. Nach einigen waghalsigen Manövern hatten wir ihn endlich gefunden. Dass mein Vater und Ahmet eine Zigarette rauchten, wertete ich als gutes Zeichen.

»Und, wie war's?«, fragte ich Willi, der ziemlich blass aussah.

»Leck mich am Arsch, so etwas möchte ich nicht noch einmal erleben. Ich glaube, da wäre unsere Reise nach Ureparapara weniger aufregend gewesen.«

Vor vielen Jahren hatte Willi auf einer Landkarte Ureparapara entdeckt und war vom Klang dieses Namens so fasziniert gewesen, dass er diese Insel unbedingt besuchen wollte. Da er außerdem davon überzeugt war, dass Robinson Crusoe auf Ureparapara gestrandet war, beschlossen wir, ein Floß zu bauen und uns auf den Weg dorthin zu machen. Wir stellten uns vor, welche Abenteuer wir erleben würden, und spielten Piratenüberfälle und Angriffe von Seeungeheuern nach. Sogar einen Haifisch fingen wir, in dessen Bauch wir eine geheimnisvolle Flaschenpost fanden. Nachdem wir uns aber nicht darauf einigen konnten, wer von uns Robinson und wer Freitag sein sollte, blieben wir am Ende dann doch lieber zu Hause und ließen uns von unserer Mutter bekochen.

»Kücüdüöglü«, sagte der Fahrer, und reichte meinem Vater die Hand.

»Hermann.« Mein Vater bot Herrn Kücüdüöglü eine Zigarette an.

Ich ging zu meiner Mutter, die erschöpft am Auto lehnte.

»Ist alles okay, Mama?« Statt einer Antwort hörte ich nur einen Seufzer. »Komm schon, Mama, so schlimm ist es auch wieder nicht. Es ist ja nichts passiert.«

»Gib den Kindern ein Eis«, murmelte sie.

»Ein Eis? Aber das ist ja ein totaler Gatsch.«

»Dann kauf ihnen halt eine Schokolade. Hermann, gib dem Ernst Geld, damit er den Kindern etwas kaufen kann. Und dem Fahrer kannst du ja ein paar Zigaretten geben.«

»Jaja, ich habe ihm eh schon eine gegeben.« Mein Vater drückte mir eine Zehn-Schilling-Münze in die Hand.

Auf dem Parkplatz standen die Männer in kleinen Gruppen zusammen und rauchten. Die Frauen kümmerten sich in der Zwischenzeit um das Essen oder um die dreckigen Windeln ihrer Babys. Oder um beides. Ich kaufte drei kleine Tafeln Schokolade, die das Dreifache des normalen Preises kosteten. Sollten all die Gemischtwarenhändler und Betreiber von fahrbaren Toiletten an ihrem Geld ersticken.

Ich reichte den Kindern die Schokolade durch das offene Seitenfenster. Dabei kam ich mir vor wie der reiche Onkel aus Amerika. Die Kleinen sahen mich erschrocken an. Um nicht Wurzeln zu schlagen, drückte ich der Frau die Schokolade in die Hand. Sie bedankte sich mit einem schüchternen Kopfnicken.

»Wann fahren wir denn endlich weiter?«, fragte Willi.

»Ich muss noch aufs Klo.« Elli verschwand Richtung Souvenirladen. Wie auf ein Kommando hin drehten sich alle Männer nach ihr um. Offenbar hatten sie noch nie eine junge Frau mit angepatzten Hotpants gesehen.

Ich gab den beiden Türken die Hand. »Danke noch einmal, das war wirklich sehr nett von Ihnen.«

»Keine Problem«, antwortete Ahmet. Dann stiegen sie in ihr Auto und fuhren weiter. Die Kinder winkten uns durch die Heckscheibe zu, die Schokolade hielten sie fest umklammert.

Nach unserer Ankunft auf dem Campingplatz von Strunjan warf ich einen Blick auf den Tachometer. Für 463,3 Kilometer hatten wir elf Stunden gebraucht, was einer durchschnittlichen Reisegeschwindigkeit von 42 km/h entsprach. Mit dem Rad wären wir nur unwesentlich langsamer gewesen, allerdings hätten wir dann keine Porzellanteller mitnehmen können.

Nachdem wir unseren Wagen vor dem Rezeptionsgebäude abgestellt hatten, brauchten wir einige Zeit, um uns zu sammeln. Meine Mutter war fix und fertig, und mich hätte es nicht gewundert, wenn sie plötzlich einen Herzinfarkt bekommen hätte. »Atme einmal tief durch«, sagte ich aufmunternd zu ihr. »Schau, wie schön es hier ist.« Allerdings sahen wir nur Zelte und halbnackte Menschen. Mein Vater zündete sich zur Beruhigung eine Zigarette an.

Wir betraten die Rezeption und stellten uns am Ende der Schlange an. In einer Ecke stand unter dem Bild von Josip Broz Tito ein ausgestopfter Strauß. Das Tier war riesig und schien schon lange hier zu stehen. Seine Federn waren mit einer dicken Staubschicht bedeckt, und auch eines seiner Glasaugen fehlte bereits. Vielleicht war der Strauß ja das Geschenk eines afrikanischen Staatsoberhaupts für Tito gewesen, der irgendwann keine Verwendung mehr für das Tier hatte. Um den langen Hals des Vogels hing ein Schild mit der Aufschrift: *Nickt beruhren!*

»Wer will denn so ein grausliches Vieh schon angreifen?«, fragte ich Willi.

»Vielleicht die Anhänger von Franz Josef Strauß.« Mein Bruder lachte.

In der Warteschlange fiel mir ein gutaussehendes Mädchen auf, das gerade einen Streit mit den Eltern hatte. Sie hatte kurze blonde Haare und trug ein Minikleid. Ich war mir ziemlich sicher, dass sie Holländisch sprach, und da ich von Holländerinnen nur Gutes gehört hatte, lächelte ich ihr zu. Dabei warf ich meine Haare nach hinten und traf prompt Willi im Gesicht.

»He, pass auf«, schimpfte er.

Das Mädchen schaute weg.

Ich drängte Willi nach vorne, um näher an die Holländerin heranzukommen. »Die *Jefferson Airplane* sind sicher auch von den *Rolling Stones* beeinflusst«, dozierte ich und fuchtelte dabei mit den Händen herum. »It's Rock, it's Jazz, it's Blues.«

Willi machte ein verdutztes Gesicht. »Was redest du denn da für einen Blödsinn?«

»Yes, cool man«, antwortete ich und bewegte die Schultern so, als würde ich tanzen.

Mein Bruder seufzte, aber immerhin lächelte mir die Holländerin jetzt zu. Oder bildete ich mir das nur ein? Ich versuchte mir ihre Gesichtszüge einzuprägen, damit ich sie später wiedererkannte. Hier, im Beisein der Erwachsenen, traute ich mich nicht, sie anzusprechen. Als sie hinausging, streiften sich unsere Blicke. Mein Herz machte vor Freude einen Hüpfer.

Nach der Erledigung der Anmeldeformalitäten drückte man uns einen Prospekt in die Hand:

Auto Moto Camp in der wunderschonen Bucht von Strunjan zwischen Izola und Piran. In unmittelbarer Nahe befindet sich ein Campingplatz, versteckt in einem deutschen Wald von Pinien.

»Da fahren wir extra nach Jugoslawien, damit wir dann in einem deutschen Wald unser Zelt aufschlagen. Wenn das der Tito wüsste, würde er gleich ein paar Partisanen herschicken.«

»Geh, red nicht so einen Blödsinn daher«, schimpfte meine Mutter, »wo doch der Papa gegen die Partisanen gekämpft hat.«

Ich blieb stehen. »Wie bitte?«

Willi hörte gespannt zu.

»Bledsinn.« Mein Vater machte eine wegwerfende Geste.

»Aber die Mama hat doch gerade …«

»Bitte fangt jetzt nicht zu diskutieren an, schauen wir lieber, dass wir endlich unser Zelt aufschlagen.« Elli wurde immer ungehaltener.

Ich nahm mir vor, meinen Vater bei passender Gelegenheit über sein Verhältnis zu den Partisanen auszufragen. Jetzt ein Gespräch darüber anzufangen wäre aber sinnlos gewesen, weil wir ja mit ganz anderen Dingen beschäftigt waren.

Auf der Suche nach dem Platz mit der Nummer II/F/17 fuhren wir an riesigen Zeltungetümen vorbei, von denen einige sogar mit Wohnwagen verbunden waren. Ich glaube, man nannte das futuristische Architektur. Im Vergleich dazu sahen die Familienzelte geradezu mickrig aus.

Der Platz, den man uns zugewiesen hatte, war nach drei Seiten hin von Zelten und Autos begrenzt. Vorne verlief ein breiter, staubiger Weg, auf dem man zu seinem Platz fahren konnte. Wir stiegen aus und sahen uns um. Ich atmete tief ein und schloss die Augen. Es roch nach Staub, Grillwürsten und Sonnencreme, ich fühlte mich sofort zu Hause.

Beim Auspacken der Küchenutensilien stellte meine Mutter erleichtert fest, dass ihre Porzellanteller die Reise unbeschadet überstanden hatten. Auch Elli war froh, dass sie endlich ihre schmutzigen Hotpants gegen eine saubere Hose tauschen konnte. Weniger begeistert war mein Vater, weil er nicht wusste, wie man das Zelt aufstellte. Er zündete sich eine Zigarette an und kratzte sich ausführlich am Kopf. Ein deutliches Zeichen, dass er nachdachte.

Ich bereute einmal mehr, dass ich im Französischunterricht nicht besser aufgepasst hatte. Statt meinem Vater beim Aufbau eines Zelts zu helfen, hätte ich an der Côte d'Azur eine Französin bumsen können. Und vielleicht wäre es sogar eine Kommunistin gewesen, denn immerhin hatten die französischen Kommunisten bei den letzten Wahlen zwanzig Prozent der Stimmen bekommen. Es war ein Jammer, aber vielleicht ergab sich ja etwas mit der jungen Holländerin.

»Wo gehören denn die vielen Stangen hin?«, fragte Willi. »Los, pack an.«

Widerwillig half ich beim Auseinanderfalten der Plane. »Puh, das Zelt riecht aber muffig.« Ich rümpfte die Nase.

»Das wird sich schon auslüften«, sagte meine Mutter.

»Wo ist denn vorne und wo hinten?« Ich hatte keine Ahnung, wo ich zuerst anpacken sollte.

»Brauchen Sie Hilfe?« Ein Mann mit Schnauzer und dichter Brustbehaarung blieb stehen. Er sah zwar aus wie ein Türke, war aber Deutscher. »Aus Österreich, wie ich sehe. Auf einen Opel ist halt Verlass.«

»Ja«, antwortete ich kurz angebunden. »Wir sind gerade erst angekommen und …«

»Zum ersten Mal hier? Wir sind schon zum vierten Mal hier, gell, Schätzle.«

»Jaja.« Seine Frau verschwand mit den beiden Kindern im Nachbarszelt.

»Das ist doch ein Kinderspiel. Ich heiße übrigens Horst.« Er gab meinem Vater die Hand. »Dieses Teil gehört hierhin, und diese Stange gehört dorthin.« Horst drückte meinem Vater einen Zipfel der Plane in die Hand. »Hier halten. Und ihr zwei haltet die anderen Zipfel.« Willi und ich mussten uns das Lachen verkneifen. Horst steckte zwei Stangen in die dafür vorgesehenen Ösen und forderte uns auf, uns hinzuknien und die Stangen festzuhalten. »Und jetzt anheben.« Horst kroch in eine Öffnung und fummelte unter der Plane herum. »Ganz schön heiß hier drinnen.« Irgendwie gelang es ihm, die Stangen so zu fixieren, dass die Plane nicht wieder in sich zusammenfiel. Horst schien von Zelten tatsächlich etwas zu verstehen. Wenig später schlugen wir bereits Eisenhaken in den Boden und spannten Seile. Mein Vater rauchte sich eine an und nickte zufrieden. »Wie ich gesagt habe: alles ganz einfach.«

Mit Horsts Hilfe wurde auch noch die Gasflasche an den Herd angeschlossen, und nachdem sich meine Mutter davon überzeugt hatte, dass der Ofen auch wirklich funktionierte, verkündete sie: »In einer Stunde gibt es Abendessen. Sie und Ihre Frau sind natürlich auch eingeladen.«

»Danke, die Einladung nehmen wir gerne an. Wir möchten ja unsere neuen Nachbarn kennenlernen.«

Ich griff nach dem Lageplan und gab Willi ein Zeichen. »Komm, hauen wir ab.«

»He, wartet. Hier, nehmt zwei Flaschen Wein mit.« Mein Vater drückte mir einen Geldschein in die Hand. »Das Geschäft ist gleich neben der Rezeption.«

»Aber kommt nicht zu spät zum Essen!« Es war wie zu Hause.

Ich hielt Ausschau nach der blonden Holländerin, konnte sie aber nirgendwo sehen. Außerdem war ich mir nicht mehr sicher, ob ich sie überhaupt wiedererkennen würde. Junge Mädchen mit kurzen blonden Haaren gab es jedenfalls mehr als genug. »Schauen wir einmal zum Restaurant«, schlug ich vor.

Auf der Terrasse des Restaurants *Fortuna* waren die meisten Tische bereits besetzt, aber die Holländerin war nicht unter den Gästen. Willi deutete auf eine Schiefertafel. *Heute: Prima Spannferkel.* Ich wusste nicht genau, was er meinte. »Da sind eh nur Deutsche und Österreicher da, und dann können die nicht einmal Spanferkel richtig schreiben.«

»Das ist den Leuten doch egal«, sagte ich, obwohl es auch mir egal war, wie man Spanferkel schrieb. »Für die ist doch nur wichtig, dass das Essen billiger ist als zu Hause. Mir ist das sowieso alles ein Rätsel: Da quälen sich die Leute Hunderte Kilometer von einem Stau zum nächsten, nur damit sie am Ende wieder unter sich sind und das Gleiche essen wie zu Hause. Nur halt falsch geschrieben.« Ich überlegte. »He, Willi, ich habe eine Idee: Wir korrigieren alle Speisekarten und dürfen dafür zwei Wochen hier gratis essen.«

Willi verzog den Mund.

Vor dem Kiosk blieb ich stehen. »Da schau, nur deutsche, österreichische und holländische Zeitungen. Und eine italienische, aber natürlich nicht *L'Unità*.«

Willi las die Schlagzeile der *Bild-Zeitung:* »*Todesbazillus in Tübinger Klinik: Bereits 8 Tote.* Wahrscheinlich haben sie Maden in Germany gegessen.«

Ich brauchte ein paar Sekunden, um den Witz zu verstehen. »Ich frage mich, warum diese reaktionären Zeitungen in Jugoslawien überhaupt verkauft werden dürfen.«

»Dinero, dinero.« Willi rieb Daumen und Zeigefinger aneinander. »Apropos, wir sollen zwei Flaschen Wein kaufen.«

»Ja, gleich. Ich möchte vorher noch zum Kaffeehaus schauen.« Das Café hieß *Kavana Oleander,* und als ich in der Vitrine eine Topfentorte sah, lief mir gleich das Wasser im Mund zusammen. Sieben Dinar kostete ein Tortenstück. Ich überlegte, ob ich mir eines kaufen sollte, aber da ich nicht wusste, wie hoch der Umrechnungskurs war, ließ ich es lieber bleiben. Auf dem Weg zum Geschäft sah ich eine kleine Eidechse unter einem Busch verschwinden. Der Busch hatte weiße Blüten, die süßlich rochen. War das ein Oleander? Oder hieß die Pflanze Orleander? Wieder musste ich an Müs Plan mit der Gärtnerei denken.

Als wir zurückkamen, war meine Mutter bereits mit der Zubereitung des Essens beschäftigt. Sie schien sich rasch an die neuen Verhältnisse gewöhnt zu haben. Mein Vater stand mit nacktem Oberkörper bei unserem Wagen und unterhielt sich mit Horst.

»Wir haben zwei Flaschen Rotwein gekauft, die Frau an der Kassa hat gemeint, dass der Refosko sehr gut sein soll. Zumindest habe ich sie so verstanden. *Dobro* heißt doch gut? Oder?«

»Jaja«, antwortete meine Mutter.

Ich stellte die beiden Flaschen auf den Campingtisch und legte das Wechselgeld daneben.

»Wie viel hat denn der Wein gekostet?« Meine Mutter flüsterte, damit Horst sie nicht hören konnte.

»Keine Ahnung, ich muss mir das mit dem Wechselkurs erst noch anschauen. Was kochst du denn?«

»Eine Fisolensuppe und einen Kaiserschmarrn. Ich muss die Eier und die Milch schleunigst verarbeiten, damit sie bei der Hitze nicht schlecht werden. Morgen kaufe ich dann frische Sachen. Aber wir werden in den Supermarkt fahren, dort ist es billiger als hier am Campingplatz.«

»Ich schaue noch ein bisschen zum Strand. Willi, kommst du mit?«

Willi ließ sich in einen Campingstuhl fallen. »Nein, ich bin saumüde.«

»Das zahlt sich doch nicht mehr aus, in zehn Minuten ist das Essen fertig. Und aufdecken könntest du mir auch helfen.«

Ich nickte meiner Mutter zu und verschwand Richtung Meer. Auf der linken Seite des Weges befand sich ein kleiner Wald mit angenehm riechenden Nadelbäumen. Waren das Pinien oder Zypressen? Auf der rechten Seite lagen hinter einem Damm die Becken zur Salzgewinnung. Eine Prozession von Urlaubern kam mir entgegen, sie waren mit Kühltaschen, Sonnenschirmen und Luftmatratzen bepackt. Einige von ihnen waren rot wie Krebse.

Das Meer war ruhig, und die Wellen plätscherten leise ans Ufer. Langbeinige Vögel pickten mit ihren Schnäbeln im Sand. Wahrscheinlich suchten sie nach Krebsen und Muscheln. Draußen fuhren Segelboote vorbei; es sah aus wie in einem Reiseprospekt, aber für meinen Geschmack war es fast schon ein bisschen zu kitschig. Ich schlenderte den Strand entlang und sah in einiger Entfernung ein Mädchen unter einem Baum sitzen. Ich verlangsamte meine Schritte und kniff die Augen zusammen. Das darf doch nicht wahr sein, dachte ich, das ist doch … Mein Herz begann wie wild zu schlagen. Ich richtete meine Haare und tat so, als würde ich zufällig hier vorbeikommen, was ja auch stimmte. Als ich nur noch wenige Meter von ihr entfernt war, hob das Mädchen den Kopf.

»Hallo«, sagte ich so lässig wie möglich.

»Hoi«, antwortete sie und schirmte die Augen gegen die Sonne ab. »I saw you before at the reception.«

Sofort ging mir der Anfang von *You can't alway get what you want* durch den Kopf:

I saw her today at the reception

A glass of wine in her hand.

Aber ich sagte nur: »Yes.«

Sie schlug ihr Buch zu. »You want to sit down?«

»Yes.« Ich wunderte mich, wie leicht alles ging.

Wie auf ein Kommando hin begannen in der Nähe Grillen zu zirpen. Vielleicht war das die Musik zu dem Liebesfilm, in dem die Holländerin und ich bald die Hauptrollen spielen würden.

»Anika«, sagte sie und gab mir die Hand. Dabei konnte ich ihre verschwitzten Achselhaare sehen. Ihr Händedruck fühlte sich gut an.

»My name is Mick. Were do you come from?« Noch einmal warf ich einen Blick auf ihre Achselhaare, die ich am liebsten gleich abgeleckt hätte.

»Dordrecht.«

»Utrecht?«

»No, Dordrecht.«

»Ah, what are you reading?«

Sie zeigte mir das Cover: *De steppewolf.*

Ich tat interessiert und griff nach dem zerfledderten Taschenbuch:

Het boek weerspiegelt in hoofdzaak de diepe geestelijke crisis waarin Hesse verkeerde in de jaren twintig van de twintigste eeuw.

Dass ich von Hermann Hesse nichts hielt, konnte sie ja nicht wissen. Schade, dass ich Willis Buch über Che Guevara nicht bei mir hatte, sonst hätte ich bei Anika gleich ein bisschen Eindruck schinden können.

»You are here with your parents?« Im Augenblick fiel mir keine bessere Frage ein.

»Yes. By the way. There is a disco in Lucija. Should we go there tomorrow evening?«

Ich war perplex, weil Anika – im Gegensatz zu mir – nicht lange um den heißen Brei herumredete. »Okay, great. When and where should we meet?«

»At eight at the reception?«

»With a glass of wine in our hands«, sang ich.

»He?« Anika warf mir einen fragenden Blick zu.

»Nothing. I just was thinking of this song by the *Stones.*« Anika schien noch immer nicht verstanden zu haben. »*You can't always get what you want.* You know?«

»Ah, no«, sagte sie.

Ich stand auf. »I have to go, my parents are waiting with the dinner for me.« Um zu zeigen, dass ich das ziemlich öd fand, verdrehte ich die Augen.

»See you tomorrow, Mick.«

Anika warf mir ein Lächeln zu, das mir trotz der Hitze einen leichten Schauer über den Rücken jagte. Leck mich am Arsch, dachte ich. Wie in Trance machte ich mich auf den Weg zurück.

Obwohl ich hundemüde war, konnte ich in der Nacht nicht schlafen. Aber nicht, weil Anika mir den Schlaf geraubt hätte, sondern weil meine Luftmatratze undicht war und ich bereits um Mitternacht auf dem harten Boden lag. Außerdem schnarchte mein Vater so laut, dass ich im Küchenbereich alles hörte. Mein Vater hatte es gut, der hatte mit Horst praktisch im Alleingang die beiden Rotweinflaschen ausgetrunken und schlief jetzt tief und fest. Ihn störten auch die Gelsen nicht, die mich mit ihrem Gesumme zur Weißglut brachten. Im Küchenbereich schienen sie sich besonders wohlzufühlen, weil es hier immer noch nach Zwiebeln und Knoblauch roch.

»He, Willi, kannst du auch nicht schlafen?«

»Hm?«, murmelte mein Bruder und drehte sich auf die andere Seite.

Ich zog mir die Decke über den Kopf und versuchte mir Anikas Lächeln in Erinnerung zu rufen, aber leider wurde ich durch einen lauten Furz aus meinen Gedanken gerissen. Von draußen hörte ich Babygeschrei und Gelächter. Einmal hörte ich auch das laute Stöhnen einer Frau. Ich musste an Anika denken und konnte es kaum erwarten, sie wiederzusehen. Ich wälzte mich hin und her, und irgendwann schlief ich doch noch ein.

»Habt ihr eigentlich ein Pickzeug mitgenommen? Meine Luftmatratze hat nämlich ein Loch.«

»Hermann«, rief meine Mutter nach hinten, »kannst du die Luftmatratze vom Ernst flicken?«

»Jaja.« Mein Vater klang ziemlich verkatert.

Ich griff nach dem Lageplan, um zu schauen, wo sich die Duschen befanden. Auf dem gesamten Areal gab es zehn Duschen und fünfzehn Toiletten, was angesichts der Größe des Campingplatzes nicht besonders viel war. »Mama, hast du gesehen, dass es neun Geschirrspülbecken gibt? Und sogar drei Waschmaschinen. Das ist ja wie zu Hause.«

»Ja, das war gestern gar nicht so einfach mit dem Geschirrabwaschen.« Der vorwurfsvolle Unterton in ihrer Stimme war nicht zu überhören. Meine Mutter sah mich an. »Hat dich etwas gestochen? Da, auf der Stirn.«

Tatsächlich fühlte ich zwei Beulen. Scheiße, dachte ich, hoffentlich sind die bis zum Abend wieder verschwunden. Die Vorstellung, mit zwei Minihörnern in die Disko zu gehen, war nicht sehr angenehm.

»Nimmst du ein Weißbrot mit, wenn du mit dem Duschen fertig bist?«

»Und für mich ein Kipferl.« Elli rieb sich die Augen und gähnte.

»Für mich eine Kopfwehtablette«, rief mein Vater und lachte gequält.

Meine Mutter schüttelte verärgert den Kopf. »Hier, da sind zwanzig Dinar.« Sie drückte mir einen Geldschein in die Hand.

Dvadeset Dinara. Socijalistična Federativna Republika Jugo-

slavija. Bosna i Hercegovina, Crna Gora, Hrvatska, Makedonija, Slovenija, Srbija.

»Wie viel Schilling sind das eigentlich?«

»Hermann, wie viel Schilling sind zwanzig Dinar?«

»Äh.« Mein Vater kroch auf allen vieren aus seiner Schlafkabine. Er sah ziemlich fertig aus. »Für hundert Schilling habe ich zweiundsiebzig Dinar bekommen. Nein, warte, oder war es umgekehrt? Habe ich für zweiundsiebzig Schilling hundert Dinar bekommen?«

»Das ist aber ein ziemlich großer Unterschied«, sagte ich.

»Hast du auf der Bank keine Bestätigung bekommen?«, fragte Willi.

»Nein, nein, das stimmt schon: Hundert Schilling sind zweiundsiebzig Dinar.«

»Und wie viel sind dann zwanzig Dinar?«, fragte ich.

»Ungefähr …« Es folgte allgemeines Schweigen.

Willi schloss die Augen. »Das müssten etwas weniger als dreißig Schilling sein.«

»Na, dann wird es sich schon ausgehen.«

»Eine Butter brauchen wir aber auch noch«, sagte Elli. »Die von zu Hause schmeckt ja schon ganz ranzig.«

»Okay, aber das reicht jetzt. Ich bin ja kein Packesel. Ich gehe zuerst duschen, dann kaufe ich ein, es wird also ein bisschen dauern.«

Auf dem Campingplatz herrschte am frühen Morgen eine fast intime Atmosphäre. Durch die offenen Zelte sah man, wie wildfremde Menschen in ihren Pyjamas herumstanden, sich anzogen oder sich die Zähne putzten. Ich war unangenehm berührt, weil ich das alles eigentlich gar nicht sehen wollte. Trotzdem bedauerte ich kurze Zeit später, dass die Duschkabinen durch Ziegelmauern getrennt waren und man keinen Blick in die Nachbarkabinen werfen konnte.

Mein Vater rückte den Sonnenschirm zurecht. »Heute bekommen wir fünfunddreißig Grad, wir müssen uns gut einschmieren.«

Ich fragte mich, was aus der Ü-Aversion meines Vaters geworden war.

»Was machen wir denn mit der Butter?«, fragte Elli, nachdem sie sich die dritte Scheibe Brot bestrichen hatte.

»Du könntest sie ja zusammenessen«, schlug ich grinsend vor.

Elli machte ein beleidigtes Gesicht.

»Jetzt lass sie doch essen, wenn es ihr schmeckt. Hermann, wir werden dann gleich in den Supermarkt fahren und einen Großeinkauf machen.«

Mein Vater kratzte sich am Kopf. »Kann das nicht warten? Jetzt habe ich mit Ach und Krach den Wagen eingeparkt und soll schon wieder wegfahren?«

»Wir brauchen ja etwas zu essen. Oder willst du das Geld in den Gasthäusern ausgeben?« Meine Mutter stand auf und holte den Handstaubsauger.

Ich rollte mit den Augen. Willi lachte und suchte sich einen Platz im Schatten. »Mama, du musst aufpassen, du bist ja schon ganz rot.«

Meine Mutter hörte gar nicht hin, weil sie sich ganz auf ihren geliebten Handstaubsauger konzentrierte.

»Soll ich das Federballspiel zum Strand mitnehmen?« Elli rappelte sich hoch. »Vielleicht schaffen wir ja einen neuen Rekord.«

»Von mir aus«, sagte Willi.

»Aber gut einschmieren.« Mein Vater deutete auf die große Tube Sonnencreme, die meine Mutter bestimmt irgendwo im Angebot gekauft hatte. Vielleicht hatte sie zu Hause ja sogar ein paar Tuben eingefroren.

»Hilft mir jemand beim Abwaschen? Dann fahren wir einkaufen. Am Abend gibt es eine Gemüsesuppe und Marillenknödel.«

Ich verschwand im Zelt, wo ich lange nach meiner Badehose suchte. Auch Willi gelang es, sich unauffällig zurückzuziehen. Da Elli in unmittelbarer Nähe meiner Mutter stand, musste sie ihr notgedrungen beim Abwaschen helfen. Sobald die beiden mit dem schmutzigen Geschirr verschwunden waren, gingen Willi und ich zum Strand. Ich hielt Ausschau nach Anika, aber der Platz unter dem Baum war bereits von einer Großfamilie in Beschlag genommen worden.

Hans Otto, kannst du mir mal … Sabinchen, pass doch auf … Nee, nee, lass mal … Mensch, Hartmut, wie oft habe ich dir schon gesagt … Hannelore, reich mir doch … Der Strand war fest in deutscher Hand. Was wohl Tito dazu sagen würde?

»Glaubst du, dass der Papa wirklich gegen die Partisanen gekämpft hat?«, fragte ich meinen Bruder.

Willi zuckte mit den Schultern. »Keine Ahnung. Aber du weißt doch, dass er über den Krieg nicht reden will. Was ich ja verstehe. Und ehrlich gesagt ist es mir egal. Wohin sollen wir uns legen?«

»Gehen wir zu den Felsen, dort ist sicher weniger los.«

»Ja, aber dort findet uns Elli nicht. Warten wir doch hier auf sie.«

»Von mir aus. Ich gehe schwimmen, bis Elli kommt.« Das Meer war wärmer, als ich gedacht hatte. Es war ein ganz flacher Strand, und ich brauchte lange, bis ich keinen Boden mehr unter den Füßen spürte. Das Salzwasser brannte auf meinen Lippen; als ich es ableckte, schmeckte es abgestanden. Ich dachte über meinen Vater nach und war mir unschlüssig, wie ich mich ihm gegenüber verhalten sollte. Vielleicht hatte meine Mutter das mit den Partisanen ja auch nur so dahingesagt. Das hoffte ich jedenfalls. Die Vorstellung, dass mein Vater Partisanen getötet haben könnte, löste in mir ein eigenartiges Gefühl aus. Ich machte ein paar kräftige Vorwärtsbewegungen und war heilfroh, dass ich kein Schiffbrüchiger wie Robinson Crusoe war. Ureparapara hin oder her. Dann schwamm ich zwischen glücklichen Kindern und nicht ganz so glücklichen Eltern wieder zurück. Willi saß auf der Decke und war in ein Buch vertieft. Ich griff nach meinem Handtuch. »Was liest du denn da?«

Er zeigte mir das Cover, es war das Buch über Che Guevara.

»Hast du das tatsächlich beim Melchert gestohlen?«

Willi lächelte verschmitzt.

»Ich finde das nicht gut. Wenn sie dich erwischen, bekommst du große Probleme. Wir haben damit aufgehört, weil das Risiko einfach zu groß ist.«

»Jaja«, sagte Willi leicht genervt.

»Zeig mal her.«

Er seufzte und reichte mir das Buch. »Ich gehe ins Wasser«, sagte er.

Che Guevara – das ist ein Plakat! Che Guevara – das ist ein Transparent! Che Guevara – das ist ein Poster! Che – das war der Aufschrei der Studenten, die in Berkeley, Berlin, Paris und Rom untergefasst durch die Straßen rannten und von der Polizei zusammengeschlagen wurden.

Che, dieses Schwein, sagte ein Lehrer zu einem Siebzehnjährigen, und der Siebzehnjährige dachte ungerührt: Ich verehre ihn.

Ich sah mich um und fragte mich, wer von den Urlaubern hier jemals etwas von Che Guevara gehört hatte. Ich wusste zwar auch nicht viel über ihn, aber zumindest wusste ich, dass er ein extrem lässiger Typ war. Der Popstar unter den Revolutionären, sozusagen. Vergleichbar mit Jim Morrison oder Jimi Hendrix.

Che – das war der als Bürgerschreck verbreitete Satz: Schafft drei, vier, viele Vietnam.

Ich dachte an Candy, und irgendwie bedauerte ich es, dass wir uns seit dem Streit beim Reisinger nicht mehr gesehen hatten. Ich hoffte, dass wir uns noch vor dem Ende der Ferien auf ein gemeinsames Vorgehen einigen konnten.

Seine Kinderfrau ist die Indianerin Inez. Zusammengekauert sitzt sie Tag und Nacht vor der Hängematte, in der das häufig hustende Kind schaukelt. Sie legt in Wasser aufgeweichte Blätter einer den Weißen unbekannten Pflanze auf die Augen und die Lippen des Säuglings.

Eines Tages ist Inez verschwunden. Man sucht nach ihr im Wald. Man findet ihren Körper gefesselt, geschändet, leblos, am Stamm eines Baumes. Daneben steht ein Korb mit den Blättern der Pflanze, die sie für Ernestino gesucht hat.

Kein ungewöhnlicher Tod in diesem Land. Wer trauert um eine Indianerin?

»Super, das Wasser.« Willi schüttelte sich. »Ah, herrlich.«

»Hast du das Buch schon gelesen?«, fragte ich ihn.

»Nein, nur zur Hälfte. Ich leihe es dir, wenn ich damit fertig bin.«

»Okay. Was ist jetzt mit Elli? Sollen wir noch auf sie warten? Wenn wir nicht aufpassen, brennt uns die Sonne auf.«

»Dann suchen wir uns halt einen Platz im Schatten.«

»Oder wir gehen zurück und spielen ein bisschen Tischtennis. Ich habe zwei Tische hinter dem Restaurant gesehen. Allerdings aus Beton.«

»Vielleicht später, jetzt mag ich noch am Strand bleiben.« Willi legte die Decke zusammen. »Komm, gehen wir in den Schatten. Dort warten wir, bis Elli kommt.«

»Kochleffel! Schene Kochleffel!«

Am Strand verkaufte ein älterer Mann bemalte Kochlöffel. Er trug eine Matrosenmütze und einen gestreiften Pullover. Ich gab ihm ein Zeichen; sofort kam er auf uns zu. Ich rieb Daumen und Zeigefinger aneinander. »Wie viel?«

»Pet«, antwortete der Mann lächelnd. Dabei zeigte er ein Gebiss, das in erster Linie aus Zahnlücken bestand.

»Pet?«

Er hielt fünf Finger in die Höhe.

»Was willst du mit einem Kochlöffel?«, fragte Willi verblüfft.

»Das ideale Geburtstagsgeschenk für die Mama.« Ich gab dem Mann fünf Dinar. »Hvala.«

»Hvala lijepa.«

»Aber die hat doch erst im Oktober Geburtstag.« Willi schüttelte den Kopf.

»Wir haben es beim Federball nur zwanzigmal geschafft. Da waren einfach zu viele Leute am Strand.« Elli nahm sich einen weiteren Marillenknödel aus der Pfanne. Wenn mich nicht alles täuschte, hatte sie einen leichten Sonnenbrand bekommen.

»Ich mache mich jetzt auf den Weg.«

»Wohin gehst du denn?«, fragte meine Mutter.

»In die Disko.«

»In die Disko?«

»Ja, sicher.«

»Elli, willst du nicht mitgehen?«

Scheiße, warum musste sich meine Mutter immer in alles einmischen.

»Wo ist denn die Disko?«, fragte Elli mit vollem Mund.

»In Lucija, ich gehe aber zu Fuß dorthin. Der Weg ist ziemlich anstrengend.«

Meine Schwester schüttelte den Kopf. »Nein, ich gehe lieber nachher noch auf ein Eis.«

Ich war erleichtert. »Kann ich ein paar Dinar haben?«

»Hermann, gib dem Ernst ein paar Dinar.«

Im Zelt gab mir mein Vater einen Fünfzig-Dinar-Schein. »Wie hoch war noch einmal der Wechselkurs?«, fragte ich.

»Hier ist noch ein Zwanziger.«

»Danke, Papa«, sagte ich artig. Ich sah meinen Vater von der Seite an und konnte mir nicht vorstellen, dass er im Krieg Partisanen getötet hatte. Aber jetzt war ohnehin nicht der richtige Zeitpunkt, mir darüber Gedanken zu machen.

Auf dem Weg zur Rezeption fühlte ich mich wie ein Popstar. Ich trug abgeschnittene Jeans und ein kurzärmeliges Leibchen mit Löwenmuster. Da ich noch etwas Zeit hatte, machte ich einen Umweg. Dabei kam ich an einer Wohnwagensiedlung vorbei, die wie ein kleines Dorf angelegt war. Es gab Vorgärten mit Plastikzäunen und Gartenzwergen. Wäre hier ein Polizist herumspaziert, hätte mich das nicht weiter gewundert. In der Nähe der Rezeption versteckte ich mich hinter einem Baum, weil ich nicht als Erster bei unserem Treffpunkt sein wollte. Um Punkt acht tauchte Anika auf. Ihre Haare hatte sie nach hinten gekämmt. In der hellen Hose und dem eng anliegenden T-Shirt sah sie auf jeden Fall sportlicher aus als ich. Um drei Minuten nach acht verließ ich mein Versteck.

»Hello, Anika, how are you?« Ich lächelte ihr zu und versuchte ein bisschen zu tänzeln, was mir aber nicht gelang. »Super, that you are here.«

»Hi, Mick«, sagte sie und gab mir einen Kuss. Da ich nicht damit gerechnet hatte, blieb meine Kussantwort in der Luft hängen. Ich sog den Duft ihrer Hautcreme ein, der sofort ein angenehmes Kribbeln in meinem Bauch erzeugte.

»In ten minutes we have a bus, let's go.«

»Oh, great«, sagte ich. »Have you already been in the disco?«

»Yes, but it was a little bit boring. I hope, we will have more fun.« Sie sah mich kurz an und lächelte geheimnisvoll.

Ich wurde verlegen und ließ meine Haare nach vorne fallen, damit sie mein Gesicht verdeckten. Was *boring* hieß, ahnte ich nur, aber ich wusste, dass ich mich anstrengen musste.

Die Busfahrt war zum Glück gratis, und nach einer Viertelstunde stiegen wir auch schon wieder aus. »Oh, a short trip«, sagte ich.

Wir spazierten den Kanal Fazan entlang, dessen Wasser faulig roch. Anika deutete auf die Boote, die in der Marina vor Anker lagen. »Look, the boats«, sagte sie. »How nice.«

Die kleinen Jachten hießen Jasna, Almira und Nirvana, aber trotz der exotischen Namen hätten mich keine zehn Pferde auf eines dieser Boote gebracht. Auf ein zweites Mal Kentern konnte ich gerne verzichten. Also murmelte ich bloß: »Hm.«

»Let's go for a beer«, sagte Anika gutgelaunt. »For the disco it's too early.«

»Oh, a good idea«, antwortete ich in der Hoffnung, ein billiges Lokal zu finden. Nach kurzer Suche entschied ich mich für die *Gostionica Salina,* die auch schon bessere Tage gesehen hatte. Wir setzten uns an einen kleinen Tisch auf dem Gehsteig, von dem aus wir einen freien Blick auf den Hafen hatten. Ich griff nach der Speisekarte und stellte erleichtert fest, dass ein Bier nur fünf Dinar kostete. Zu essen gab es drei Menüs: das Turist-Menu, das Fish-Menu und das Balkan-Menu. Alle drei falsch geschrieben, dafür billiger als zu Hause. An der Theke lehnte ein rauchender Kellner, der uns demonstrativ ignorierte. War das der neue sozialistische Mensch? Mir kamen so meine Zweifel. In einer Ecke hing ein verstaubtes Tito-Bild, der einzige Hinweis darauf, dass wir uns in einem sozialistischen Land befanden. Oder besser gesagt, in einem quasi sozialistischen Land.

Anika räusperte sich. »You are here for the first time?«, fragte sie.

»Yes, here in Strunjan, it's the first time. A few years ago I was in Lignano. And you?«

»It's the second time. My parents like it here. For me it's okay.«

Ich gab dem Kellner ein Zeichen.

»Ah, your parents like it here«, wiederholte ich wenig einfallsreich.

Endlich tauchte der Kellner auf. Er wischte mit einem vor Dreck starrenden Fetzen über das Plastiktischtuch. »Dobra večer«, grüßte er, ohne uns anzusehen.

»Dobar dan. Dva piva, molim«, sagte ich beiläufig.

Der Kellner stellte mir eine Frage, die ich aber nicht verstand. Um mich nicht zu blamieren, nickte ich.

»Hey, you speak Yugoslavian?« Anika schien beeindruckt zu sein.

»Just a little«, antwortete ich bescheiden. »My parents told me some words.« Dass ich nur fünf Sätze konnte, musste Anika ja nicht wissen. Ich hatte sie gelernt, als vor zehn Jahren jugoslawische Gastarbeiter in unserer Straße die Künette für den Kanal gruben.

Wenig später stellte der Kellner zwei Flaschen Bier und zwei Gläser auf den Tisch. Das Bier war sogar kalt. *Laško Pivo* stand auf dem Etikett. Ich hielt das Glas in die Höhe und entschied mich, aus der Flasche zu trinken. »Prost«, sagte ich, weil mir das englische Wort dafür nicht einfiel.

»Proost!«, antwortete Anika vergnügt.

Ich überlegte, worüber ich mich mit Anika unterhalten könnte. »How is the weather in – äh, what's the name of the city, where you live?«

»Dordrecht.«

»How is the weather in Dordrecht?«

»You mean, now?«

»No, I mean in general.«

»Äh, well …«

Aus den Augenwinkeln sah ich, wie der Kellner mit einem Tablett auf unseren Tisch zusteuerte. Ohne ein Wort zu sagen stellte er zwei Teller mit Ćevapčići und rohen Zwiebeln vor uns hin.

»Oh«, sagte Anika überrascht.

Ein unauffälliger Blick in die Speisekarte verriet mir, dass eine Portion fünfzehn Dinar kostete. Scheiße, dachte ich, da bleiben mir ja nur noch dreißig Dinar für die Disko. Ich befand mich in einer Zwickmühle. Zurückgeben konnte ich die Ćevapčići nicht, aber essen wollte ich sie auch nicht, weil sie mich an die Scheißwürste von Hunden erinnerten. Außerdem wollte ich vor dem Diskobesuch keinesfalls rohe Zwiebeln essen.

Höflichkeitshalber steckte sich Anika ein halbes Fleischröllchen in den Mund. »Oh, it tastes good.«

Jetzt blieb mir nichts anderes übrig, als ebenfalls ein Ćevapčići zu kosten. »Very good«, sagte ich und nahm einen Schluck Bier. Nach dem zweiten Bissen musste ich bereits rülpsen. Die Ćevapčići waren kräftig mit Knoblauch und Paprika gewürzt.

»I'm not really hungry.« Anika schob den Teller von sich.

»Me too.«

Vom Hafen näherte sich eine Gruppe junger Burschen, die bereits betrunken waren. Einer zeigte mit dem Finger auf Anika. »Lecker Määädchen«, blökte er wie ein Schaf. Die anderen bogen sich vor Lachen.

»What did they say?«, fragte Anika.

»I don't know. Some german idiots.«

Zum Glück waren die Betrunkenen weitergegangen.

»Do you have a cigarette for me?«, fragte Anika.

Ich ärgerte mich, dass ich meinem Vater nicht ein paar Smart Export geklaut hatte. »Just a moment.« Am Nebentisch saßen zwei Männer. »Zigarette?«, fragte ich. »Dva?«

Einer hielt mir eine grün-weiße Packung mit der Aufschrift F 57 entgegen. Ich nahm zwei Zigaretten. »Hvala«, sagte ich und machte mit den Fingern eine Anzündbewegung.

Er deutete auf ein angebrochenes Streichholzbriefchen. »Hvala«, wiederholte ich, nachdem ich beide Zigaretten angezündet hatte.

»Molim«, antwortete er.

Die F57 waren echte Beuschelreißer. Da ich aber nicht als Schwächling dastehen wollte, inhalierte ich tief und blies den Rauch durch Mund und Nase gleichzeitig aus. Beinahe hätte ich einen Hustenanfall bekommen.

Anika nahm ebenfalls einen Zug. »They taste terrible.« Sie warf ihre Zigarette auf den Boden und trat sie mit dem Fuß aus.

Ich sah zu den Männern am Nebentisch und machte eine entschuldigende Geste. Sie lachten.

»Sorry«, sagte ich, »they are very strong.« Nach einer Verlegenheitspause fragte ich: »How old are you?«

»Sixteen. And you? Let me …« Anika sah mich an. Ich stellte fest, dass sie grüne Augen hatte. Oder waren sie braun? »Eighteen?«

Ich nickte und wertete es als gutes Zeichen, dass mich Anika um ein Jahr älter schätzte, als ich war. Ich deutete dem Kellner, dass ich zahlen wollte. Nach fünf Minuten kam er angelatscht und schrieb die Zahl 45 auf einen Zettel. Ich runzelte die Stirn, weil es nur vierzig Dinar hätten sein dürfen. Da ich in Anikas Anwesenheit aber keinen Streit anfangen wollte, gab ich ihm kommentarlos meinen Fünfzig-Dinar-Schein. Er nahm das Geld und wartete. Dieses Mal sah er mich sogar an. Ich erwiderte seinen Blick, ohne etwas zu sagen. Widerwillig drückte er mir fünf Dinar Wechselgeld in die Hand.

»Hvala«, sagte ich.

Er murmelte etwas Unverständliches.

Wir standen auf und spazierten den Kai entlang. Am Ende des Hafens bogen wir in ein Gässchen ein, in dem sich zahlreiche

Souvenirläden befanden. Angeboten wurden Salz, Honig und Wein zu Wucherpreisen. Als wir am *Frizerski Salon Loredana* vorbeigingen, schlug ich hysterisch die Hände über dem Kopf zusammen und lachte.

»I like your hair«, sagte Anika und griff nach meiner Hand.

Vor lauter Schreck wäre ich beinahe über einen Pflasterstein gestolpert. Anikas Hand fühlte sich gut an. »How much do we have to pay?«, fragte ich.

»You mean admission?«

»Yes.«

»I think fifteen Dinar per person.«

»Puh, because I have only twentyfive Dinar.«

Anika zuckte mit den Schultern. »No problem, I can pay for myself.«

Ich war erleichtert.

Die Disko hieß *Lucie in the Sky* und sah aus wie ein Betonbunker, nur ohne Dach. Der Bau passte überhaupt nicht in den Park mit den vielen Olivenbäumen. Dass es Olivenbäume waren, wusste ich aber auch nur, weil am Parkeingang auf einer Tafel irgendwas von Oliven stand. Die Musik, die in der Disko gespielt wurde, hätte ich mir freiwillig nie angehört, aber das konnte ich Anika natürlich nicht sagen. Wir tanzten zu *Chirpy Chirpy Cheep Cheep*, und bald war ich eingehüllt in eine Duftwolke aus Schweiß, Sonnencreme und Geilheit. Zur Nummer *How do you do?* sangen ein paar Betrunkene mit, ich kam mir vor wie in einem Bierzelt. Aber was hatte ich mir erwartet? Dass sie hier die *Internationale* spielten? Oder *Bella ciao*?

Partisanen, kommt, nehmt mich mit euch,
Bella ciao, bella ciao,
Bella ciao, ciao, ciao,
Partisanen, kommt, nehmt mich mit euch,
Denn ich fühl', der Tod ist nah.

Bei *Beautiful Sunday* gab ich Anika ein Zeichen, dass ich etwas trinken wollte. »Can you borrow me twenty Dinar?«, fragte ich, während wir zur Bar gingen. Mir war die Frage zwar peinlich, aber die Zeche zu prellen traute ich mich nicht.

»Yes, of course. I invite you for a beer.«

»Great, thank you.« Ich hörte genau hin, aber in Anikas Stimme war keine Spur von Enttäuschung. Ihre Unkompliziertheit beeindruckte mich ungemein. Die Holländerinnen hatten also zu Recht einen guten Ruf.

Wir setzten uns auf einen Betonsockel neben der Tanzfläche und prosteten einander zu. Bereits nach dem ersten Schluck musste ich erneut rülpsen. Die Ćevapčići lagen mir immer noch im Magen. Ich hoffte, dass das Fleisch nicht verdorben war. Als sich einige Jugendliche neben uns setzten, rückte Anika näher an mich heran. Wie selbstverständlich griff sie nach meiner Hand, und als sich unsere Finger verschränkten, konnte ich mein Glück kaum fassen. Ich sah sie an, und jetzt war ich mir sicher, dass ihre Augen tatsächlich grün waren. Schön langsam spürte ich das Bier, und ohne lange zu überlegen beugte ich mich zu ihr hin und küsste sie. Die Art und Weise, wie sie meinen Kuss erwiderte, jagte mir eine Gänsehaut über den Rücken. Auch wenn ihr Kuss anfangs noch nach Bier, Zwiebeln und Rauch schmeckte, hatte er bald seinen ganz eigenen, unverwechselbaren Geschmack. Später tanzten wir noch ziemlich wild zu *Brown Sugar* und *She's a Lady*. Und irgendwann stellte mein Gehirn die Arbeit ein.

Für die vier Kilometer zum Campingplatz brauchten wir fast zwei Stunden, weil wir immer wieder stehen blieben und uns küssten. Ich durfte sie aber nicht zu fest an mich drücken, weil sonst ein Unglück passiert wäre.

»My parents are going to Triest the day after tomorrow. My mother wants to go shopping there. I will stay here. We could meet at our tent, we would have plenty of time. What do you think?« Dabei sah mich Anika an, als würde sie auf der Stelle mit mir bumsen wollen.

»He, Ernsti, was ist denn los?«

Ich hörte die Stimme meines Bruders, wusste aber nicht, woher sie kam.

»He, Ernsti, nicht so laut.«

Es dauerte einige Zeit, bis ich realisierte, wo ich war. Ich hob den Kopf und sah im Halbdunkel meinen Bruder, der sich auf dem Ellbogen aufstützte.

»Du hast so laut geschrien. Nach Anika. Wer ist Anika?«

»Was ist denn los da draußen?«, hörte ich meine Mutter rufen. »Ist der Ernsti schon da?«

»Jaja, alles in Ordnung«, antwortete Willi.

»Was war denn?«, fragte ich im Halbschlaf. Ich hatte von Anika geträumt, dass sie mich verlassen wollte.

»Zuerst hast du Hilfe! gerufen und dann den Namen Anika.«

»Keine Ahnung, schlafen wir weiter«, murmelte ich.

»Hast du diese Anika in der Disko kennengelernt?«

Mir war die Situation peinlich, weil ich Willi gegenüber ja immer den wilden Hund markierte. Aber ein Typ, der im Traum nach einem Mädchen rief, war eher ein Seicherl als ein wilder Hund. Ich versuchte weiterzuschlafen, musste aber immerzu an Anika denken. Auch mein Johnny wollte nicht mehr schlafen.

»Heute mache ich Krapfen zu Mittag«, sagte meine Mutter beim Frühstück.

»Krapfen?« Jetzt war ich munter. »Du machst bei dieser Hitze Krapfen? Die gibt es doch normalerweise nur im Winter.«

»Ja, aber die esst ihr doch so gerne.«

Ich zuckte mit den Schultern. »Na ja, wenn du meinst.«

»Und, wie war es in der Disko?«

»Ja, war eh in Ordnung.« Ich sah zu Willi, der sich einen Grinser nicht verkneifen konnte.

»Hast du noch Geld von gestern übrig?« Meine Mutter war offenbar in Verhörstimmung.

»Nein, das war ja nicht viel. Ich gehe an den Strand. Willi, kommst du mit?«

»Ja, aber zuerst muss ich mich noch eincremen. Die Sonne ist heute wieder brutal heiß. Elli, was ist mit dir?«

Meine Schwester schüttelte den Kopf. »Ich bleibe hier. Ich habe kaum geschlafen letzte Nacht.«

»Du kannst ja am Strand schlafen«, meinte Willi.

»Geh doch mit«, drängte meine Mutter.

Elli zuckte mit den Schultern. »Na gut, von mir aus.«

Obwohl es noch nicht einmal zehn war, tummelten sich bereits die Massen am Strand. Väter pumpten Schlauchboote auf, Kinder bauten Sandburgen, und besonders Wagemutige versuchten mit ihren Luftmatratzen so weit wie möglich hinauszuschwimmen. Dass gerade ein Urlauberschichtwechsel stattgefunden hatte, merkte man auch an den vielen Menschen mit Sonnenbrand. Ich hielt Ausschau nach Anika, weil ich vergessen hatte, sie nach dem Standort ihres Zelts zu fragen. Außerdem war ich mir nicht sicher, welchen Tag sie mit *the day after tomorrow* gemeint hatte, da wir uns um kurz nach Mitternacht voneinander verabschiedet hatten.

»Wen suchst du denn?« Willi hatte sein Buch über Che Guevara zur Seite gelegt.

Ich sah zu Elli, die bereits eingeschlafen war. »Ich habe in der Disko eine junge Holländerin kennengelernt. Völlig harmlos, aber behalte es für dich.«

»Ja, kein Problem. Dass sie Anika heißt, weiß ich ja schon.«

Plötzlich begann Elli zu lachen. »Aha, Anika heißt sie.« Elli setzte sich auf und rieb sich die Augen.

»Ja, mein Gott, was ist denn so Besonderes daran, wenn ich jemanden in der Disko kennenlerne?«

»Ich sag es eh nicht weiter.« Elli hob die Hand. »Ich schwöre.«

»Und wenn, ist es mir auch egal.«

Als wir uns zu Mittag unserem Zelt näherten, traute ich meinen Augen nicht. Meine Mutter stand in der prallen Sonne hinter dem Gaskocher, wo sie in einer riesigen Pfanne in heißem Fett Faschingskrapfen backte. Vor der Kochstelle hatte sich eine lange Schlange gebildet. Dass es dreißig Grad im Schatten hatte, schien den Leuten egal zu sein, Hauptsache, es gab etwas gratis zu essen. Auch unser Nachbar Horst hatte sich mit Frau und Kindern angestellt. Sogar ihre eigenen Teller hatten sie mitgebracht. »Ganz leckere Krapfen sind das«, sagte Horst, dessen rechter Fuß einbandagiert war. An einer Stelle war der Verband blutgetränkt.

»Was ist denn mit Ihrem Fuß passiert?«, fragte Willi.

»Eine Weinflasche.« Und lachend fügte er hinzu: »Ein Arbeitsunfall, sozusagen.«

Seine Frau fand die Bemerkung weniger lustig. Der vorwurfsvolle Blick, den sie ihm zuwarf, kam mir irgendwie bekannt vor. Horst machte humpelnd einen Schritt nach vorne. »Wir holen uns noch einen Nachschlag.«

Meine Mutter war in ihrem Element. »Nehmt euch auch einen Krapfen«, forderte sie uns auf.

»Wir können später essen«, sagte ich. »Mama, hast du dich eigentlich eingeschmiert? Du bist ja feuerrot.«

»Ach, nicht so schlimm.« Sie nahm einen Krapfen aus der Pfanne. »So, Herr Horst, hier ist ein Krapfen für Sie.«

Hocherfreut strich sich Horst mit der Zunge über seinen Schnauzbart.

Ich gab Willi ein Zeichen. »Komm, hauen wir ab. Mir ist das

zu peinlich hier. Ich hoffe, dass auch ein paar Partisanen unter den Schnorrern sind.« Wir gingen Richtung Restaurant.

»Na ja, die meisten sind Deutsche. Typisch. Hast du gesehen, wie rot die Mama ist?«

»Ich verstehe nicht, dass sie sich da einfach hinstellt und für zwanzig Leute Faschingskrapfen macht. Wo ist denn eigentlich der Papa?«

»Keine Ahnung, vielleicht hat er sich versteckt.« Willi lachte.

Ich hielt Ausschau nach Anika und nahm mir vor, am Nachmittag den Campingplatz systematisch nach ihr abzusuchen.

»Hast du ein paar Dinar für mich?«, fragte Willi.

»Nein, die habe ich gestern Abend ausgegeben.«

»Ich habe nämlich Hunger.« Willi blieb stehen. »Ach, weißt du was, gehen wir zurück. Ist doch egal, wir nehmen uns unsere Krapfen und setzen uns hinters Zelt.«

Ich überlegte. »Ich drehe noch eine Runde.«

»Okay.« Willi grinste.

Um die Mittagszeit war der Campingplatz wie ausgestorben. Die meisten Leute lagen entweder am Strand oder hatten sich in ihre Zelte zurückgezogen. Es war, als hätte sich eine allgemeine Erschöpfung breitgemacht. Nur die Grillen schienen hellwach zu sein und zirpten in einem wilden Durcheinander um die Wette. Da die Chancen, Anika zu finden, ohnehin gering waren, ging ich zurück zu unserem Zelt. Um den Krapfenessern nicht begegnen zu müssen, schlich ich mich von hinten heran. Meine Mutter musste im Akkord gearbeitet haben, denn als ich einen Blick auf unsere Freiluftküche warf, standen nur noch zwei Leute an. Mein Vater saß im Zelt und aß einen Pfirsich. Willi lag auf der Luftmatratze und las. Aus dem hinteren Schlafbereich hörte ich Ellis gleichmäßigen Atem. »Was war denn da los? Warum macht die Mama für den halben Campingplatz Faschingskrapfen?«

Mein Vater wischte sich den Mund ab. »Was sollte ich denn machen? Sie hat zu kochen angefangen, und wie die Ersten gekommen sind und neugierig in die Pfanne geschaut haben, hat sie gleich die ersten Krapfen verteilt.«

»Aber gut waren sie schon«, sagte Willi, dem Staubzuckerreste an der Oberlippe klebten.

Ich schüttelte den Kopf. »Faschingskrapfen im Hochsommer, absurder geht es ja nicht mehr.«

Als meine Mutter mit dem Kochen fertig war, kam sie zu uns. Sie sah gar nicht gut aus. Ich gab ihr eine Wasserflasche. »Da, Mama, trink einmal, du bist ja ganz rot. Hast du dich überhaupt eingeschmiert?«

Sie nahm einen Schluck. »Ich habe keine Zeit gehabt. Jetzt ist mir ziemlich schlecht.« Sie sah aus, als würde sie jeden Augenblick umkippen.

»Komm, gehen wir ins Zelt.« Ich bot ihr meine Hand an und merkte, wie sie zitterte. »Willi, steh auf. Ich glaube, die Mama hat einen Sonnenstich. Hier, leg dich auf die Luftmatratze.« Ich war ernsthaft besorgt. »Im Laden habe ich ein Regal mit Medikamenten gesehen. Vielleicht gibt es dort ja ein Mittel gegen Sonnenbrand.«

Mein Vater drückte mir einen Hundert-Dinar-Schein in die Hand.

Eine Viertelstunde später kam ich mit fünf Gläsern Joghurt zurück. Meine Mutter lag stöhnend auf der Luftmatratze. »Die Frau im Geschäft hat gesagt, dass wir die Mama mit Joghurt einreiben sollen.«

»Bist du dir sicher?«, fragte Willi.

»Was sollen wir machen? Das ist ein altes Hausmittel, das angeblich hilft.«

»In Gottes Namen«, seufzte meine Mutter. »Mir ist alles recht.« Die Hautpartien, die der prallen Sonne ausgesetzt waren,

waren knallrot. Mit einem Löffel verteilte ich vorsichtig das Joghurt. Bei jeder Berührung stöhnte meine Mutter auf.

»Ist es ein bisschen besser?«, fragte ich, nachdem ich den Inhalt von drei Gläsern aufgetragen hatte. Das Joghurt auf der roten Haut erinnerte an ein abstraktes Kunstwerk.

»Na ja.«

Ich nahm ein feuchtes Tuch und legte es meiner Mutter auf die Stirn. Bald breitete sich im Zelt ein Geruch nach ranziger Milch aus. Ich war froh, dass ich keinen Faschingskrapfen gegessen hatte, sonst hätte ich wahrscheinlich kotzen müssen. Ich sah auf die Uhr und überlegte, was ich wegen Anika machen sollte. Aber eigentlich blieb mir gar nichts anderes übrig, als nach ihr Ausschau zu halten. So eine Scheiße, warum hatte ich Idiot mir keinen Treffpunkt mit ihr ausgemacht? Nach meinen Enttäuschungen mit Heike und Iris wollte ich in diesem Sommer nicht noch ein drittes Debakel erleben.

»Gebt mir etwas zu trinken«, jammerte meine Mutter.

Ich reichte ihr ein Glas, das sie mit zitternden Händen zum Mund führte. Ich hoffte, dass sie keinen Hitzschlag hatte. Wenn sich ihr Zustand nicht besserte, mussten wir aber ohnehin einen Arzt holen. »Und? Wie fühlst du dich?« Innerlich ärgerte ich mich maßlos über ihre hirnrissige Aktion.

»Ich werde jetzt schlafen«, sagte sie müde.

Ich deutete meinem Vater und meinen Geschwistern, das Zelt zu verlassen. »Lassen wir sie schlafen.«

Wir gingen nach draußen, wo sich mein Vater eine Zigarette anzündete. Er suchte sich einen schattigen Platz unter dem Sonnenschirm. »Eine ziemliche Hitze«, sagte er. »Aber das wird schon wieder werden.«

»Schaut ein bisschen auf sie«, sagte ich zu Elli und Willi. »Ich gehe kurz schwimmen. Mir ist total heiß.«

Als ich sah, was sich am Strand abspielte, wusste ich, dass eine

Suche nach Anika sinnlos war. Um mich abzukühlen, schwamm ich hinaus, bis ich die schreienden Kinder nicht mehr hören konnte. Plötzlich tauchte in meiner Nähe ein Kopf auf. Das gibt es ja gar nicht, so etwas gibt es normalerweise nur im Film. »Anika«, rief ich und machte ein paar misslungene Kraulbewegungen. »Hello, Anika.« Ich hob die Hand und ging kurz unter. Meine nassen Haare hingen mir ins Gesicht, ich konnte kaum etwas sehen.

»Hoi, Mick. I have seen you before.«

Anika schwamm zügig auf mich zu und hielt sich an meiner Schulter fest. Ohne lange zu überlegen, griff ich ebenfalls nach ihr, ihre nackte Haut fühlte sich gut an. Als ich zufällig ihre Brust berührte, spritzte sie mir Wasser ins Gesicht. »Bad boy«, sagte sie lachend.

»When shall we meet?«, fragte ich aufgeregt.

»My parents are leaving the day after tomorrow at ten, so let's meet at eleven in front of the coffee house.« Anika warf einen Blick Richtung Strand, sie kniff die Augen zusammen. »My father is waiting.« Sie spritzte mir neuerlich Wasser ins Gesicht und schwamm zügig zurück zum Ufer.

Als das Wasser kam, war mein Vater nicht zu Hause. Ich hatte von den schrecklichen Vorfällen erst einen Tag später erfahren, weil wegen des Hochwassers nicht einmal mehr die Telefonverbindungen funktionierten.

Es war am 17. Juni 1986, als um fünf Uhr in der Früh mein Telefon klingelte. Im Halbschlaf hob ich ab, Elli war am anderen Ende der Leitung.

»Ernsti, Ernsti, die Mama ist tot. Sie ist gestern im Keller ertrunken.«

Ich setzte mich auf die Bettkante und starrte auf das vom Dämmerlicht spärlich beleuchtete Bücherregal. Dort herrschte ein ziemliches Durcheinander, und ich nahm mir vor, bei nächster Gelegenheit endlich einmal Ordnung zu schaffen. Schon lange wollte ich meine Bücher und Schallplatten ordnen, wusste aber nicht, nach welchem System ich das machen sollte. Mir fiel das Buch Wir sammeln Schallplatten *ein, das ich vor vielen Jahren von meiner Mutter geschenkt bekommen hatte. Aber besaß ich dieses Buch überhaupt noch? Wahrscheinlich hatte ich es bei einem meiner vielen Umzüge verloren oder weggeworfen. Meine Mutter hatte meine Einzimmerwohnung, in der ich seit fünf Monaten hauste, nie gesehen. Wahrscheinlich hätte sie angesichts des hier herrschenden Chaos der Schlag getroffen.*

»Bitte, was hast du gesagt? Woher rufst du an? Wo ist der Papa?«

Ich hörte, wie Elli nach Luft schnappte. »Das Hochwasser. Sie ist im Keller ertrunken. Der Papa war in der Arbeit und konnte nicht ins Haus. Die Feuerwehr ist dann mit einem Boot gekommen. Und dann haben sie sie gefunden. Sie konnte ja nicht schwimmen.« Meine Schwester begann zu heulen.

Ich nahm den Telefonapparat und ging zu dem einzigen Sitzmöbel in meinem Zimmer. Es war ein schäbiger Fauteuil, den ich auf einem Flohmarkt billig erstanden hatte. Ich ließ mich hineinfallen und stellte den Apparat auf das kleine Tischchen daneben. Die Rotweinflasche und das halbvolle Glas schob ich zur Seite. »Wo bist du jetzt?«

»Bei mir zu Hause. Ich muss ja auf die Kinder aufpassen.«

»Und der Papa?«

»Der ist im Haus. Die Feuerwehr ist immer noch dort. Die pumpen gerade den Keller aus.«

»Und die Mama?«

»Die haben sie schon abgeholt.«

»Wer hat sie abgeholt?«

»Die Bestattung.«

»Mit dem Boot?«

»Ich weiß es nicht, ich weiß es nicht.« Elli schluchzte.

Ich stellte mir vor, wie die triefnasse Leiche meiner Mutter in ein Boot gelegt wurde und die Feuerwehrmänner langsam von unserem Haus wegruderten. Eine absurde Vorstellung.

Elli schnäuzte sich. »Wann kannst du denn kommen?«

»Sofort.« Ich musste dringend meine Bettwäsche überziehen. »Aber warum ist denn die Mama überhaupt in den Keller gegangen?« Ich erinnerte mich an das Hochwasser, als mein Vater die Sicherung für die Tiefkühltruhe herausdrehen musste, weil es sonst einen Kurzschluss gegeben hätte. »Ist sie wegen der Tiefkühltruhe hinuntergegangen? Ist sie wegen dieser verdammten Tiefkühltruhe gestorben?«

Meine Schwester hielt kurz inne. »Was redest du denn da? Ich weiß nicht, warum sie in den Keller gegangen ist. Ich weiß es nicht. Es ist so schlimm. Zuerst der Willi und jetzt die Mama. Ich halte das alles nicht mehr aus.«

Vor meinem geistigen Auge spielte sich eine grauenhafte Szene ab: Ich sah meine Mutter, wie sie die Kellerstiege hinunterging und vom Wasser überrascht wurde. Sie versuchte noch umzukehren, schaffte es aber nicht mehr, weil ihr das Wasser bereits bis zu den Hüften reichte. Konnte sie überhaupt das Licht einschalten, oder ist sie im Dunkeln qualvoll ertrunken? Was waren ihre letzten Worte? An wen hat sie zuletzt gedacht? Oh, mein Gott. Gab es nicht in der Bibel eine Stelle, in der vom Wasser als der Quelle des Lebens die Rede ist? Für meine Mutter wurde das Wasser zur Quelle des Todes.

»Ernst, bitte komm so schnell wie möglich heim. Wir müssen uns jetzt um den Papa kümmern.«

Heim? Hatte meine Schwester »heim« gesagt?

»Ja, du kannst dich auf mich verlassen.« Ich legte auf und kroch unter die Bettdecke. Mein Gehirn war komplett vernebelt, und ich

konnte keinen klaren Gedanken fassen. Ich hatte Herzrasen und panische Angst. Und das schlimmste war: Es gab niemanden, den ich um Hilfe bitten konnte. Ich war allein. Ich begann zu heulen und sehnte mich nach einer tröstenden Hand.

Der Tod meiner Mutter riss mir endgültig den Boden unter den Füßen weg.

Aber das konnte ich im Sommer 1972 natürlich nicht wissen.

Mein Vater und meine Geschwister saßen am Campingtisch unter dem Zeltvorbau. »Wie geht es denn der Mama?«, fragte ich.

»Sie schläft die meiste Zeit«, antwortete Elli. »Ab und zu redet sie im Schlaf. Ich hoffe, dass es nichts Ernstes ist.«

»Ich kann mich um sie kümmern.« Nach meinem Treffen mit Anika machte es mir nichts aus, ein bisschen den Krankenpfleger zu spielen.

Willi machte eine beschwichtigende Geste. »Ein Sonnenbrand tut zwar höllisch weh, aber in zwei Tagen ist sie wieder auf den Beinen.«

Ich setzte mich neben meine Mutter auf den Boden. »Na, Mama, wie geht es dir?« Ich drückte ihr ein feuchtes Geschirrtuch auf die Stirn. Dann holte ich den bemalten Kochlöffel hervor. »Hier, der ist für dich.«

Sie blinzelte. »Ein Kochlöffel? Für mich?« Meine Mutter war sichtlich überrascht.

»Ja. Zum Kochen.«

»Du bist ja doch ein guter Bub.« Sie griff nach meiner Hand. Ihre Hand war heiß.

»Du bist ja auch eine gute Mutter«, murmelte ich und wurde fast so rot wie sie.

Im Grunde wusste ich, dass mich meine Eltern mochten und dass die vielen Schimpfereien meiner Mutter oft nur Pro-forma-Schimpfereien waren. Trotzdem war mir die Situation peinlich, und bevor ich vor lauter Rührung noch zu heulen begann, ging ich nach draußen.

Auf dem Campingtisch lag ein Pfirsich, in den ich aus Verlegenheit hineinbiss. Der Geschmack erinnerte mich an etwas ganz Bestimmtes. Ich biss ein zweites Mal hinein, und dann fiel es mir wieder ein: Iris' Muschi hatte genauso gerochen. Ich legte den angebissenen Pfirsich zurück.

»Schmeckt er dir nicht?«, fragte Elli.

»Doch, doch.«

»Wie wäre es mit einem Ausflug in die Grotten von Postojna?« Willi hielt eine Broschüre in die Höhe. »Die sind nur eine Autostunde von hier entfernt.«

»Na ja, aber erst, wenn es der Mama wieder besser geht«, sagte Elli.

»Sie ist ja nicht sterbenskrank«, entgegnete Willi, »wirst schon sehen, in spätestens zwei, drei Tagen steht sie wieder hinter ihrem Ofen und bäckt Faschingskrapfen.«

Am nächsten Morgen ging es meiner Mutter tatsächlich bereits etwas besser. Immerhin konnte sie schon ohne Schmerzen für ein paar Minuten auf dem Rücken liegen.

»Soll ich noch ein Joghurt holen?«, fragte ich.

»Nein, ich rieche eh schon ganz ranzig.«

»Bei den vielen Duftnoten im Zelt ist das auch schon egal.« Willi machte ein Furzgeräusch und zeigte auf meinen Vater. Alle lachten.

»Sollen wir der Baba und dem Opa eine Ansichtskarte schicken?«, fragte Elli. »Die würden sich sicher freuen.«

»Ich kann eine kaufen gehen. Dann kann ich auch gleich die Joghurtgläser zurückbringen. Pro Glas gibt es immerhin einen Dinar Einsatz.« Ich wartete darauf, von meiner Mutter gelobt zu werden, aber sie war mit ihren Gedanken ganz woanders.

»Morgen kümmere ich mich wieder ums Frühstück«, sagte sie entschuldigend. »Und am Abend koche ich etwas Gutes.«

»Ja, aber bitte keine Faschingskrapfen.« Willi lachte.

»Wann steht denn der Ausflug zu dieser Grotte auf dem Programm?«, fragte ich.

»Was für eine Grotte?« Meine Mutter hatte von dem Plan natürlich nichts mitbekommen.

»Na, diese hier.« Willi zeigte ihr den Prospekt.

Sie schüttelte den Kopf. »Das ist mir zu anstrengend. Aber ihr könnt ja ohne mich fahren.«

»Ach, bis morgen bist du schon wieder fit«, sagte ich.

»Nimmst du mir einen Speck mit«, bat mich mein Vater.

Eine halbe Stunde später drückte ich meinem Vater ein Stück Speck und meinem Bruder eine besonders kitschige Ansichtskarte in die Hand. »Du bist doch ein guter Ansichtskartenschreiber.«

Willi griff nach einem Kugelschreiber und schrieb:

Liebe Baba, lieber Opa,

viele Grüße aus Strunjan senden euch Mama, Papa, Elli, Willi und Ernst. Es gefällt uns hier sehr gut, es ist sehr heiß. Wir haben schon eine gute Farbe, Mama hat einen Sonnenbrand, aber es geht ihr schon wieder besser. Wir freuen uns auf ein Wiedersehen.

»Bitte alle unterschreiben.«

»Na ja, den Nobelpreis für Literatur bekommst du dafür nicht.«

»Den würde ich sowieso nicht annehmen«, sagte Willi. »Ich würde ihn ablehnen wie Jean-Paul Sartre.«

»Der Sartre hat leicht reden, der hat ja schon genug Geld«, sagte ich. »Ich würde ihn annehmen und das Geld spenden.«

»An wen denn?«, fragte mein Vater.

»An die Bewegung gegen den Vietnamkrieg. Oder an die hungernden Kinder in Afrika.«

Mein Vater schüttelte den Kopf. »So ein Blödsinn. Gib lieber mir das Geld.«

Elli blätterte im Prospekt. »Wollt ihr wirklich zu diesen Grotten fahren?«

»Ja, warum denn nicht?«, fragte Willi.

»Ich muss diese Grotten nicht unbedingt sehen«, meinte mein Vater.

Mir wäre es zwar lieber gewesen, wenn ich am nächsten Tag allein gewesen wäre, aber im Grunde war es mir egal, ob meine Familie hierblieb oder zu den Grotten fuhr. Anika würde ich so oder so treffen. Ich roch an der Karte. »Jetzt wissen die Baba und der Opa wenigstens, dass wir Speck gegessen haben. Ich werfe die Karte gleich in den Postkasten. Willi, kommst du mit?«

»Ja, eine gute Idee.«

Fonda droht Anklage, lautete die Schlagzeile im *Kurier*. Ein Foto auf der Titelseite zeigte die lachende Jane Fonda mit geballter Faust in Hanoi. Ich gab dem Zeitungsverkäufer drei Dinar.

Weil die amerikanische Filmschauspielerin und Amateurpolitikerin Jane Fonda von Hanoi aus die US-Soldaten zur Fahnenflucht aufforderte, verlangte nun ein prominenter Politiker in Washington den Hochverratsprozeß. Der republikanische Kongreßabgeordnete Fletcher Thompson will der leidenschaftlichen Gegnerin des Vietnamkriegs vor Gericht das Handwerk legen lassen.

»Diese Schweine. Zuerst bombardieren sie Spitäler, Schulen und Dämme, und weil die Fonda das aufgedeckt hat, wollen sie sie vor Gericht bringen.« Am liebsten hätte ich gleich hier auf dem Campingplatz eine Demonstration organisiert. Ich sah mich um, musste aber leider feststellen, dass das ein sinnloses Unterfangen gewesen wäre. Ich dachte an Candy und hoffte, dass wir uns endlich auf eine Aktion gegen den Vietnamkrieg einigen konnten.

»Kann ich den Kulturteil haben? Ich möchte nachschauen, ob die neue Platte von Jeff Simons schon herausgekommen ist.«

»Jeff Simons?« Der Name sagte mir nichts.

»Der hat vor ein paar Jahren mit dem Frank Zappa gespielt.« Willi blätterte nach hinten. »Nein, offenbar nicht. Aber die neue Platte von *King Crimson* ist erschienen, *Earthbound.*«

Beim Frühstück saß ich wie auf Nadeln. Alle paar Minuten sah ich auf die Uhr, aber die Zeit schien stillzustehen.

»Sag einmal, wie heißt die Band, bei der jetzt der Stevie Winwood singt?«

»Meinst du *Traffic*?«

»Ja, genau, *Traffic.*«

Willi schrieb den Namen auf.

»Was machst du denn da?«

»Ich mache eine Liste mit den wichtigsten Bands aus Amerika und Europa.«

Ich warf einen Blick auf den Zettel. In der Europa-Spalte standen Namen wie *The Who, Led Zeppelin, The Incredible String Band, Cream, King Crimson, Faces, Spooky Two, Amon Düül* und *Soft Machine.* In der Amerika-Spalte waren *The Doors, Jefferson Airplane, Grateful Dead, Delaney & Bonnie and Friends, Mothers of Invention, MC5* und *Creedence Clearwater Revival* angeführt.

»Sind *Led Zeppelin* nicht aus den USA?«

»Glaube ich nicht, aber ich werde zu Hause nachschauen.« Willi machte ein Fragezeichen hinter dem Namen.

»*Deep Purple* kannst du auch noch in die Europa-Spalte eintragen«, sagte ich. »Und natürlich *Chicken Shack.*« Ich dachte kurz nach. »Und *Fleetwood Mac* und *The Band* fehlen bei den Amis. Nein, warte, *Fleetwood Mac* sind aus England.«

Willi nickte. »Okay, thank you, brother.«

Um mich abzulenken, griff ich nach dem *Kurier*, den ich mir am Vortag gekauft hatte. Gedankenverloren blätterte ich in der Zeitung, als mein Blick auf ein Foto fiel, das mir irgendwie bekannt vorkam. *Claudia ist tot* stand unter dem Bild. *Bei der am Sonntag entdeckten Kinderleiche handelt es sich um die vermisste Claudia S. Das kleine Mädchen wurde offenbar Opfer eines Sexualverbrechens.*

Ach du meine Güte, das war doch das Mädchen, dessen Foto vor dem Strandbad an einem Strommasten hing. Ich blätterte sofort weiter, weil ich mich vor meinem Treffen mit Anika nicht mit einer solchen Schreckensmeldung beschäftigen wollte. Ich war froh, als ich auf einen Beitrag über Jane Fondas Besuch in Nordvietnam stieß:

In einem Rundfunkappell über Radio Hanoi beschuldigte Jane Fonda die US-Militärs, Bomben auf die Textilstadt Nam Định zu werfen, obwohl sich dort keinerlei militärische Objekte oder Verteidigungsstellungen befänden. Dabei seien das Spital total zerstört und lebenswichtige Dämme schwer beschädigt worden.

Trotzdem ging mir das arme Mädchen nicht aus dem Kopf. Ich ließ die Zeitung sinken und starrte auf den Boden, wo sich große Ameisen mit ein paar Brotkrümeln abmühten.

»Was ist denn los?«, fragte mein Bruder.

»Ach, nichts, ich habe nur gerade gelesen, dass die Amis in Vietnam wieder einmal ein Krankenhaus und einen Staudamm bombardiert haben.«

Mein Vater hustete und griff sich an die Brust. »Ich glaube, ich habe mir das Zwergfell verkiehlt«, krächzte er.

»Zwergfell?«, fragte ich.

Willi lachte. »Das heißt Zwerchfell.«

Ich runzelte die Stirn. »Was für ein Fell?«

Mein Bruder zuckte mit den Schultern. »Das heißt so. Aber Genaueres weiß ich auch nicht. Da müsste ich in meinem Lexikon nachschauen. Aber das steht zu Hause im Bücherregal.«

Um Punkt elf war ich beim vereinbarten Treffpunkt vor dem Café *Oleander*. Wieder verschwand eine Eidechse unter dem Strauch, was ich als gutes Zeichen wertete. Eine Minute später tauchte Anika auf. Sie trug ein ärmelloses Leibchen und eine kurze Hose, ihre Sonnenbrille hatte sie nach oben geschoben.

»Hi Mick«, sagte sie und gab mir einen Kuss. Ihre Sonnencreme roch nach Pfirsich. Ich war kurz irritiert, weil ich an Iris denken musste. Genauer gesagt, an ihre Muschi.

»Hi, who are you?«, fragte ich.

»Hä?«

»Äh, how are you?«

»Good. My parents are gone.« Sie sah mich an. »Should we go?«

»Of course.« Ich warf meine Haare nach hinten und bedauerte, dass ich keine Gitarre bei mir hatte. Zum Glück lag Anikas Zelt am anderen Ende des Campingplatzes, wodurch eine zufällige Begegnung mit meiner Familie praktisch ausgeschlossen war.

»Here we are.« Das Zelt von Anikas Familie war viel geräumiger als das unsere, und ich konnte darin sogar stehen, ohne mir den Hals zu verrenken. Im Wohnbereich lagen ein paar Decken auf dem Boden, die sicher nicht zufällig so arrangiert waren, dass zwei Leute bequem darauf Platz hatten. Im Zelt war es stickig heiß, und es roch nach kaltem Rauch. Anika nahm ihre Sonnenbrille ab und setzte sich auf den Boden. »Have a seat«, sagte sie.

Mir zitterten die Knie, weil ich nicht genau wusste, ob Anika erwartete, dass ich die Initiative ergriff. Anika öffnete eine flache Metalldose mit einem verzierten Deckel und holte eine trichterförmige Zigarette heraus. Mit andächtiger Miene zündete sie sie an und nahm einen tiefen Zug. Langsam blies sie den Rauch aus. Dass man in Holland Haschisch in Kaffeehäusern kaufen konnte, hatte ich gelesen, dass aber Sechzehnjährige ganz selbstverständlich kifften, überraschte mich dann doch. Anika reichte mir den Joint, und ich tat so, als würde ich jeden Tag Haschisch rauchen. Beim Einatmen blieb mir fast die Luft weg, und ich bekam prompt einen Hustenanfall. »Very good«, sagte ich mit krächzender Stimme. Ich hoffte, dass ich nicht in Ohnmacht fiel.

Anika zog in kurzen Abständen mehrmals an der Zigarette und hechelte wie ein Hund. Der Joint ging ein paarmal hin und her, und als ihn Anika endlich ausdämpfte, hatte ich das Gefühl, neben mir zu stehen.

»I feel good«, sagte sie mit glasigem Blick. Sie stand auf und streckte sich. Dabei rutschte ihr Leibchen so weit nach oben, dass ich ihren nackten Bauch sehen konnte. Ich starrte auf ihren Nabel, der irgendwie geheimnisvoll aussah. Sie schloss die Augen und bewegte ihren Oberkörper, als würde sie tanzen. Ich rappelte mich hoch und machte ebenfalls ein paar Verrenkungen. Von draußen hörte ich verzerrte Stimmen. Ohne jede Vorankündigung kniete sich Anika vor mich hin und öffnete meinen Hosenschlitz. »Oh, he is awakening.« Sie lachte. »Hmm, looks nice.« Sie nahm meinen Johnny in den Mund und begann daran zu lutschen. Um nicht umzukippen, hielt ich mich an der Zeltstange fest. Das Zelt schien ziemlich stabil zu sein.

Ich verdrehte die Augen und genoss das dumpfe Gefühl, das sich in meinem Kopf ausbreitete. Anika erhob sich und steckte mir ihre Zunge in den Mund. Ihr Kuss schmeckte nach Zigarettenrauch und etwas Salzigem. Dieser Geschmack war mir neu. Mit zwei Handgriffen entledigte sie sich ihrer wenigen Kleider. Ich starrte auf ihre Schamhaare, die mich an den Flaum von Küken erinnerten. Ich war wie betäubt. »Take off your shirt«, flüsterte sie. Sie legte sich auf den Boden und spreizte ihre Beine.

Leck Arsch, dachte ich, träume ich oder bin ich wirklich mit einer sechzehnjährigen Holländerin zusammen, die mit mir bumsen will? Wie ferngesteuert legte ich mich neben sie, aber

Anika gab mir zu verstehen, dass ich mich *auf* sie legen sollte. Sie zog ihre Beine an, griff nach meinem Johnny und steckte ihn in ihre feuchte Muschi. Ich musste gar nichts mehr machen. »We have to be silent«, flüsterte sie mir ins Ohr. Während sie ihr Becken langsam vor und zurück bewegte, fiel mein Blick auf ein zerfleddertes Taschenbuch: *De steppewolf.* Ich dachte an Candys Aversion gegen Hermann Hesse und spürte gleichzeitig, dass ich es nicht mehr lange zurückhalten konnte. Anikas Gesicht war mit Schweißperlen bedeckt, sie hatte die Augen halb geschlossen und stöhnte. Ich konnte ihre weißen Zähne sehen, es war wie im Film. Auf meinem Rücken spürte ich ihre Fingernägel, die sich tief in meine Haut bohrten.

Halleluja. I walk on guilded splinters. Rape, murder, it's just a shot away. Eloise. I see a bad moon rising. Ha! Ha! Said the clown. In meinem Kopf ging es drunter und drüber. War das der siebte Himmel, den ich bisher nur vom Hörensagen kannte?

»O mijn god! Ik kom! Ik kom! Ohhhh, jaaa, aaaah!«, schrie Anika. Dabei kratzte sie mich so heftig am Rücken, dass ich kurz aufjaulte. »Don't come in me, come on my belly«, flüsterte sie mit zitternder Stimme, presste aber gleichzeitig ihre Oberschenkel zusammen.

Ich war völlig verwirrt, und ohne dass ich es verhindern hätte können, stürzte ich ab. Wir keuchten, als wären wir einen Marathon gelaufen. Irgendwie schaffte ich es doch noch, meinen Johnny aus ihrer Muschi herauszuziehen. Ich nahm ihn in die Hand, und gemeinsam beobachteten wir, wie der restliche Saft auf ihren Bauch tropfte. Alles um mich herum drehte sich, mein Mund war trocken wie die Wüste Gobi. Ich rollte auf die Seite und hoffte, keinen Herzinfarkt zu bekommen. Anika begann zu lachen und verrieb die milchigweiße Flüssigkeit auf Bauch und Brust. Es sah aus, als hätte sie einen Ausschlag.

»What are you doing?«, fragte ich keuchend.

»The fish will like it.« Anika lachte.

Anika war ein Wahnsinn. Sie war – nach Iris – das mit Abstand tollste Mädchen, das ich je getroffen hatte. Dass sie in Holland wohnte, war natürlich eine Katastrophe. Sie stand auf und wischte sich mit einem Papiertaschentuch ungeniert ihre Muschi ab. Dann legte sie das feuchte Tuch in den Aschenbecher und schlüpfte in ihr Bikinihöschen. Das Sperma auf ihrem Oberkörper war an einigen Stellen bereits eingetrocknet.

»Can I have some water?« Wenn ich nicht sofort etwas zu trinken bekam, musste ich auf der Stelle kotzen.

Anika holte eine Flasche Mineralwasser. Das Wasser war zwar warm und schmeckte abgestanden, trotzdem trank ich fast die halbe Flasche leer.

Wie in Trance spazierten wir Richtung Strand. Ich kam mir vor wie in einer Blase. Nach längerem Suchen fanden wir eine Stelle, wo wir einigermaßen geschützt waren. Wir gingen bis zu den Hüften ins Wasser. Anika wusch sich das Sperma ab, das sich in kleine, milchigweiße Klumpen verwandelte.

»Where are the fish?«, fragte ich.

Sie zuckte mit den Schultern. »Tomorrow we could meet here. What do you mean?«

»In the water?«

Sie nickte und warf mir einen eindeutigen Blick zu.

»Awhatime?« Ich hatte das Gefühl, als würde ich lallen.

»Eleven?«

»Okay.«

Anika, bleib bei mir. Bleib bei mir, bitte. Soll ich beten, dass du bei mir bleibst?

Nein, du brauchst nicht zu beten, ich bleibe ohnehin bei dir.

Ich war überrascht, dass Anika plötzlich Deutsch mit mir sprach.

Ich schreckte hoch und riss die Augen auf. Scheiße, warum träumte ich solchen Unsinn? Zum Glück war Willi nicht aufgewacht. Ich versuchte weiterzuschlafen, aber im Dämmerzustand gingen Wirklichkeit und Traum ineinander über.

Beim Frühstück fühlte ich mich wie erschlagen. Seit ich den Joint geraucht hatte, wechselte ständig meine Stimmung. Einmal war ich mir sicher, dass mit Anika alles gutgehen würde, dann hatte ich wieder Angst vor dem Alleinsein. Am meisten zu schaffen machte mir, dass ich Anika bald nicht mehr sehen würde. Und dann war da noch die Sache mit der Nachprüfung! Mir war zum Heulen zumute. Aber vielleicht konnte ich ja in die Stadt ziehen, in der Anika wohnte. Wie hieß die noch einmal? Ich hatte den Namen vergessen. Irgendwas mit *recht* hinten. Wenn ich mich anstrengte, könnte ich die Nachprüfung vielleicht doch noch schaffen, und dann könnte ich die Schule in Holland fertig machen. Schlagartig besserte sich meine Stimmung, auch weil ich wusste, dass ich Anika bereits in zwei Stunden wiedersehen würde. Vergnügt lächelte ich vor mich hin.

»Und, weißt du jetzt, wie die Salzgewinnung funktioniert?«, fragte Willi.

»Wie? Was?«

»Hast du dir gestern nicht die Salzbecken angesehen?«

»Ach so, jaja, die waren sehr interessant. Ich finde übrigens, dass es eine gute Idee war, hierherzufahren.«

»Aber du wolltest doch gar nicht mitfahren«, sagte Elli mit vollem Mund. »Du hast dich doch immer aufgeregt über diese Art von Familienurlaub.«

»Aber das Essen ist gut, und der Strand ist auch erstklassig.«

Willi sah mich mit einem süffisanten Lächeln an. »Arbeitest du jetzt für die Fremdenverkehrswerbung?«

Ich zuckte mit den Schultern. »Nein, ich meine ja nur.« Vielleicht hatte mein Bruder in der Nacht doch gehört, wie ich nach Anika gerufen hatte.

»Apropos«, sagte Willi, »ich gehe schwimmen.«

Es war jetzt kurz nach neun, und wenn wir gleich losgingen, würde mir noch genügend Zeit bleiben, um mich rechtzeitig aus dem Staub zu machen. »Okay, ich bin dabei.«

Wir gingen los.

»Was sind das eigentlich für Bäume, die so intensiv riechen?«

Mein Bruder sah nach oben. »Ich glaube, das sind Pinien.«

»Nein, das sind Zypressen«, sagte Elli.

»Egal«, sagte ich.

Wir suchten uns einen Platz unter einer Pinie oder Zypresse und breiteten unsere Badetücher aus. Der Strand begann sich langsam zu füllen, aber ich war mit meinen Gedanken ganz woanders.

»Was ist mit deiner Uhr?«, fragte Elli irgendwann. »Ist sie kaputt?«

»Nein, wieso?«

»Weil du alle paar Minuten einen Blick darauf wirfst.«

Willi grinste. »Ich gehe ins Wasser. Was ist, geht ihr mit?«

Elli rappelte sich hoch.

»Ich gehe später.« Die beiden verschwanden, ich griff nach Willis Buch.

… so wie der Priester, der ins Haus gekommen ist, um Klage darüber zu führen, daß keines der Guevara-Kinder zur Messe geht. »Ich bezweifle keinen Augenblick, daß Jesus der beste Mensch gewesen ist, der je auf Erden gelebt hat. Aber die Kirche hat seine Lehre ruiniert. Die Kirche ist das größte Geschäft, das je von einem Juden gegründet und von Italienern geleitet worden ist.« Der Priester hat seinen komischen Hut genommen und ist ohne ein Wort der Erwiderung und ohne einen Gruß gegangen.

Ich musste die Stelle zweimal lesen, weil ich mich nicht konzentrieren konnte. Obwohl ich allen Grund gehabt hätte, mich auf das Treffen mit Anika zu freuen, hatte ich plötzlich Angst, mich bald von ihr trennen zu müssen. Es war immer dasselbe: Statt die Gegenwart zu genießen, malte ich mir aus, was in der Zukunft alles schiefgehen könnte.

»Das Wasser ist super, Elli schwimmt noch eine Runde.« Willi sah mich an. »Und?«

»Was?«

»Wie läuft es mit deiner Braut?«

»Blödsinn.« Ich stand auf. »Ich hole mir eine Zeitung. Wir sehen uns dann später beim Zelt.«

»Okay, ich halte die Stellung.«

Ich schlenderte Richtung Restaurant und setzte mich auf eine Bank. Jemand hatte eine *Bild-Zeitung* liegengelassen. *Großalarm in Köln. 1000 Liter vergiftete Milch ausgeliefert.* Was ging mich das an, ob in Köln vergiftete Milch ausgeliefert wurde? Mich interessierte viel mehr, wie es zwischen Anika und mir weiterging. Ich beobachtete den Busch vor dem Kaffeehaus und wartete auf die Eidechse. Aber sie kam nicht. War das ein gutes oder ein schlechtes Zeichen? Um drei viertel elf klatschte ich unvermutet in die Hände. Ein kleines Mädchen mit Taucherbrille und Schwimmflügeln sah mich erschrocken an. »All clear«, sagte ich. Dann stand ich auf und wartete an der vereinbarten Stelle.

»Hi Mick«, grüßte mich Anika gutgelaunt.

»Hi Anika.« Ich war erleichtert und fragte mich, weshalb ich mir überhaupt Sorgen gemacht hatte. Sie nahm mich an der Hand, und wir schlenderten wie ein richtiges Pärchen Richtung Strand. Weil ich Angst hatte, von meinen Geschwistern oder Eltern gesehen zu werden, blickte ich mich immer wieder um. Ich war froh, als wir endlich unseren Platz erreicht hatten.

»We have luck, there are not many people in the water.«

Wir schwammen weit hinaus. Als wir uns sicher sein konnten, dass uns niemand sah, zog Anika ihr Bikinihöschen aus. Da sie nicht wusste, was sie damit machen sollte, stülpte sie es mir kurzerhand über den Kopf. »Looks very nice«, sagte sie lachend. »Take off your short, Mick, feels good, naked in the water.«

Ich hatte zwar ein bisschen Angst vor den großen Fischen, die meinen Pimmel für einen Köder halten könnten, wollte aber natürlich kein Spielverderber sein. Trotzdem fühlte es sich eigenartig an, nackt im Meer zu schwimmen.

»Hurry up«, sagte Anika, die mit den Füßen strampelte, um nicht unterzugehen.

Mit Anikas Bikinihöschen auf dem Kopf kam ich mir ziemlich läppisch vor, aber ihr schien es zu gefallen, weil sie mir auch noch meine Badehose über den Kopf stülpte.

Anika drehte sich um und legte sich flach auf den Bauch. Durch das klare Wasser konnte ich ihre Spalte sehen, und ich fragte mich, weshalb die Ferien nicht ewig dauern konnten. Jetzt musste auch ich strampeln, um die richtige Position zu finden. Aber es war alles viel komplizierter, als ich gedacht hatte, und bald kam ich mir vor wie ein Schildkröterich, der umständlich versucht, ein Weibchen zu besteigen. Immer wieder rutschte ich ab, und erst, nachdem ich meine Arme um Anikas Bauch geschlungen hatte, gelang es mir, in sie einzudringen. Anika ruderte mit den Armen, und während mir meine Badehose vom Kopf rutschte, war alles schon wieder vorbei.

»Did you come in me?«, fragte Anika entgeistert.

»Äh …«, antwortete ich verwirrt.

»I told you not to come in me. Holy shit.«

Ich verstand überhaupt nicht, weshalb sich Anika plötzlich so aufregte. »But yesterday«, stammelte ich, »yesterday …«

»What?«

Ich war perplex und schämte mich. Verärgert nahm Anika ihr Bikinihöschen von meinem Kopf.

»You mean, you came in me yesterday?«

Meine Badehose war untergegangen, und ich fand sie erst nach mehreren Tauchversuchen wieder. Im Wasser schwammen einzelne Samenfäden, die wie dünne Fangarme von Quallen aussahen. »Hey, Anika, I'm sure, nothing will happen«, sagte ich, während ich mich mit meiner Badehose abmühte. Was war los mit Anika?

»I hope so.« Sie schwamm Richtung Ufer, ohne sich auch nur ein einziges Mal nach mir umzudrehen.

Ich hatte keine Ahnung, weshalb Anika so sauer auf mich war. Schließlich war das mit dem Bumsen im Wasser ja ihre Idee gewesen. »Anika, can we go for a drink?«, rief ich ihr nach. »Or should we go to the disco in the evening?« Wieder bekam ich keine Antwort.

Als wir das Ufer erreicht hatten, trocknete sie sich kommentarlos ab. Ich berührte ihre Schulter. »Anika, I'm sure, nothing will happen.«

Plötzlich hielt sie inne. »Maybe you are right.«

Mir fiel ein Stein vom Herzen.

»Let's go to the coffee house.«

»Yes, of course«, sagte ich erfreut. »But I have no money with me.«

»No problem.«

Während wir zum Kaffeehaus zurückgingen, herrschte zwischen uns eine unangenehme Stille. Wir setzten uns an einen Tisch, und ich überlegte krampfhaft, worüber wir reden könnten. Anika schob mir einen Bierdeckel hin. *Laško Pivo* stand drauf. »Can you write down your address.«

Ich weiß nicht, warum, aber in diesem Augenblick wusste ich, dass es zwischen Anika und mir aus war. Mein Herz schlug wie verrückt, und ich fühlte mich hundeelend. Ich beneidete die jungen Paare an den Tischen neben uns. Das Leben war doch nicht so schön, wie ich vor wenigen Stunden noch gedacht hatte. »Will you write me a letter?«, fragte ich mit zitternder Stimme, nachdem ich meine Adresse aufgeschrieben hatte.

»Of course«, sagte sie lächelnd. »But we are here ten more days, so don't worry.«

Die Unbeschwertheit zwischen Anika und mir hatte einen Riss bekommen. Und ich fühlte mich schuldig.

»I have to go now.« Anika gab mir die Hand, aber keinen Kuss.

»Can we meet tomorrow?«, fragte ich zögernd.

»Yes.«

»Where and when?«

»Here at ten.«

»Ten in the morning?«

»Of course.«

Ich schöpfte wieder Hoffnung.

Willi steht auf der Ladefläche eines Lkws und schlichtet Möbel. Meine Mutter ruft durch das offene Küchenfenster den Namen des Mannes, zu dem die Möbel transportiert werden sollen. Willi äußert sich abfällig über den Mann, weil dieser ihm für die Möbel viel zu wenig bezahlt habe. Ich frage meine Mutter, weshalb sie sogar Willis Klavier hergibt, und bin so traurig darüber, dass ich zu weinen beginne. Meine Mutter sagt, sie konnte ja nicht wissen, dass sich Willi und ich so gut verstehen würden, und beginnt ebenfalls zu weinen. Ich streichle ihr Gesicht und sage, sie soll nicht traurig sein. Kurze Zeit später tauchen zwei Arbeiter auf, die mit dem Transporter samt den Möbeln wegfahren. Auch Willi ist verschwunden.

Ich rieb mir den Schlaf aus den Augen und fragte mich, weshalb ich solchen Schwachsinn träumte. Am meisten ärgerte ich mich, dass ich mich in diesem Traum wie ein Muttersöhnchen benommen hatte. Wilde Hunde weinten nicht! Trotzdem war ich froh, als ich Willi auf seiner Luftmatratze liegen sah.

Mir fiel die Verabredung mit Anika ein, allerdings verwirrte mich dieser Gedanke mehr, als er mich glücklich machte. Ich hoffte inständig, dass sich der Sommer 1972 nicht zu einem Katastrophensommer entwickelte.

Beim Frühstück war ich völlig abwesend.

»Was ist denn los mit dir?«, fragte meine Mutter.

»Nichts.«

»Schenk mir noch einen Kaffee ein.« Mein Vater hob seine Tasse in die Höhe.

»Ich gehe spazieren«, sagte ich. Ich wollte allein sein.

Verdammt noch einmal, warum konnte ich nicht einfach einen schönen Urlaub mit Anika verbringen? Warum musste immer alles so kompliziert sein? Ich fühlte mich von der ganzen Welt verlassen. Keine Spur mehr von dem tollen Gefühl, ein Popstar zu sein, der von allen geliebt wird. Ich setzte mich auf eine Bank und beobachtete die Menschen um mich herum; sie machten allesamt einen glücklichen Eindruck. Die einen kauften Zigaretten, die anderen gingen ins Kaffeehaus, die dritten begleiteten ihre Kinder zum Spielplatz. Unter anderen Umständen wären mir diese Spießer fürchterlich auf die Nerven gegangen, aber jetzt beneidete ich sie. Ich begann zu grübeln. Anikas Angst, von mir schwanger zu werden, war völlig absurd, weil Mädchen in ihrem Alter nicht schwanger wurden. Allerdings musste ich zugeben, dass ich von dieser Materie wenig Ahnung hatte. Vor zwei Jahren hatten wir uns im Rahmen des Naturkundeunterrichts einen Aufklärungsfilm ansehen müssen. Im Kino saßen Mädchen und Burschen verschiedener Klassen, und man konnte spüren, dass die meisten lieber einen anderen Film gesehen hätten. Der Film hieß *Helga* und sollte junge Menschen darüber informieren, wie das mit der Liebe, der Ehe und dem

Kinderkriegen funktionierte. Sogar eine Geburt wurde gezeigt, woraufhin die Mädchen betroffen schwiegen und die Burschen verwirrt kicherten. Ich fand diese Szene mit dem vielen Blut und dem Schleim ziemlich grauslich.

Aber vielleicht steckte hinter Anikas merkwürdigem Verhalten ja etwas ganz anderes. Hatte sie am Ende jemanden kennengelernt? Einen Typen mit einem Batik-T-Shirt? Oder interessierte sie sich einfach nicht mehr für mich? War ich nicht lässig genug? Oder hatte ich mich beim Sex ungeschickt angestellt?

Da ich es kaum erwarten konnte, mit Anika ein klärendes Gespräch zu führen, war ich dieses Mal bereits eine Viertelstunde früher beim vereinbarten Treffpunkt. Ich ging die Treppe zur Terrasse des Kaffeehauses hoch, um einen besseren Überblick zu haben. Ich wollte Anika auf keinen Fall verpassen. Wahrscheinlich war aber ohnehin alles nur ein Missverständnis, und es standen uns noch eineinhalb schöne Wochen bevor. »Eine Krähe hackt der anderen kein Auge aus«, sagte im Vorbeigehen eine Mutter zu ihrem Kind. Ich fragte mich, was dieses Sprichwort bedeutete, aber mir fiel keine Antwort ein.

Die Zeit schlich dahin, aber Anika kam nicht. Um viertel nach zehn machte sich Panik in mir breit. Ging meine Uhr vor? Bisher war Anika immer pünktlich gewesen. Hatte ich sie doch verpasst, oder hatten wir einen anderen Treffpunkt vereinbart? Nein, nein, sie hatte eindeutig gesagt, dass wir uns hier um zehn treffen würden. *Ten in the morning,* das waren ihre Worte gewesen. Ich wusste nicht, was ich tun sollte. Um halb elf hielt ich es nicht mehr aus und beschloss, zu ihrem Zelt zu gehen. Ich wusste zwar nicht, wie ich mich Anikas Eltern gegenüber verhalten sollte, aber zur Not konnte ich ja wieder umkehren. Immer wieder hielt ich Ausschau nach ihr, weil es ja sein konnte, dass sie sich bloß verspätet hatte.

Als ich in der Nähe von Anikas Zelt angekommen war, atmete

ich tief durch. Mick, sei kein Feigling! Ich versuchte mir Mut zu machen. Ich blickte mich um, konnte ihr Zelt aber nicht finden. Dort, wo das Zelt hätte stehen sollen, war ein leerer Platz. Ich war verwirrt. Das gibt es doch gar nicht, das kann doch gar nicht sein. Ich spürte, wie sich mein Herz zusammenkrampfte und mir kotzübel wurde.

»Suchst du etwas?« Der Mann, der vor dem Nachbarzelt auf einem Campingstuhl saß und in einer Zeitung blätterte, musste mich beobachtet haben.

»Äh, ja, ich wollte eigentlich – wissen Sie zufällig, wann die Leute hier abgereist sind?«

»Die Holländer?«

»Ja.«

»Also, ganz genau habe ich es auch nicht verstanden, aber ich glaube, es war ein Todesfall in der Familie.«

»Ein Todesfall?«

»Ja, wie ich in der Früh vom Schwimmen zurückgekommen bin, haben sie bereits zusammengepackt.«

»Hat das Mädchen …? Ich meine …«

»Kanntest du die Leute?«

»Nein, ja. Danke für die Information.«

Völlig apathisch ging ich zum Strand und setzte mich auf einen Felsen. Ich starrte auf das Meer hinaus und vergrub mein Gesicht in den Händen.

IV.

BAD MOON RISING

Der Briefträger saß am Tisch und schüttete Zucker in seinen Kaffee. Kuchen gab es heute keinen, weil meine Mutter noch keine Zeit zum Backen gehabt hatte. Ich hoffte, dass ein Brief von Anika gekommen war. Vergeblich.

Ich betrachtete den dunklen Fleck auf dem Küchenkästchen, wo früher das Aquarium gestanden war. Meine Großmutter hatte mir versichert, dass sie Wladimir während unseres Urlaubs regelmäßig gefüttert hätte. Aber angeblich hatte sich einmal die Nachbarskatze hereingeschlichen und den Fisch gefressen. »Des Aquarium hob i scho in Keller gstellt«, sagte sie. Obwohl mir Wladimirs Tod nicht besonders naheging, glaubte ich meiner Großmutter kein Wort. Wahrscheinlich hatte sie den armen Fisch einfach ins Klo geworfen und hinuntergespült. Und jetzt wuchs er in der Kanalisation zu einem Monster heran, um eines Tages blutige Rache an uns zu nehmen.

»Hast du das gewusst vom Wiesner Siegi?«

Ich verstand nicht, was meine Mutter meinte. »Wie? Was ist denn passiert?«

Anstelle meiner Mutter antwortete der Briefträger. »Den haben sie vorgestern in der Nacht erwischt, wie er am Hauptplatz eine Auslagenscheibe der Bank eingeschlagen hat.« Kickinger genoss sichtlich die Rolle des Überbringers schlechter Nachrichten. »Wahrscheinlich hat er damals auch die Kirche angeschmiert.«

Ich schluckte. »Bitte was? Und was ist jetzt mit ihm?«

Kickinger zuckte mit den Schultern.

»Zum Glück waren wir auf Urlaub«, sagte meine Mutter erleichtert.

Ich hörte gar nicht mehr hin und ging sofort ins Vorzimmer. Ich wählte Müs Nummer, drückte aber vor lauter Aufregung zweimal eine falsche Taste. Beim dritten Versuch klappte es endlich, aber bei Mü hob niemand ab. Bei Hendrix war besetzt. Ich probierte es bei Taylor. »Hallo Taylor, ich bin's. Scheiße, was ist denn los mit Candy? Ich bin gestern Abend aus dem Urlaub zurückgekommen und habe heute vom Briefträger erfahren, dass sie Candy erwischt haben. Wo ist der Candy jetzt? Was ist denn genau passiert? Hast du ihn gesehen?«

»Ja, das ist alles ziemlich arg.« Taylor sprach schnell und war hörbar durcheinander. »Mü und ich haben Candy gestern getroffen. Er war total fertig, weil ihn seine Eltern rausgeschmissen haben. Er muss auf einen Bergbauernhof ziehen.«

»Bitte was? Auf einen Bergbauernhof? Wieso das denn?«

»Das sind irgendwelche Verwandte von seinen Eltern, was weiß ich.«

Ich dachte kurz an Müs Vorschlag, dass wir alle auf eine Alm ziehen sollten, um Gärtner zu werden. »Das ist ja ein Wahnsinn. Ist er schon dort?«

»Ich glaube schon. So eine verdammte Scheiße.«

»Aber warum hat er denn nicht auf uns gewartet?«

»Er hat gesagt, dass er den Eindruck gehabt hat, dass wir nicht mehr hinter der Aktion stehen, also hat er sie selbst durchgezogen. Du kennst ihn ja.«

Ich überlegte, ob ich Candy wirklich kannte. Nach seiner Aktion bezweifelte ich das. »Was machen wir jetzt? Sind Hendrix und Mü schon zurück aus dem Urlaub?«

»Jaja«, antwortete Taylor.

Als der Briefträger das Vorzimmer betrat, drehte ich mich zur Seite. Ich wartete, bis er draußen war. »Wir müssen uns sofort treffen. In zwei Stunden beim Reisinger?«

»Ja, ich schaue, dass ich Hendrix und Mü noch erreiche.«

Mü drückte seine Lucky Strike aus und zündete sich sofort eine neue an. Er war übernervös, weil er Angst hatte, wegen seiner Sprayaktion jetzt doch noch erwischt zu werden. »Habt ihr das eingeschlagene Fenster gesehen?«, fragte er. »Candy hat einen Pflasterstein verwendet.«

»Ja, ich bin kurz vorbeigefahren«, sagte ich. »Sie haben die Auslage provisorisch schon wieder mit Holzplatten zugenagelt. Was hat denn Candy genau erzählt, als ihr ihn getroffen habt?«

Taylor zuckte mit den Schultern. »Nicht viel. Er hat einen ziemlich fertigen Eindruck gemacht. Vor allem die Sache mit dem Bergbauernhof macht ihm ordentlich zu schaffen. Er hat gesagt, dass er nicht weiß, wie lange er es dort aushält.«

»Wird er eigentlich angezeigt?«, fragte Hendrix, der irgendwie abwesend wirkte. »Meine Eltern sind ausgezuckt, wie ihnen meine Tante erzählt hat, was passiert ist. Sie arbeitet ja in der Bank.«

Es war dieselbe Tante, bei der die beiden Studentinnen aus Düsseldorf zu Besuch waren.

»Candy wird sicher eine saftige Geldstrafe bekommen«, sagte Taylor. »Der Bankdirektor wird sich diese Gelegenheit nicht entgehen lassen.«

»Wie lange muss er denn auf diesem Bergbauernhof bleiben?«, fragte ich. »Er muss doch spätestens zu Schulbeginn wieder hier sein.«

»Ich bin mir nicht sicher.« Taylor klopfte mit den Fingern nervös auf die Tischplatte. »Candy befürchtet ja, dass er vielleicht sogar die Schule wechseln muss. Er hatte immer Angst davor, dass ihn seine Eltern in ein Internat stecken. Ich finde das alles ziemlich schlimm.«

Ich hatte ein schlechtes Gewissen, weil ich Candy nach unserem Streit nicht mehr gesehen hatte. Irgendwie kam ich mir schuldig vor. Hätten wir miteinander geredet, wäre vielleicht alles ganz anders gekommen. »Wie können wir mit Candy in Kontakt treten?«, fragte ich in die Runde. Die Vorstellung, Candy einfach seinem Schicksal zu überlassen, fand ich unerträglich.

»Ich habe keine Ahnung, wo dieser Hof liegt.« Mü hob resigniert die Hände.

»Hat Candy keine Adresse genannt?«, fragte ich. »Oder wenigstens einen Ort?«

»Nein, er hat nur gesagt, dass der Hof irgendwelchen Verwandten von ihm gehört«, antwortete Mü.

»Aber irgendwas müssen wir doch unternehmen«, sagte ich energisch.

»Ja, aber was?« Mü sah ziemlich fertig aus. Er hatte schwarze Ringe unter den Augen.

»Vielleicht sollten wir eine Flugblattaktion machen«, schlug ich vor. »Wo wir unsere Solidarität mit Candy zum Ausdruck bringen.«

Hendrix schüttelte den Kopf. »Das wird schwer zu vermitteln sein. Immerhin hat er eine Auslagenscheibe eingeschlagen.« Hendrix hatte offenbar Angst, mit seiner Tante in einen weiteren Konflikt zu geraten.

Mü biss sich auf die Unterlippe.

»Wollt ihr noch etwas trinken?«, fragte Heli im Vorbeigehen.

Wir verneinten, weil wir unsere Getränke noch gar nicht angerührt hatten.

»Ihr haltet aber schon dicht, wenn euch jemand wegen der Sprayaktion fragt?« Mü schien ernsthaft besorgt zu sein.

»Ja, sicher.« Mein Blick blieb an einem Plakat hängen:

Heiße Popmodenschau des Modehauses Neuditschkas Urenkel F. Weinhäupl & Co.

Schwachsinn.

Nach einer längeren Pause frage Hendrix: »Und? Wie geht es jetzt weiter?«

»In irgendeiner Form müssen wir mit Candy in Kontakt treten«, sagte ich. »Die Frage ist nur: wie? Seine Eltern werden uns jedenfalls keine Auskunft geben, so viel ist sicher.«

»Vielleicht schreibt er uns ja oder ruft jemanden von uns an.« Mü strich sich mit seinen nikotingelben Fingern über das Kinn.

»Und wenn nicht?«, fragte Taylor.

»Dann müssen wir uns etwas anderes überlegen«, antwortete ich.

»Aber lernen müsste ich auch einmal. Habt ihr eigentlich schon angefangen?« Mü warf einen fragenden Blick in die Runde.

»Telefon für dich!«, rief meine Mutter. »Der Schneider.«

Ich lief nach unten. Taylor war aus dem Häuschen. »Hast du schon gehört? Sie haben Candy aus der Schule geschmissen. Mitten in den Ferien.«

»Bitte, was?«

»Ja, steht in der Zeitung. Scheiße, was machen wir jetzt?«

»In welcher Zeitung?«

»In den Bezirksnachrichten.«

»Ich fahre sofort in die Trafik.«

»Was ist denn jetzt schon wieder los?«, rief meine Mutter aus der Küche. »Kannst du nicht endlich einmal lernen?«

Ich schwang mich auf mein Fahrrad. Noch in der Trafik suchte ich nach dem Artikel, ich fand ihn auf Seite 5:

Siegfried Wiesner gehörte zu einer Gruppe von Schülern, die schon lange durch ihre Renitenz auffielen. Dieser kleinen, aber ra-

dikalen Gruppe war es unter Ausnützung der bestehenden Gesetze immer wieder gelungen, einen erfolgversprechenden Unterricht zu verhindern und die Grundlage jeglicher Ordnung zu untergraben.

Daß man Wiesner jetzt auf frischer Tat ertappt hat, als er die Auslagenscheibe einer Bank einschlug, ist der Aufmerksamkeit eines verantwortungsvollen Bürgers zu verdanken. Dieser Akt des Vandalismus darf nicht geduldet werden. Es ist daher zu begrüßen, daß die Direktion trotz der Ferien sofort die richtigen Konsequenzen gezogen und Wiesner der Schule verwiesen hat. Der Lehrkörper hat diese Maßnahme einstimmig unterstützt.

Ich konnte nicht mehr weiterlesen.

»Ist alles in Ordnung mit dir?«, fragte die alte Frau Plainer. »Brauchst du heute keine *Volksstimme*? Der Gollner hat seine noch nicht abgeholt.«

»Nein, nein.« Wütend verließ ich die Trafik.

Zu Hause überlegte ich fieberhaft, was wir machen könnten. Ich kam mir vor wie ein Tier in einem Käfig. Die Nachprüfung rückte bedrohlich näher, dann war da die quälende Ungewissheit wegen Anika. Und jetzt die Katastrophe mit Candy. Viel schlimmer hätte es nicht kommen können. Ich spürte, dass mir zähe Zeiten bevorstanden.

»warum sind die fenster so groß in der schule?

damit beim öffnen möglichst viel luft hereingelassen werden kann.

warum brauchen wir so viel frische luft in der schule?

weil es in dieser schule so sehr stinkt.

wieso stinkt es in dieser schule so unerträglich?

weil sich in diesem gebäude alle gegenseitig in den arsch kriechen.

warum kriechen sich alle gegenseitig in den arsch?

weil jeder vorgesetzter werden will.«

Taylor las den Text im Flüsterton vor. Er sah uns gespannt an.

Ich machte ein skeptisches Gesicht. »Für ein Flugblatt ist das vielleicht ein bisschen dürftig.«

»Ja, aber gut ist es schon«, sagte Mü. »Wir müssen jetzt Klartext reden.«

Hendrix strich sich nachdenklich über die Stirn. »Wo sollen wir das Flugblatt verteilen? Die Schule ist ja leer. Doch nicht am Hauptplatz?«

Mü nickte. »Eine Superidee.«

»Dann sollten wir den Text aber umschreiben«, sagte ich. »Außerdem müssen wir die Leute darüber informieren, was überhaupt passiert ist. Zumindest mit ein paar Sätzen, sonst kennt sich ja keiner aus.«

»Okay, ich kann das zu Hause in die Maschine tippen«, meinte Taylor.

Ich überlegte. »Warte. Gib mir einen Zettel und einen Kugelschreiber. – Wieder einmal wurde der Beweis erbracht, dass die Schule Teil eines autoritären Systems ist. Ein Schüler setzt ein Zeichen des Protests, indem er symbolisch die Scheibe einer Bank einschlägt, und schon wird er von der Schule geworfen. Von einer Schule, in der es so unerträglich stinkt, weil sich alle gegenseitig in den Arsch kriechen. Und warum kriechen sich alle gegenseitig in den Arsch? Weil jeder Vorgesetzter werden will, damit er seine Macht gegen die Schüler ausüben kann.«

Taylor las den Text noch einmal laut vor.

»Ja, klingt gar nicht so schlecht.« Mü nickte gönnerhaft. »Vielleicht sollten wir noch eine Losung darunterschreiben: Untertanen, erhebt euch!«

Hendrix hielt sich zurück. Wahrscheinlich hatte er immer noch Angst vor seiner Tante.

Am nächsten Tag trafen wir uns um elf am Hauptplatz. Taylor holte einen dünnen Packen Papier aus der Plastiktasche. *Gestern noch ein technischer Traum – heute schon Selbstverständlichkeit. Telefunken-Fernsehempfänger* stand auf der Tasche. Taylor machte ein unglückliches Gesicht. »Mir ist gestern leider die Matrize gerissen, und ich hatte keine zweite bei mir, also habe ich das Flugblatt nur mit Kohlepapier kopieren können. Ich habe die ganze Nacht durchgeschrieben. Es sind insgesamt fünfundsiebzig Flugblätter.«

»Na ja, besser als nichts«, sagte ich.

»Wo fangen wir denn an?«, fragte Hendrix nervös. Immer wieder blickte er sich um.

»Beim Melchert«, sagte ich. »Die Leute dort können wenigstens lesen. Ich schlage vor, dass wir beisammenbleiben.«

Wir teilten die Flugblätter zwischen uns auf und gingen los. Mü hielt einer älteren Frau ein Flugblatt hin, das sie ungelesen in ihren vollen Einkaufskorb steckte. Ohne uns anzusehen beschleunigte sie ihre Schritte.

Vor der Auslage der Buchhandlung drückte ich einem Mann ein Flugblatt in die Hand. Ich war froh, dass ich ihn nicht kannte.

»Worum geht es denn?«

»Es geht darum, dass ein Freund von uns von der Schule geworfen wurde, weil er politisch aktiv geworden ist.«

Er überflog den Text. »Ach so, der mit der Bank.«

»Ja.«

»Recht haben sie gehabt.« Demonstrativ warf er das Flugblatt auf den Boden.

»Wieso haben sie recht gehabt?«, fragte Mü. »Oder leben wir schon wieder in einer Diktatur.«

»Ach, geht doch nach Russland, wenn es euch hier nicht passt.« Der Mann machte eine abfällige Geste und wechselte die Straßenseite.

»Reaktionärer Idiot«, rief ihm Mü nach.

»He, schau, der Rick.« Hendrix deutete auf Müs Cousin, der gerade von seinem Moped stieg. Hendrix war sichtlich froh über die Ablenkung.

»Was treibt ihr denn da?«, fragte Rick.

Mü gab seinem Cousin ein Flugblatt.

»Ist irgendwo ein Konzert, von dem ich nichts weiß?«

»Nein, den Candy haben sie aus der Schule geworfen.«

»In den Ferien?«

»Ja, steht eh alles drinnen.«

Rick faltete das Flugblatt zusammen. »Hast du einen Tschick für mich?«

»Ja, da nimm dir eine.«

Rick nahm sich zwei Lucky Strike und steckte sich eine hinter das Ohr. Die andere zündete er sich an. »See you«, sagte er und machte das Peace-Zeichen.

»Sehr politisch ist dein Cousin aber nicht«, sagte ich zu Mü.

»Wieso? Der wird das sicher zu Hause lesen.«

»Ich klemme ein paar Flugblätter unter die Scheibenwischer, sonst stehen wir am Abend ja immer noch da.« Hendrix klapperte auf der anderen Seite des Hauptplatzes die parkenden Autos ab und wurde auf diese Weise mehr als die Hälfte seiner Flugblätter los. Er war sichtlich erleichtert.

»Sollen wir zur Bank gehen und dort verteilen?«, fragte Mü.

Hendrix schüttelte den Kopf. »Nein, ich bleibe lieber hier. Weißt eh, wegen meiner Tante.«

Mü marschierte los, Taylor und ich folgten ihm.

»Hundert Schilling Strafe!« Meine Mutter knallte den blauen Brief auf den Küchentisch. »Man muss sich schämen für dich. Was werden sich denn die Leute denken?«

»Aber das ist doch eine totale Sauerei. Da werde ich bestraft, nur weil wir die Verteilung eines Flugblatts nicht rechtzeitig bei der Bezirkshauptmannschaft angemeldet haben.« Ich war wütend und hätte dem zuständigen Beamten am liebsten eine reingehauen. Zum Glück war mein Vater nicht zu Hause, sonst wäre ich sicher in die elterliche Doppelzange genommen worden. Schön langsam fühlte ich mich von allen verfolgt. »Dann gibst du mir halt zwei Monate lang kein Taschengeld, und die Sache hat sich erledigt.« Ich griff nach dem blauen Brief und verließ wutentbrannt die Küche. Blutiger Hund, dachte ich, wir sitzen ganz schön in der Scheiße.

Ich schlug mein Tagebuch auf und schrieb:

die erwachsenen sind unsere feinde.

die schule ist ein kompletter blödsinn.

die einsamkeit ist deprimierend.

paul gauguin hatte recht, als er nach tahiti ging.

ohne freunde ist man verloren.

man sollte weniger gehorchen, dafür aber mehr leben.

Als ich das Buch zuschlug, fiel ein Zettel heraus:

Die Pest ist ausgebrochen. Tote, Schreie, sinnlose Schreie. Die Zählung der Toten. Die Ratten werden größer. Sirenen. Am Marktplatz Prozessionen. Die Anrufung Gottes und des Teufels. Irgendwo zwischen Ebbe und Flut ist das Leben.

Ich hatte keine Ahnung, was dieser Text zu bedeuten hatte, auch konnte ich mich nicht erinnern, ihn jemals verfasst zu haben. Hatte er etwas mit Camus' *Pest* zu tun? Aber dieses Buch hatte ich ja gar nicht gelesen.

Es klopfte an der Tür. Willi kam herein. »Was war denn los da unten?«

»Ach nichts. Diese Schweine haben uns eine Strafe aufgebrummt, weil wir vor der Bank Flugblätter verteilt haben. Der Bankdirektor hat uns sofort angezeigt. Und die Mama hat sich natürlich fürchterlich aufgeregt, weil der Briefträger überall herumerzählen wird, dass ich eine Geldstrafe bekommen habe. Du weißt ja eh, wie der Kickinger drauf ist. Hier.«

Somit ist erwiesen, daß der Beschuldigte eine Verwaltungsübertretung begangen hat, die gemäß §12 leg. cit. mit einer Geldstrafe bis zu S 30 000,– oder mit Arrest bis zu vier Wochen bestraft werden kann.

»Grotesk. Da musst du Einspruch erheben.«

»Ich habe doch keine Ahnung, wie man so etwas macht.«

»Warte. Der Onkel von meinem Klavierlehrer ist Anwalt, den könnte ich ja einmal fragen.«

»Ich weiß nicht.« Ich kratzte mich am Kopf. »Aber auf welcher Seite steht der Anwalt? Und wie viel kostet er?«

»Kosten darf er natürlich nichts.« Willi faltete den Brief zusammen und steckte ihn ein. »Schau, ich wollte dir eigentlich etwas zeigen.« Er öffnete eine Zündholzschachtel.

»Was ist das?« In der Schachtel lag ein undefinierbares Ding, das wie ein Stück getrocknetes Fleisch aussah.

»Das ist der Teil eines Bandwurms, den ich mir in Jugoslawien eingefangen habe.«

»Bitte, was? Du hast einen Bandwurm? Das ist ja grauenhaft.« Angeekelt wandte ich mich ab.

Willi lachte. »Alles halb so schlimm. Ob du es glaubst oder nicht, aber den habe ich in den letzten Tagen stückweise herausgeschissen. Dieses Teil behalte ich mir als Andenken.«

Ich schüttelte ungläubig den Kopf. »Wie hast du das gemerkt? Muss man da nicht ins Krankenhaus?«

»Ich hatte ziemliche Bauchschmerzen, und vor ein paar Tagen habe ich auf dem Klo gesehen, dass da irgendetwas Komisches herausgekommen ist. Ich hab dann im Lexikon nachgeschaut und festgestellt, dass es sich nur um einen Bandwurm handeln konnte.«

»Um Gottes willen. Aber wie hast du dir den eingefangen?«

Willi zuckte mit den Schultern. »Wahrscheinlich durch verdorbenes Fleisch, das ich in Jugoslawien gegessen habe.«

Ich dachte an die Ćevapčići, die ich mit Anika gegessen hatte; mir wurde sofort kotzübel. »Warst du beim Doktor?«

»Ja, aber der hat sich nicht ausgekannt. Ich habe in den letzten Tagen Karotten gegessen, die mögen Bandwürmer nämlich nicht. Aber sag nichts der Mama, die kriegt sonst noch einen Herzinfarkt.«

In den nächsten Tagen untersuchte ich nach jedem Klogang meine Kacke, konnte zum Glück aber nichts finden, was auf einen Bandwurm hingedeutet hätte. Trotzdem fühlte ich mich nicht wohl in meiner Haut, auch, weil sich Anika noch immer nicht gemeldet hatte. Und von Candy gab es ebenfalls kein Lebenszeichen. Ansonsten ging alles seinen gewohnten Gang: Willi bereitete sich auf das neue Schuljahr vor; Elli traf sich regelmäßig mit ihren Freundinnen; meine Mutter stand den ganzen Tag in der Küche; mein Vater ging ins Kraftwerk oder verschanzte sich in seiner Garage; mein Großvater trank heimlich Schnaps, und meine Großmutter schimpfte, wenn sie ihn dabei erwischte.

Und ich, ich saß in meinem Zimmer und tat so, als würde ich für die Nachprüfung lernen, in Wirklichkeit blätterte ich aber in dem Buch, das uns Kamalesh kürzlich geschickt hatte. Aus nicht näher genannten Gründen musste Kamalesh zurück nach Indien gehen, und dort hatte er sich offenbar daran erinnert, dass er uns ein Buch versprochen hatte. *The Incredible Adventures of Kamalesh Singh in the United States of America* lautete der Titel, und Kamalesh schien die Wahrheit gesagt zu haben, als er uns erzählte, dass einer seiner Vorfahren im Auftrag des Maharadschas von Rajasthan Mitte des 19. Jahrhunderts in die USA gereist war, um die dortige Baumwollindustrie auszuspionieren. Leider war das Buch so geschrieben, dass ich kaum etwas verstand.

The four Vedas are regarded as classical sacred scriptures of the Hindus, and in this book Prithivi Mata is associated with the cow, I said to Mister Rossini, who looked surprised.

Che cazzo dici?, Rossini asked me and seemed to be very angry.

Willi hatte ein paar Kapitel unter Zuhilfenahme seines Spezialwörterbuchs grob übersetzt. Dadurch wussten wir wenigstens ansatzweise, worum es in dem Buch ging. Der Komponist Rossini spielte ebenfalls eine Rolle, wenngleich mir nicht ganz klar war, welche. Hätte ich mehr Zeit gehabt, hätte ich mich näher mit der Geschichte beschäftigt, aber da die Probleme um mich herum immer größer statt kleiner wurden, musste ich dieses Vorhaben notgedrungen auf später verschieben.

»Ein Brief für dich«, rief meine Mutter, während sie an die Tür klopfte.

Sofort sprang ich auf. »Von wem?«, fragte ich aufgeregt.

»Ich weiß nicht. Es steht kein Absender drauf.«

Als ich sah, dass der Brief mit einer österreichischen Briefmarke frankiert war, war ich maßlos enttäuscht. Meine Mutter warf mir einen fragenden Blick zu. »Danke«, sagte ich und schloss die Tür vor ihrer Nase.

lieber ernsti

ich werde jetzt versuchen mit der außenwelt kontakt aufzunehmen die taste mit dem punkt ist leider kaputt mein erstes zeichen ist eine bitte ich ersuche dich daß du ich weiß nicht wie sie heißt aber ich ersuche dich daß du das mädchen das da mit uns mitgefahren ist wie wir im wald gekurvt sind – die mit den langen haaren – ja daß du sie halt um ihre adresse fragst und sie mir dann schickst die taste mit dem komma ist auch kaputt merke ich gerade aber bitte möglichst bald entschuldige bitte mein exildeutsch aber hauptsache du verstehst mich und nichts anderes will ich und ich hoffe du redest nicht blöd herum und erfüllst mir bitte meine bitte meine anschrift findest du unten hier neben mir liegt eine katze die hat heute vier junge bekommen aber alle waren tot die katze versteht das aber sie will es trotzdem nicht recht glauben jetzt schreibe ich rot rot weiß rot servas ernsti schreibe mir schon bald ich habe jetzt keine zeit mehr ich muß mich um die katze kümmern und dann möchte ich noch etwas malen auf der schreibmaschine wie sich die buchstaben nahe sind

candy

Ich war verwirrt, weil ich keine Ahnung hatte, welches Mädchen Candy meinen könnte. Auch konnte ich mich nicht erinnern, mit ihm in letzter Zeit im Wald unterwegs gewesen zu sein. Und wenn er mit dem Mädchen im Auto gesessen ist, weshalb kannte er dann ihren Namen nicht? Das klang alles ziemlich absurd. Am meisten enttäuscht war ich aber, dass Candy nichts über sich schrieb. Das Einzige, worum er mich bat, war die Adresse eines Mädchens.

Ich rief bei Taylor an, der anfangs noch so tat, als wüsste er nicht, worum es ging. Schließlich rückte er aber doch mit der Wahrheit heraus. »Ja, wir waren einmal mit Candy, Iris und einem Typen namens Charly unterwegs und haben etwas geraucht.«

»Bitte was?« Ich war baff. »Mit Iris? Und mit welchem Charly?«

»Keine Ahnung, ich glaube, er hatte etwas mit dieser Iris.«

»War das der Typ mit dem Batik-T-Shirt?«

»Ja. Mein Bruder hat ihn beim Fortgehen kennengelernt, und nachdem er etwas zum Rauchen dabeigehabt hat, sind wir halt in den Wald gefahren.«

»Aber wie kam Candy dazu? Ich kapiere das alles nicht.«

»Geh, Mick, reg dich doch nicht auf. Was ist denn schon dabei?«

»Aber ihr habt mich doch beim Konzert in der Turnhalle mit Iris gesehen, oder nicht?« Ich konnte es nicht fassen.

Taylor murmelte etwas Unverständliches.

»Und wann war das?«

»Ein paar Tage nach dem Konzert. Charly ist kurze Zeit später wieder verschwunden. Er hat meinem Bruder erzählt, dass er per Autostopp nach London fahren will, um das Grab von Jim Morrison zu besuchen.«

»Jim Morrison? Aber der ist doch in Paris begraben.« Ein weiterer Beweis dafür, dass dieser Trottel keine Ahnung von Rockmusik hatte. Und mit so einem Typen ließ sich Iris ein? Ich war erschüttert.

»Was weiß ich«, antwortete Taylor. »Iris war jedenfalls sauer, weil Charly einfach abgehauen ist.«

»So eine verdammte Scheiße«, schrie ich in den Hörer. Meine Mutter kam aus der Küche und machte ein fragendes Gesicht. Ich deutete ihr, mich in Ruhe zu lassen.

»Jetzt erzähl mir aber nicht, dass Candy mit euch gekifft hat.«

»Ja, er hat ein bisschen mitgeraucht und war ziemlich stoned. Ich glaube, er hat sogar kurz mit Iris geschmust, wie Charly schiffen gegangen ist. Aber ich verstehe nicht, warum du dich so aufregst. Schreib ihm halt, dass du die Adresse von dieser Iris nicht hast, und fertig. Die hat eh keiner von uns. Ich hab sie jedenfalls nicht.«

Ich war sprachlos. »Warum hat mir keiner von euch etwas erzählt? Wir haben uns doch danach noch x-mal getroffen.«

»Aber gut, dass sich Candy endlich gemeldet hat«, versuchte Taylor abzulenken. »Jetzt können wir wenigstens mit ihm in Kontakt bleiben. Wie geht es ihm denn überhaupt? Und was treibt er am Bergbauernhof?«

»Keine Ahnung«, erwiderte ich und legte auf. Irgendwie verstand ich die Welt nicht mehr. Ich war total sauer. Auf Anika, auf Candy, auf Taylor, und natürlich auf Iris. Und auf die Lehrer. Und auf die Eltern. Und auf die Amerikaner, die immer noch Nordvietnam bombardierten.

Willi betrat den Vorraum und hielt ein Blatt Papier in die Höhe. »*Led Zeppelin* sind übrigens eine englische Band.«

Ich sah ihn fragend an.

»Weil wir uns in Strunjan nicht sicher waren.«

»Ach so«, sagte ich.

Ich wurde durch lautes Geschrei geweckt, gleichzeitig hörte ich, wie starker Regen gegen die Fensterscheiben prasselte. Ich hüpfte aus dem Bett und sah, dass der Garten bereits unter Wasser stand. Ich zog mich an und lief nach unten. Meine Eltern standen in Gummistiefeln vor der offenen Kellertür. »Wasser ist durch den Abfluss in den Keller gedrückt worden«, rief mein Vater. »Los, nimm dir einen Kübel und hilf uns.«

»Was ist mit der Gefriertruhe?«, fragte meine Mutter panisch.

»Ich muss sofort die Sicherung herausdrehen.« Mein Vater ging die Kellerstiege hinunter und watete durch knietiefes Wasser zum Sicherungskasten.

Willi tauchte mit drei Kübeln auf, die er aus der Garage geholt hatte. »Wir bilden eine Kette«, sagte er, »und reichen die Kübel von unten nach oben.«

Ich warf ihm einen skeptischen Blick zu.

»Wir müssen sofort anfangen, es kommt immer mehr Wasser aus dem Kanal.« Selten hatte ich meinen Vater so nervös erlebt. »Wo ist die Elli?«

»Die steht schon bereit«, rief Willi.

Ich krempelte meine Hose hoch, ging die Kellerstiege hinunter und begann, das Wasser abzuschöpfen. Die Arbeit war anstrengend, aber nach einer Stunde hatte ich den Eindruck, dass das Wasser zumindest nicht mehr weiter anstieg. Zum Glück hatte auch der Regen nachgelassen. Drei Stunden später hatten wir es tatsächlich geschafft, das Wasser fast zur Gänze aus dem Keller zu entfernen. Zurück blieb allerdings eine dicke, übelriechende Schlammschicht.

»Das stinkt ja grauenhaft.« Elli rümpfte die Nase.

»Den Schlamm müssen wir sofort wegschaffen, sonst bringen wir den Gestank nicht mehr aus dem Haus.« Mein Vater wischte sich den Schweiß von der Stirn.

Am Abend, als wir alle am Tisch saßen, machte sich in mir ein eigenartiges Gefühl breit. Es war ein Gemeinschaftsgefühl, das mir neu war und das ich selbst mit meinen Freunden noch nie erlebt hatte. Ich war zwar hundemüde und hatte am ganzen Körper einen Muskelkater, trotzdem war ich zufrieden und sogar ein bisschen stolz auf mich.

»In der Gefriertruhe ist gar nichts kaputt geworden«, sagte meine Mutter freudestrahlend und servierte jedem von uns eine Extraportion Vanilleeis mit Schlagobers. Ich musste an Jane Fonda und Che Guevara denken und hatte ein bisschen ein schlechtes Gewissen.

»Magst du noch einen Gupf?«, fragte meine Mutter.

»Ja, gerne.«

»Der Opa hat gefragt, ob du bei ihm vorbeischauen kannst?«

»Weswegen denn?«

Meine Mutter zuckte mit den Schultern. »Das hat er nicht gesagt. Aber nicht, dass du ihm wieder einen Schnaps gibst.«

»Keine Angst.« Ich löffelte mein Eis fertig und stand auf.

In der Küche meiner Großeltern roch es nach Knoblauch. Auf dem Tisch lagen in einer Schüssel die Gehäuse von Weinbergschnecken. Mein Großvater sammelte sie in der Au und bereitete sie mit viel Knoblauch zu. »Wie zu Hause«, sagte er und meinte damit die Ortschaft in Kroatien, in der er geboren wurde, und wo er bis zu seiner Flucht 1944 gelebt hatte. Einmal gab er mir eine Schnecke zum Probieren, ich habe sie aber gleich wieder ausgespuckt.

Mein Großvater öffnete die Schublade der Anrichte und holte einen Brief hervor. Wieder ging es um den Nachbarschaftsstreit, und zum ersten Mal schien er wirklich besorgt zu sein.

»Ich würde an deiner Stelle antworten«, sagte ich, nachdem ich den Brief gelesen hatte. »Der Anwalt schreibt, dass neue Vermessungen eindeutig ergeben hätten, dass der Grund vom Fürtauer einen halben Meter breiter ist und du ihm diesen halben Meter abtreten oder ablösen musst.«

»Das ist ein völliger Blödsinn«, schimpfte mein Großvater. »Der Fürtauer will doch nur Geld von mir.«

»Was sagt denn die Baba dazu?«

»Die darf nichts davon wissen.« Mein Großvater blickte nervös zur Küchentür.

Ich war mir zwar sicher, dass Cveta Baba längst mitbekommen hatte, was hier vor sich ging, behielt es aber für mich. »Ich kann mich wegen eines Rechtsanwalts erkundigen, wenn du möchtest.«

»Wie viel verlangt denn so ein Anwalt?«

»Das weiß ich nicht, aber ich kann ja einmal fragen. Fragen kostet nichts. Was meinst du?«

»Na gut, dann nimm aber den Brief gleich mit.«

Zu Hause weihte ich Willi in die Angelegenheit ein und fragte ihn, ob er sich beim Onkel seines Klavierlehrers einmal erkundigen könnte, was in dieser Sache am besten zu tun wäre. Willi versprach mir, sich darum zu kümmern. Der Einspruch, den der Anwalt für mich aufgesetzt hatte, hatte immerhin zur Folge gehabt, dass meine Strafe zur Bewährung ausgesetzt wurde. Also gab es vielleicht auch für meinen Großvater noch Hoffnung.

Wir saßen in Taylors Zimmer und beratschlagten, was wir wegen Candy machen sollten. Außer dem Brief an mich hatte es seit seiner Verbannung auf den Bergbauernhof kein Lebenszeichen mehr von ihm gegeben. Obwohl es draußen noch hell war, hatte Taylor die Vorhänge zugezogen und eine Kerze angezündet. Sie steckte in einer bauchigen Chianti-Flasche, die von einer bunten Wachsschicht überzogen war. Im Hintergrund lief die neue LP von *King Crimson* auf voller Lautstärke. *Earthbound*.

»Dreh ein bisschen leiser«, schrie Hendrix.

Taylor ging zum Plattenspieler und drehte die Lautstärke zurück. Dann setzte er sich wieder auf den Boden.

Mü zog an seiner Lucky Strike und blies den Rauch langsam aus. »Ich hab noch gar nichts gelernt, ich glaube, ich kann die Nachprüfung vergessen. Meine Eltern werden durchdrehen.«

Ich schluckte.

»Sollen wir Candy besuchen? Alle gemeinsam?«, fragte Hendrix.

Taylor nickte. »Ja, das ist eine Superidee.«

Irgendwo im Haus klingelte ein Telefon. Widerwillig stand Taylor auf und verließ das Zimmer.

Mü nahm einen Schluck Bier und rülpste. »Mahlzeit«, sagte er und lachte.

»Hast du eigentlich wieder einmal etwas von Heike und Elke gehört?« Ich hoffte, von Hendrix endlich Details über sein Verhältnis zu den beiden Studentinnen zu erfahren. Aber Hendrix zuckte bloß mit den Schultern und verzog den Mund.

»Haben sie sich gar nicht mehr gemeldet?«, hakte ich nach.

»Ja, einmal. Sie haben eine Ansichtskarte an meine Tante geschrieben. Aber die redet ja nicht mehr mit mir, seit Candy die Fensterscheibe der Bank eingeschlagen hat. Sie betreibt Sippenhaftung, sozusagen.«

Taylor kam zurück und blieb im Türrahmen stehen. Er sah aus, als hätte er gerade eine Erscheinung gehabt.

»Was ist denn los?«, fragte ich.

Taylor gab keine Antwort.

»He, Taylor, was ist mit dir?« Hendrix hob seine Flasche. »Brauchst du ein Bier?«

Noch immer sagte Taylor nichts. Im Zimmer, das in bleigraue Wolken von Zigarettenrauch gehüllt war, machte sich eine eigenartige Stimmung breit. Taylor schien über irgendetwas nachzudenken.

»Mach's nicht so spannend«, sagte Mü. »Was ist denn los?«

»Der Candy ist tot.« Taylor rührte sich nicht von der Stelle.

Im Hintergrund lief *King Crimson:*

What's mine was yours is dead

I take my leave of mortal flesh.

Mü begann zu lachen. »Was soll denn der Blödsinn?«

»Er hat sich – – – aufgehängt hat er sich.«

»Was?« Ich brauchte ein paar Sekunden, um zu begreifen, was Taylor soeben gesagt hatte. »Der Candy hat sich aufgehängt? Das gibt es doch gar nicht.«

»Mein Bruder hat gerade angerufen.«

»Woher will der das denn wissen?« Hendrix' Stimme klang metallen.

»Er hat den Partezettel gelesen. Am Hauptplatz. Im Schaukasten von der Bestattung.«

»Wie gibt es denn das?«, fragte ich entgeistert. »Dein Bruder hat dir sicher einen Schmäh erzählt.«

»Er hat sich im Wald aufgehängt. Ein Jäger hat ihn gefunden.«

»Wann denn?«

»Keine Ahnung.«

»Das gibt es ja gar nicht.« Mü schüttelte den Kopf. »Ist das ganz sicher? Vielleicht ist es ja ein Irrtum.«

Hendrix steckte sich eine Zigarette verkehrt in den Mund und zündete den Filter an. Er begann zu husten. »Ich pack es nicht. Ist es sicher, dass es der Candy war, den sie gefunden haben?« Er nahm einen Schluck Bier und hustete erneut.

Taylor machte eine hilflose Geste.

Keiner von uns sagte etwas. Ich hatte sofort ein Bild von Candy im Kopf, wie er im Wald an einem Baum hängt und sein Körper leicht hin und her schaukelt. Er trägt eine lange Hose, ein weißes Hemd und seine Nickelbrille. Er ist barfuß, seine Augen sind offen, und Speichel tropft aus seinem Mund.

Nach einer langen Pause sagte ich mehr zu mir: »Warum hat er nicht mit uns geredet? Wir hätten ihm doch helfen können.« Beim letzten Satz hatte ich einen schalen Geschmack im Mund.

»Wir haben ihn nicht verstanden, und er wird sich von uns verlassen gefühlt haben.« Hendrix starrte auf die flackernde Kerze, als würde er sie zum ersten Mal sehen. Er wirkte abwesend.

In mir zog sich alles zusammen, und ich hatte plötzlich panische Angst, dass ich an Candys Tod mitschuldig sein könnte. Warum habe ich ihm nicht auf seinen Brief geantwortet? Ich betrachtete das Tapetenmuster und glaubte, darin ein Gesicht zu erkennen.

»Er hat sich aus der Scheune einen Strick geholt und ist in den Wald gegangen.« Taylor stand immer noch wie angewurzelt in der Tür.

Hendrix wippte mit dem Oberkörper vor und zurück. Dann stoppte er plötzlich in seiner Bewegung. »Aber Moment, woher will denn dein Bruder das wissen. Das kann doch nicht auf dem Partezettel gestanden sein.«

»Robert hat beim Schaukasten Leute getroffen, die scheinbar schon Details gewusst haben. Keine Ahnung.«

Hendrix machte ein enttäuschtes Gesicht.

»Ich glaube es nicht.« Mü schüttelte energisch den Kopf.

Mit welchen Gefühlen hat Candy wohl die Scheune verlassen? An wen hat er gedacht, als er sich den Strick um den Hals legte? »Hat er einen Abschiedsbrief hinterlassen?«, fragte ich.

»Ich weiß es nicht.« Taylor stand mit hängenden Schultern da. »Das ist jedenfalls eine riesige Katastrophe.« Dann ließ er sich wie ferngesteuert auf die Couch fallen.

Hendrix kratzte mit den Fingern Kerzenwachs von der Chianti-Flasche. Er knetete es gedankenverloren und betrachtete es interessiert.

Etwas Furchtbares war geschehen, und keiner von uns wusste, wie er darauf reagieren sollte. Warum hat Candy zum Strick gegriffen? Er war doch gerade erst einmal sechzehn Jahre alt! Bei der Vorstellung, dass er noch mindestens fünfzig Jahre hätte leben können, krampfte sich mein Herz zusammen. Statt im Jahr 2022 ist er bereits im Jahr 1972 gestorben. Ein Wahnsinn.

Schweigend saßen wir da. Im Hintergrund lief immer noch *King Crimson.*

»Und schuld sind diese verdammten Professoren-Schweine, die ihn aus der Schule geworfen haben.« Taylors Stimme war hasserfüllt.

»Und dieser Faschisten-Direktor.« Wütend drückte Mü seine Zigarette aus. »Diese Sau würde ich am liebsten abstechen.«

»Ja, aber nicht nur die Professoren sind schuld, auch der Bankdirektor und die Polizei.« Ich merkte, wie es mir guttat, Wut abzulassen. »Dieses verbrecherische kapitalistische System hat Candy umgebracht.«

»Auf jeden Fall können wir nicht zur Tagesordnung übergehen.« Hendrix sah aus, als würde er jeden Augenblick losheulen.

»Candy muss das genau geplant haben«, grübelte Taylor. »Er hat doch seinen Vater gehasst, und jetzt hat er ihm die Rechnung präsentiert.«

Es war kurz nach acht, und ich hatte Angst, allein nach Hause zu gehen. Ich wollte mit meinen Freunden zusammenbleiben, wusste aber, dass das nicht ging.

Die Nachricht von Candys Tod hatte mich mit ungeheurer Wucht getroffen. Es war das erste Mal, dass ich mit dem Tod eines mir nahestehenden Menschen konfrontiert war. Als einmal der Vater eines Mitschülers starb und er während des Unterrichts vom Direktor aus der Klasse geholt wurde, hatte diese Szene etwas Unwirkliches gehabt. Auch als der Mitschüler drei Tage später wieder zurückkam, konnte ich einfach nicht glauben, dass bei ihm zu Hause ein Platz am Küchentisch für immer leer bleiben würde. Für mich waren meine Eltern unsterblich, auch wenn sie mir oft ziemlich auf die Nerven gingen.

Und jetzt war Candy tot. Tot. Drei Buchstaben, die einen Zustand beschrieben, den ich gar nicht in Worte fassen konnte, weil er unbeschreiblich war. Wie gerne hätte ich mich jetzt mit Candy unterhalten. »He, Candy, wie ist das eigentlich mit dem Tod?« Jetzt fiel mir ein, dass wir einmal sogar über das Thema Selbstmord gesprochen hatten. Und zwar im Zusammenhang mit einem Gedichtband von Paul Celan, den Candy beim Melchert gestohlen hatte. Im Klappentext war gestanden, dass Celan in Paris freiwillig aus dem Leben geschieden war. Ich glaube, dass Candy in diesem Zusammenhang den Begriff *Freitod* in Frage gestellt hat. »Glaubt ihr wirklich, dass sich Candy freiwillig das Leben genommen hat?«, fragte ich in die Stille hinein.

»Wie meinst du das?« Taylor warf mir einen ungläubigen Blick zu. »Du glaubst doch nicht, dass ihn jemand umgebracht hat?«

»Nein, das meine ich nicht. Ich meine, ob es irgendeinen Zwang gab. Versteht ihr, einen inneren Zwang, gegen den er nichts machen konnte.«

»Ich glaube, ich weiß, was du meinst«, sagte Hendrix. »Aber ich glaube, dass Candy genau gewusst hat, was er tat. Die Frage ist nur, was *wir* jetzt machen?«

»Wann ist denn das Begräbnis?«, fragte ich.

Taylor zuckte mit den Schultern.

»Wir müssen irgendetwas unternehmen.« Mü machte ein grimmiges Gesicht.

Und wieder überkamen mich Schuldgefühle. Möglicherweise hätte ich Candy retten können, wenn ich auf seinen Brief geantwortet hätte. Ich fühlte mich wie ein Verräter. Wussten die anderen, dass ich Candy nicht geschrieben hatte?

»Was genau willst du denn unternehmen?«, fragte Hendrix.

»Irgendeine Aktion. Ein Flugblatt, eine Demo, irgendetwas.«

»Ja, das finde ich auch.« Taylors Lebensgeister schienen langsam wieder zu erwachen. »Das sind wir Candy schuldig.«

»Zuerst müssen wir aber herausfinden, was wirklich passiert ist«, meinte Hendrix. »Vielleicht hat er ja einen Abschiedsbrief hinterlassen.«

»Ich kann mir nicht vorstellen, dass seine Eltern einen solchen Brief herausgeben würden. Noch dazu an uns, wo wir Candy nicht einmal zu Hause anrufen durften.«

Wieder schwiegen wir. Mit einem Schlusschor und einem bombastischen Bläserarrangement endete die Platte von *King Crimson*.

Hendrix grübelte. »Wird er eigentlich aufgebahrt?«

»Wieso? Willst du ihn dir anschauen?«

»Nein, ich dachte nur.«

»Ich glaube nicht, dass Selbstmörder aufgebahrt werden«, sagte ich.

»Früher haben ja Selbstmörder nicht einmal ein ordentliches Begräbnis bekommen, die hat man einfach außerhalb des Friedhofs verscharrt.« Müs Stimme klang heiser.

»Ja, gut, aber diese Zeiten sind vorbei. Ich bin dafür, dass wir vor dem Begräbnis einen Schweigemarsch machen.«

»Schweigemarsch gut und schön«, sagte Mü, »aber das ist mir zu wenig. Wir sollten Flugblätter verteilen. Und zwar auch vor der Bank. Der Direktor, diese Sau, soll ruhig ein schlechtes Gewissen bekommen.«

Hendrix schien über diesen Vorschlag nicht sehr glücklich zu sein.

»Und was machen wir wegen der Schule?«, fragte Taylor. »Jetzt sind ja noch Ferien.«

»Im Flugblatt müssen wir die Professoren jedenfalls frontal angreifen.« Mü schlug mit der Faust auf den Tisch. »Die tragen die Hauptschuld an Candys Tod.«

Taylor vergrub sein Gesicht in den Händen. »Ich versteh's nicht, ich versteh's einfach nicht«, seufzte er. »Das ist eine richtige Tragödie.«

Ich klopfte ihm freundschaftlich auf die Schulter. »Ja, aber ...« Mehr fiel mir auch nicht ein.

Wieder folgte eine längere Pause. »Was machen wir jetzt wegen dem Flugblatt?«, fragte Mü. »Und wie sollen wir den Schweigemarsch organisieren?«

»Ich kann das Flugblatt entwerfen«, sagte ich. »Wir können den Schweigemarsch ja vor der Bank beginnen und von dort aus zum Friedhof gehen.«

»Aber Candys Eltern werden das nicht wollen«, gab Hendrix zu bedenken. »Und wegen der Bank ...«

»Das kann uns doch scheißegal sein«, unterbrach ihn Mü trotzig. »Wir sind das schließlich Candy schuldig.«

Hendrix zog es vor, nicht darauf zu antworten.

»Treffen wir uns morgen beim Reisinger, dann können wir alles noch einmal im Detail besprechen.« Taylors Vorschlag klang vernünftig.

Mü hob seine Bierflasche. »Trinken wir auf Candy.«

»Auf Candy!«

Mein Kopf war vollkommen leer, und ich hatte nicht die geringste Ahnung, welche Folgen Candys Tod für mich haben würde. Was sollte ich eigentlich meinen Eltern sagen? Die würden mich ohnehin nicht verstehen. Aber allein sein wollte ich auch nicht. Ich hoffte, dass mein Bruder zu Hause war. Vielleicht war ja alles nur ein böser Traum. Ich blieb stehen und sah mich um. Da waren Autos, und ich roch Auspuffgase. Und vor dem Kinoschaukasten standen ein paar Jugendliche. Nein, es war kein Traum.

Mit gesenktem Kopf ging ich die Einfahrt entlang. Die Haustür war geschlossen. Da auch auf dem Fensterbrett kein Schlüssel lag und der Opel vor der Garage stand, ging ich hinüber zu meinen Großeltern. Im Treppenhaus hörte ich Stimmengewirr. Scheiße, das hat mir gerade noch gefehlt. Widerwillig öffnete ich die Küchentür. Mein Vater, mein Großvater und mein Onkel spielten Karten. Rauchschwaden hingen in der Luft. Die Frauen saßen auf der Couch und unterhielten sich. Ich hörte Wörter wie *Sonderangebot* und *Ananas*.

Ohne zu grüßen ging ich zu meiner Mutter. »Kann ich den Schlüssel haben.«

Sie warf mir einen flüchtigen Blick zu. »Dort liegt er, auf der Kredenz.«

»Wo ist denn der Willi?«

»Schellinski war ein Pole. Und vierzig. Und zugedreht«, hörte ich meinen Vater rufen.

»Der ist oben. Hat er dir nicht aufgemacht?«

Ich schüttelte den Kopf. »Nein, ich habe gar nicht geläutet.« Ich nahm den Schlüssel. Auf dem Weg zur Tür blieb ich stehen und drehte mich um. »Der Wiesner Siegi hat sich umgebracht.«

Die Männer unterbrachen kurz ihr Kartenspiel, setzten es aber gleich wieder fort. Sie taten so, als hätten sie nichts gehört.

Nach einer Schrecksekunde sagte meine Mutter: »Das ist ja schlimm für seine Eltern. Was hatte er denn?«

»Schuld sind die Professoren, die ihn aus der Schule geworfen haben.«

Aber ich erntete nur verständnislose Blicke. In diesem Moment wurde mir klar, dass die Erwachsenen meine Feinde waren. Ich musste mich auf einen langen und harten Kampf einstellen.

»Komm rein.« Willi legte das Buch zur Seite, das er gerade las. *Die Musik der Araber* von Habib Hassan Touma. »Was geht?«, fragte er.

Ich sah auf den Boden und wunderte mich, wie sauber es in Willis Zimmer war. »Der Wiesner Siegi hat sich umgebracht.«

Willi brauchte ein paar Sekunden, um zu verstehen, was ich soeben gesagt hatte. »Geh, leck. Das ist ja …« Mehr brachte er nicht heraus. Nach einer kurzen Pause fragte er: »Wann und wieso?«

»Ich habe dir ja erzählt, dass ihn seine Eltern auf einen Bergbauernhof verbannt haben. Dort hat er sich aufgehängt. Auf einer Buche.« Bildete ich mir das mit der Buche nur ein, oder hatte Taylor diesen Baum tatsächlich erwähnt? *Buchen sollst du suchen.* Dieses Sprichwort hatte Candy doch erst kürzlich im Strandbad zitiert. Grotesk.

»Hat er einen Abschiedsbrief hinterlassen? War es wegen dem Rausschmiss aus der Schule?«

»Wir wissen es nicht. Ich war mit Hendrix und Mü gerade beim Taylor, als wir es erfuhren. Wir werden einen Schweigemarsch machen. Gehst du mit?«

»Einen Schweigemarsch?«

»Ja, wir wollen auch ein Flugblatt verteilen. Wir können doch nicht einfach zur Tagesordnung übergehen. Die Professoren sind schuld an Candys Tod.«

»Ja, sicher gehe ich mit.«

Ich zögerte kurz. »Wahrscheinlich hätten wir ihm helfen können. So eine verdammte Scheiße.«

»Wie meinst du das?«

»Na ja, seit ihn seine Eltern von zu Hause rausgeschmissen haben, haben wir praktisch keinen Kontakt mehr zu ihm gehabt.« Ich überlegte, ob ich Candys Brief erwähnen sollte, ließ es aber sein.

»Ehrlich gesagt glaube ich nicht, dass ihr seinen Selbstmord verhindern hättet können. Ich kannte Siegi ja kaum. Aber soweit ich das einschätzen kann, war er jemand, der besonders sensibel war. Und solche Leute haben es generell schwer in unserer Gesellschaft.«

Draußen wurde es langsam dunkel, und ich merkte, wie ich innerlich immer unruhiger wurde. »Sag, kannst du heute in meinem Zimmer schlafen? Ich bin ziemlich fertig.«

Wenn ich diese Bitte unter anderen Umständen geäußert hätte, hätte sich Willi wahrscheinlich über mich lustig gemacht. So aber sagte er nur: »Ja, klar.«

»Ich muss noch das Flugblatt entwerfen. Du kannst später kommen, wenn du willst.«

»Ja, passt. Ich komme in einer Stunde. Okay?«

»Danke«, sagte ich, ohne Willi anzusehen.

»Nichts zu danken, Bruder.«

Candy sitzt in der Schule vor dem Konferenzzimmer auf einem Holzsessel. Er hat die Beine übereinandergeschlagen und spielt mit einer Haarlocke. Er trägt einen dunklen Anzug und hält ein

Blatt Papier in der Hand, es sieht aus wie ein Zeugnis. Obwohl er einen abwesenden Eindruck macht, lächelt er. Ich beobachte ihn und denke mir: Er lächelt, weil er den Tod besiegt hat. Er steht auf und kommt auf mich zu. Aus dem Konferenzzimmer hört man den Direktor schreien, er regt sich über irgendetwas fürchterlich auf. Candy schiebt sich die Haare nach hinten, und ich sehe, dass er zwei goldene Ohrringe trägt. Ich werfe ihm einen skeptischen Blick zu, weil ich ja weiß, dass er eigentlich auf dem Friedhof liegen müsste. Dass Candy so einfach von den Toten auferstanden ist, kommt mir eigenartig vor. Also frage ich ihn, wie er aus dem Sarg herausgekommen ist. Candy schüttelt den Kopf und sagt, dass niemand den Sarg geöffnet hat. Dann sprechen wir über alltägliche Dinge, wann er fernsehen darf und ob er Geld braucht. Wir gehen hinaus und kommen auf eine Wiese, wo Taylor und Hendrix unter einem Baum ein Picknick veranstalten. Der Baum erinnert mich an die große Buche im Strandbad. Ich setze mich zu ihnen. Candy ist nervös und schaut ständig auf seine Armbanduhr. »Ich muss spätestens um halb vier wieder dort sein«, sagt er und verschwindet.

»He, Ernsti, was ist denn los. – Ernsti, was ist los?«

Es war Willis Stimme, die ich zwar hörte, aber nicht einordnen konnte. Ich rieb mir die Augen und fragte mich, weshalb Willi in meinem Zimmer auf der Couch lag. Dann fiel mir alles wieder ein.

»Du hast geschrien. Ist alles in Ordnung?«

»Jaja.« Ich drehte mich auf die andere Seite.

In Memoriam Candy:
Vor vier Tagen hat sich der Schüler Siegfried Wiesner (Candy) das Leben genommen. Er war erst sechzehn Jahre alt und hat keinen anderen Ausweg gesehen, als sich umzubringen. Aber warum hat er das getan? Weil er von der Schule geworfen wurde, nachdem er

mit einer Protestaktion die Leute aufrütteln und zum Nachdenken bringen wollte. Aber das Gegenteil ist eingetreten. Niemand hat nachgedacht, stattdessen haben die Professoren ihre Macht ausgespielt und Candy einfach aus der Schule geworfen. Candy wollte etwas bewirken, ist am Ende aber am Unverständnis der Gesellschaft zerbrochen. Aber auch wir, seine Freunde, müssen uns fragen, ob wir genug geholfen haben.

Verzweiflung ist kein Ausweg. Deshalb werden wir auch in Zukunft unsere Kritik und unsere Ziele offen äußern. Wir lassen uns nicht einschüchtern!

»Also, ich finde den Text super.« Hendrix nickte anerkennend.

»Mein Bruder hat mir geholfen. Er geht übrigens mit beim Schweigemarsch.«

»Wie viele Flugblätter sollen wir denn drucken lassen?« Taylor war aufgeregt. »Robert hat den Kontakt zur Druckerei bereits hergestellt. Die verlangen fünfzig Schilling für zweihundert Stück. Du müsstest den Text halt bis morgen früh auf Matrize tippen.«

»Kein Problem, das geht sich locker aus.«

»Hier, habt ihr das schon gesehen?« Mü legte die Todesanzeige auf den Tisch. Auf der Vorderseite war die Muttergottes mit dem Jesuskind abgebildet. *Maria, Mutter vom Guten Rat* stand darunter. Innen auf der linken Seite war ein Foto von Candy in Anzug und Krawatte.

Jedem Suchenden wird ein Licht.
Jedem Fragenden wird eine Antwort.
Jedem Strebenden wird ein Ziel.
Auf Dich, o Herr, vertraue ich.

Auf der rechten Seite stand, dass *unser lieber Sohn und Bruder Siegfried Wiesner unerwartet aus dem Leben gerissen wurde.* Kein Wort davon, dass Candy Selbstmord begangen hatte. Aber diese Verlogenheit war typisch für die Spießer und Duckmäuser, die sich alles gefallen ließen und stets mit der Masse gingen. Wie sagte Candy so treffend: Nur tote Fische schwimmen mit dem Strom.

Unruhig ist unser Herz,
bis es ruhet in Dir.
Augustinus.

»Candy hatte Geschwister?«, fragte Hendrix.

Ich zuckte mit den Schultern.

Am Tag von Candys Begräbnis versammelten wir uns um zehn vor dem Bankgebäude. Die Gruppe bestand gerade einmal aus fünfzehn Personen. Auch Rick war gekommen, was ich ihm hoch anrechnete. Wir trugen die alten schwarzen Sakkos unserer Väter und Großväter und erinnerten eher an einen Faschingsumzug als an ein Begräbnis. Der Bankdirektor lugte durch das blankgeputzte Panoramafenster hinter einem Werbeplakat für höhere Zinsen hervor. Es war dasselbe Fenster, das Candy vor einigen Wochen eingeschlagen hatte. Dieses Mal getraute er sich nicht, die Polizei zu rufen. Ich bildete mir ein, hinter dem Fenster auch kurz Hendrix' Tante gesehen zu haben. Ich musste an Heike und Elke denken, und obwohl ich ihnen erst vor ein paar Wochen begegnet war, kam es mir vor, als wäre es schon ewig her. Zu viel war in der Zwischenzeit geschehen.

Während wir uns langsam Richtung Friedhof bewegten, verteilten wir die Flugblätter an die umstehenden Passanten. Sie griffen mit versteinerten Mienen nach den Flugblättern und hielten sich mit Beschimpfungen zurück; zumindest schimpften sie nicht in unserer Anwesenheit. Hinter unserem Rücken würden sie sich sicher wieder ihre Mäuler zerreißen.

Je näher wir dem Friedhof kamen, desto nervöser wurde ich. Ich hatte keine Ahnung, wie wir uns Candys Eltern gegenüber verhalten sollten. Zum Glück fand vor der Beerdigung keine Messe statt, weil Candys Vater das nicht wollte.

»Wir sollten am Friedhof keine Flugblätter verteilen«, sagte ich zu Taylor, der genauso schwitzte wie ich. Die alten Sakkos waren heißer, als wir dachten.

»Ja, ich gebe den anderen Bescheid.«

»Und wir sollten etwas Abstand halten, nicht, dass seine Eltern durchdrehen, wenn sie uns sehen.«

»Okay.«

Als wir den Friedhof durch das massive Eisentor betraten, verlangsamten wir unsere Schritte. Mü, Taylor und ich standen an der Spitze unserer kleinen Gruppe, Hendrix stand hinter uns. Am Ende einer Gräberreihe hatten sich etwa zwei Dutzend Menschen um ein offenes Grab versammelt. Candys Sarg stand auf zwei Holzbrettern über der Grube, unter dem Sarg waren zwei Stricke durchgezogen, deren Enden von vier schwarz gekleideten Männern gehalten wurden. Angesichts der Tatsache, dass sich Candy mit einem Strick erhängt hatte, fand ich das ziemlich geschmacklos. In dem Moment, in dem wir den Friedhof betraten, richteten sich alle Augen auf uns.

»Was sollen wir machen?«, fragte Taylor flüsternd.

»Wir gehen langsam zum Grab«, sagte Mü entschlossen.

Als wir uns wieder in Bewegung setzten, klopfte mir das Herz bis zum Hals. In der Nähe des Grabes stoppten wir. Nach einem kurzen Moment der Irritation setzte der Pfarrer die Zeremonie fort. … *Staub … Auferstehung … Himmel …*

Candys Vater stand mit ausdrucksloser Miene vor dem Sarg seines Sohnes. Du Nazi-Sau, dachte ich angewidert. Seine Frau war ganz grau im Gesicht, sie sah verhärmt und erschöpft aus. Sie starrte auf den Boden und schien völlig abwesend zu sein. Ein junges Mädchen hatte sich bei ihr untergehakt, wahrscheinlich war es Candys Schwester. Ich hatte sie noch nie gesehen.

Plötzlich drehte sich Candys Vater um und ging direkt auf uns zu. Instinktiv machten wir einen Schritt zurück. Er blieb vor uns stehen und kam mir mit seinem Gesicht so nahe, dass ich seinen stinkenden Atem riechen konnte. »Ihr Nichtsnutze, ihr habt hier nichts zu suchen, macht, dass ihr von hier verschwindet, bevor ich die Polizei hole.« Mit erhobenem Haupt marschierte er zurück zum Grab. Seine Frau starrte ihn mit offenem Mund an, während sich das kleine Mädchen mit angsterfülltem Gesicht an sie schmiegte.

»Das lassen wir uns nicht gefallen«, flüsterte Mü. »Wir sind es Candy schuldig, dass wir hierbleiben.«

»Ja, das finde ich auch.« Taylor machte demonstrativ einen Schritt nach vorne.

»Was sollen wir machen?«, fragte ich.

»Der kann uns das nicht verbieten, dass wir an Candys Beerdigung teilnehmen.« Hendrix hakte sich bei Mü und mir unter, und geschlossen marschierten wir zum Grab. Ein paar aus unserer Gruppe folgten uns, die anderen blieben zurück. Wir stellten uns neben den Pfarrer und warteten, was passieren würde.

Der Pfarrer unterbrach kurz seine Rede, war aber sichtlich bemüht, jeden Eklat zu vermeiden. Er fuhr mit seiner Ansprache fort: »Siegfried war ein sympathischer, begabter, aber auch sensibler junger Mensch. In manchen Dingen noch kindlich, wollte er nach den Sternen greifen. Seine Unruhe war ein Suchen nach dem Ideal.«

Wie versteinert stand Candys Vater da, und als am Ende der Sarg ins Grab gesenkt wurde, war er der Erste, der ein Schäuflein Erde hineinwarf. Ohne auf seine Frau zu warten drehte er sich um und verließ wutentbrannt den Friedhof.

»Dieses Schwein«, murmelte Mü.

»Los, verschwinden wir«, sagte ich. »Ich halte das hier nicht mehr aus.« Ich fühlte mich hundeelend.

Und dann kam der Tag der Nachprüfung, an dem natürlich alles schiefging.

Ich hatte stechende Kopfschmerzen und wollte nur noch schlafen. Als ich die Einfahrt zu unserem Haus entlangschlich, sah ich meine Mutter im Garten arbeiten. Alles in mir verkrampfte sich, und ich wäre am liebsten im Erdboden versunken. Meine Mutter hob den Kopf und hielt kurz inne. An ihrem Blick erkannte ich, dass sie wusste, was los war. Ohne ein Wort zu sagen ging ich in die Küche und trank ein Glas Wasser. Auf der Anrichte lag ein Brief, er war mit zwei holländischen Briefmarken frankiert. Sofort riss ich ihn auf.

Dear Mick,

I'm pregnant. What should we do?

Anika

Pregnant? Ich hastete nach oben, und während ich mit zitternden Fingern in meinem Englisch-Wörterbuch blätterte, hörte ich aus Willis Zimmer das Lied:

Am Himmel stehen tausend Sterne.

Lass sie dort, wo sie sind.

Blicke nicht in die Ferne,

Denn das Glück ist launisch wie ein Kind.

Ich setzte mich auf die Couch und starrte ins Leere. Erst nach und nach kam ich wieder zu mir. Obwohl sich in meinem Zimmer nichts verändert hatte, bekamen die Dinge plötzlich eine ganz andere Bedeutung. Das Mick-Jagger-Plakat über dem Bett war mir fremd, meine Schultasche war ein Gegenstand, der nichts mehr mit mir zu tun hatte, und meine Marx-Bücher schienen am falschen Platz zu stehen. Ich hatte das Gefühl, als würde ich in einen Abgrund blicken. Vor lauter Angst, dass jemand den Brief entdecken könnte, zerriss ich ihn in lauter kleine Schnipsel und spülte ihn in der Toilette hinunter. Ich hoffte, dass damit die Angelegenheit für mich erledigt war. Dann legte ich mich ins Bett und wurde krank. Ich zog mir die Decke über den Kopf und sprach drei Tage lang mit keinem Menschen ein Wort. Auch nicht mit dem Arzt, den meine Eltern geholt hatten. Am vierten Tag stand ich wieder auf, ging zur Schule und tat so, als wäre nichts geschehen.

Von Anika habe ich nie wieder etwas gehört.